八十年代文学历史化研究
理论与实践

徐洪军 / 著

上海大学出版社

图书在版编目(CIP)数据

八十年代文学历史化研究：理论与实践／徐洪军著
—上海：上海大学出版社，2022.6
ISBN 978-7-5671-4480-4

Ⅰ.①八… Ⅱ.①徐… Ⅲ.①中国文学-当代文学-文学研究 Ⅳ.①I206.7

中国版本图书馆 CIP 数据核字(2022)第 089810 号

责任编辑　陈　强
助理编辑　王　俊
封面设计　缪炎栩
技术编辑　金　鑫　钱宇坤

八十年代文学历史化研究
——理论与实践
徐洪军　著
上海大学出版社出版发行
(上海市上大路99号　邮政编码200444)
(http://www.shupress.cn 发行热线 021-66135112)
出版人　戴骏豪
*
南京展望文化发展有限公司排版
上海普顺印刷包装有限公司印刷　各地新华书店经销
开本 890mm×1240mm 1/32　印张 8.75　字数 196 千
2022 年 6 月第 1 版　2022 年 6 月第 1 次印刷
ISBN 978-7-5671-4480-4/I·658　定价 55.00 元

版权所有　侵权必究
如发现本书有印装质量问题请与印刷厂质量科联系
联系电话：021-36522998

2019年教育部人文社会科学研究一般项目
"二十世纪八十年代作家回忆录史料整理与研究"(19YJC751052)
2020年河南省高校科技创新人才支持计划(人文社科类)
"中国现代作家回忆录史料整理与研究"(2020-cx-021)
阶段性成果

目 录

上编　八十年代文学历史化及其可能

"重返八十年代"的成绩与问题　　　　　　　003

历史化的意义及其可能

　　——"当代文学历史化"学术思潮述论　　020

中编　回忆录基本理论与八十年代作家回忆录研究

回忆录的概念及其范畴　　　　　　　　　　039

新时期以来中国回忆录理论探索述论　　　　055

八十年代作家回忆录研究的意义、现状与可能　072

八十年代作家回忆录的分类

　　——以《新文学史料》为中心　　　　　　091

下编　作家回忆录与八十年代文学历史化研究

社会转折期的文学表征

　　——1977—1978年作家回忆录研究　　　113

回忆录写作与沈从文的历史形象建构　　　　125

江晓天在中国当代文学史上的位置　　　　　**170**

白桦研究的意义、现状与可能　　　　　　　**186**

自我形象的文学塑造
　　——白桦八十年代诗歌释读　　　　　**195**

张一弓与八十年代文学　　　　　　　　　　**210**

现代化憧憬的新起点及其阐释的话语权
　　——重读《哦,香雪》及其批评　　　　**224**

田中禾文学年谱　　　　　　　　　　　　　**237**

后记　迷人的八十年代　　　　　　　　　**264**

上编

八十年代文学历史化及其可能

"重返八十年代"的成绩与问题

在新世纪以来中国当代文学研究的热点问题中,最能取得学界共识并作出了较大成绩的应该说是"重返八十年代"①。自程光炜、李杨二人2005年在《当代作家评论》开设"重返八十年代"专栏,系统地阐释"重返八十年代"研究范式以来,"重返八十年代"就逐渐在中国当代文学研究界产生了自己的影响,而且这种影响迄今尚没有消歇的势头。

在这场学术思潮中,势头最健的应该说是中国人民大学的程光炜以及他的一些博士研究生②。以"中国知网"为平台进行检索,2005年以来程光炜发表的以"重返八十年代"为旨归的论文不下50篇(检索时间为2012年3月15日,下同);杨庆祥近年来发

---

① 当然,质疑的声音也并非没有。例如,惠雁冰的《强悍的宿命与无力的反抗——对"新世纪文学"命名的反思》(《文学评论》2006年第5期)就指出"重返八十年代""只能变成一种增遗填缺的'补白'行为,价值失衡的'平反'行为,视界逼仄的'本事'考订行为与单纯立足于文本叙事的结构主义行为";罗长青在《"重返八十年代"研究述评》(《海南师范大学学报》2010年第6期)中也对"重返八十年代"表示出一种意识形态上的担忧,认为这一学术思潮"巩固了带有机会主义倾向的主流意识形态"。

② 在《南方文坛》2011年第1期的"青年专号"中,列举了30位"今日批评家",其中至少有3位是程光炜的博士研究生,如杨庆祥、黄平和李云。其他的批评家中也不乏"重返八十年代"的主力军,如贺桂梅等。

表的论文也主要集中于"重返八十年代",这方面的论文计有26篇;黄平在这一方面的论文共有10篇。如果说,中国人民大学文学院是"重返八十年代"的学术重镇,程光炜是这一研究热潮的领军人物,大概不会有太大的争议。令人奇怪的是,作为"重返八十年代"的另一位倡导人,李杨在这方面的文章则少得可怜。除了两篇著名的文章《重返"新时期文学"的意义》和《重返八十年代:为何重返以及如何重返》之外,我们几乎找不到他在"重返八十年代"方面的其他文章。

作为一个重要的学术热点,我们理应对其作出必要的梳理与反思,但是这方面的文章却十分稀少。就目前所见,罗长青的文章《"重返八十年代"研究述评》应该是写得相对较好的一篇,但是他所关心的问题是"重返八十年代"这一学术现象展开的过程以及在"重返"的过程中不同学者之间产生的共识与分歧。与罗长青不同,在本章,我们所要探讨的则主要是"重返八十年代"展开的面向问题。我们想要追问的是这一研究在哪些方面取得了进展,其侧重点是什么,相对而言又忽略了什么,侧重与忽略之间又显示了"重返八十年代"学术思潮背后隐藏的哪些问题。

一、为何"重返八十年代"?

当我们对"重返八十年代"这一学术思潮进行审视的时候,为何"重返"是一个无论如何都无法绕过的问题。只有当我们理解了"重返八十年代"的学术目的之后,才能理清在这场初看起来热热闹闹的学术思潮中,哪些研究可以被称为真正意义上具有学术自觉的"重返",哪些则仅仅是打着"重返"的旗号凑凑热闹的散兵游勇。只有看清楚这场学术思潮的基本形势,我们才可以大体明白这场思潮是否已经真正成为当代文学研究的一个热点。也只有理解了"重返八十年代"的学术目的,我们才可以检讨这场学术思潮的成败得失。

第一个目的,破除八十年代文学"去政治化"的学术神话,揭示八十年代文学与政治之间的复杂纠缠,进而消除八十年代文学与五十到七十年代文学之间的对立关系。然后以八十年代文学为起点,通过上溯与下延,建立起一个"整体化"的话语系统。

首先值得重视的是李杨的:《重返八十年代:为何重返以及如何重返》[①]。这篇文章详细阐释了他所理解的"重返八十年代"的目的。李杨认为,八十年代文学与五十到七十年代文学是同一个问题。在某种意义上,他将自己对八十年代的反思视为其五十到七十年代文学研究的延伸。只有在充分揭示八十年代文学的"政治性"的前提下,才能有效化解八十年代文学与五十到七十年代文学之间的对立,并进而质疑"文学"与"政治"的对立。对于李杨来说,根本就不存在外在于政治的文学,将文学与政治对立起来本身就是对文学的一种片面理解。八十年代文学也是如此。他认为八十年代针对文学的规训同样无所不在,这种"规训"体现在"文学制度"与"政治无意识"两个方面。八十年代的"文学制度"已经不同于五十到七十年代的文艺政策、文艺斗争,而主要体现为文学出版、文学评奖、文学批评与文学史写作;而"政治无意识"则主要通过"想象的共同体"来实现。通过建立八十年代文学与政治之间的复杂关系,八十年代文学"去政治化"的学术神话就可以

---

① 李杨:《重返八十年代:为何重返以及如何重返——就"八十年代文学研究"接受人大研究生访谈》,《当代作家评论》2007年第1期。

破除,八十年代文学与五十到七十年代文学之间也就不再是以往文学史所认为的"断裂",而具有了一致性。

李杨的学术构想似乎也就到此为止。在这篇文章中他并没有提出更大的文学史一体化的框架①。把李杨的这种构想进一步扩大的是杨庆祥。在《"80年代文学研究"的方法论意义》这篇短文中,杨庆祥提出"重返八十年代"的一个学术抱负是以八十年代文学为起点,向前上溯到"十七年文学""文革文学",乃至"30、40年代文学",向后延续到"90年代文学",考辨这些文学阶段之间的复杂关系。"这其中实际上潜藏着一个'整体化'的历史视野,但这种'整体性',不仅是时间意义上的(比如三个'三十年'、当代文学六十年等说法),同时也是空间意义上的,所以是一个差异的、缝隙丛生的整体,是一个充满了变化和复调意义上的话语系统"②。

虽然提倡"重返八十年代"的学者反复强调他们所做的工作不是要"重写文学史"③,但是,从李杨、杨庆祥的学术构想中可以发现,其"重写文学史"的意图已经十分明显。令人无法理解的是:为什么实质上在做着"重写文学史"的工作,而要反复强调自己不是要"重写文学史"呢?这样的说法仅仅是一种叙述策略还是有着更深的学术目的?或许他们认为,他们所做的工作已经不

---

① 在李杨发表于《文艺研究》2005年第1期的《重返"新时期文学"的意义》一文中,他提出的"重返"的目的也始终限定在打破八十年代文学"去政治化"的学术神话及八十年代文学与五十到七十年代文学的简单对立上。

② 杨庆祥:《"80年代文学研究"的方法论意义》,《文艺争鸣》2010年第1期。

③ 例如,在2007年第1期《当代作家评论》"重返八十年代"专栏"主持人的话"中,程光炜、李杨提出:"我们的栏目主要关注的,不是对上述文学历史的肯定式或怀旧式的重温,也不是对文学史另辟蹊径的'重写'。"李杨在《重返八十年代:为何重返以及如何重返——就'八十年代文学研究'接受人大研究生访谈》中提出:"我们的工作不是'重写文学史',而是对八十年代文学史、文学批评的一些前提、一些理论预设进行反思。"杨庆祥在《"80年代文学研究"的方法论意义》也说"'80年代作为方法'其最终目的不是学科意义上的文学史'重写'"。

仅仅是一些知识上的改变,而主要是文学史研究思维方式的更替。显然,他们有着更高的自我期许。

如果说"重返八十年代"的第一个目的相当宏大,那么,对其第二个目的我们也不可小觑。"重返八十年代"的第二个目的直指当下的文学批评与文学研究。在《"新启蒙"知识档案——80年代中国文化研究》这部著作中,贺桂梅曾概括性地指出"作为'新时期'的二十世纪八十年代,被视为告别五十至七十年代的革命实践而进行文化'新启蒙'的历史时期。这个时期形成的文学观念、知识体制与思维模式构成了近三十年的新主流文化,也是人们理解当代中国六十年乃至整个二十世纪历史的基本认知装置"①。程光炜、李杨他们要做的工作,就是想通过"重返八十年代"改变已经被视为常识的自八十年代以来一直支配着当代文学研究的这种"认知装置"。

李杨首先指出"重返八十年代"与一直都在进行着的八十年代文学研究之间的区别在于,他们是要将八十年代"问题化",也就是将我们现在已经普遍接受并视为常识的文学史观念、理论思维方式重新"问题化"。如果用文学史的眼光看待这一问题,所谓的"重返"其实就是为了与八十年代以来的主流文学史和文学批评观念进行对话,也是与主宰文学史写作和文学批评的历史哲学观念对话。主宰八十年代主流文学史叙述的基本观念是文学自主论,是文学摆脱政治制约回到文学自身,是建立在这种文学自主论之上的文学发展观。这种文学史观将"文革"前后的文学理解为一种对立关系,理解为"文学"与"政治"的关系。"重返八十年代"

---

① 贺桂梅:《"新启蒙"知识档案——80年代中国文化研究》,北京大学出版社2010年版,封底。

所要解构的,就是这种高度本质化的二元对立。于是,李杨宣称"'重返'或'重读''新时期文学'的目标就是要动摇或挑战这种既存的生产文学史的常规方式或常规进程"①。

在《历史重释与"当代文学"》《文学史与80年代"主流文学"》等文章中,程光炜也一再指出,八十年代甚至九十年代后期出现的一些比较重要的当代文学史著作②在对八十年代的文学思潮、文学作品进行解读与评价的时候,其显示出来的文学史观念依然是从五六十年代沿袭下来的"二元对立"与"文学进化论"。程光炜对这样的文学史观念明显感到不满,他与他的同行所进行的"重返八十年代"的尝试就是要对这种影响持久的文学观念甚至历史观念进行清理与超越。

杨庆祥也认为,在"重返八十年代"的过程中被重新构造的不仅仅是以往的文学作品和作家谱系,更重要的是回到现场和当下,重建文学批评的历史意识和历史维度,从而更好地对文学现场发言。

二、如何"重返八十年代"?

实事求是地讲,程光炜等人的"重返八十年代"的目标不可谓不大,学术理想也不可谓不高。那么,这样宏大而高尚的学术理想

---

① 李杨:《重返"新时期文学"的意义》,《文艺研究》2005年第1期。
② 程光炜所分析的当代文学史著作主要是:朱寨主编的《中国当代文学思潮史》,中国社会科学院文学研究所当代文学研究室编写的《新时期文学六年(1976.10—1982.9)》,北京大学中文系当代文学教研室撰写的《当代中国文学概观》,洪子诚的《中国当代文学史》,陈思和主编的《中国当代文学史教程》,孟繁华、程光炜的《中国当代文学发展史》,董健、丁帆、王彬彬主编的《中国当代文学史新稿》。

如何实现呢?

程光炜在中国人民大学的课堂上曾经提到"'重返八十年代'有多种途径和研究的方法,但其中最为重要的有两点:一是'反思历史',另一是'走向世界'"①。综观"重返八十年代"的研究文章,前一个方面应该说得到了很好的贯彻,后一个方面则让人感到进展乏力。

关于"反思历史",程光炜、李杨的设想是从八十年代的文学史中"引出一些值得讨论的话题,尤其是对八十年代以来人们新的文学观、历史观形成过程中那些至关重要的'影响'背后的'问题',做一点由点到面、从自我反思出发到重返历史思想原点的清理性的工作"②。

在自己独立发表的文章中,李杨也表达了相似的观点:"我关注的是,在八十年代开始的中国当代文学的知识构造过程中那些被不断遗失和扭曲的东西,那些被忘记或被改写的知识和思想。"③他认为中国当代文学的体制化过程,就是以这些知识和思想的被遗弃和改写作为条件和代价的,以至于我们后来对许多事物的理解是想当然的,是未加质疑的。李杨是想通过"重返八十年代"认真探讨这些"被不断遗失和扭曲的东西"是不是依然作为我们的"他者"而继续存在。如果它们依然存在,那么它们对我们认识、理解中国当代文学又发挥着怎样的作用?

---

① 程光炜:《文学讲稿:"八十年代"作为方法》,北京大学出版社2009年版,第119页。
② 程光炜、李杨:《"重返八十年代"专栏"主持人的话"》,《当代作家评论》2007年第1期。
③ 李杨:《重返八十年代:为何重返以及如何重返——就"八十年代文学研究"接受人大研究生访谈》,《当代作家评论》2007年第1期。

通过对"重返八十年代"研究论文的阅读,我们认为程光炜与他的博士生基本上就是按照他们规划的方案开展研究的。只是,除了"打捞"被以往文学史"遗忘"的历史之外,程光炜还做了另外一个方面的工作:审视当代文学史叙述中的"八十年代"。在这一部分,我们就通过对程光炜等审视当代文学史叙述中的"八十年代"、"重返"那些被"遗失和扭曲"的文学现场等研究成果的检讨,来反观"重返八十年代"的具体工作与他们的学术追求之间的关系。

(一)审视文学史叙述中的"八十年代"

通过详细研究二十世纪八九十年代一些重要的当代文学史著作,程光炜发现从五六十年代沿袭下来的文学观、历史观一直在影响当代文学史对八十年代文学现象的叙述与评价。

首先,沿用了近三十年的"新时期文学"这一概念本身就具有十分浓厚的政治意味,而且显示出"文学进化论"的色彩。《新时期文学六年》《当代中国文学概观》等都是在"新时期"这样一个"一元化"的历史环境中,使用他们之前曾经批判过的"二元化"的思维方式,以实现"新时期文学"与五十到七十年代文学的断裂,并且赋予"新时期文学"以更高级别的文学史地位。所以,在九十年代后期以来出版的当代文学史著作中,这一概念就逐渐被"八十年代文学""九十年代文学"这样一些更为中性的概念所替代。

但是,"文学进化论"的影响却并未随之消退,而是改头换面地出现在后来的当代文学史著作中。最为明显的例证就是将五十到七十年代文学与八十年代文学对立起来,并且给前者贴上"政治化"的标签,而赋予后者以"去政治化"的文学史意义。具体到当代文学史著作来讲,陈思和主编的《中国当代文学史教程》存在着用"作品"压抑"文学史知识"的二元对立,用先锋文学超越现实主义文学的进化论倾向;董健等人主编的《中国当代文学史新稿》更是一部"在'90年代'写作出版的'80年代'的当代文学史"。所以,程光炜完全有理由认为八十年代的文学思维依然在支配着九十年代以后的当代文学史写作,但是,"却从没有人认为它其实就是一个值得反省的问题"①。

(二)"重返"被"遗失和扭曲"的文学现场

根据"重返八十年代""打捞"历史的理论设想,程光炜等人在具体"重返"八十年代文学现场时,所重新审视的主要是批评家的知识谱系、文学论争过程中所展示的文学观念与批评策略以及那些文学"失踪者"与主流话语及文学研究的"认知装置"之间的疏离。通过这几个方面的检讨,他们试图展示八十年代文学研究的文学观念、历史观念对八十年代文学现象的某种遮蔽,进而超越当年的思维方式,揭示八十年代文学与政治之间的复杂关系,消除八十年代文学与五十到七十年代文学之间的二元对立。

在这一部分,我们不打算(也没有可能)把"重返八十年代"在这一方面的工作进行毫无遗漏的检讨。为了说明问题的方便,在每一个问题上我们以一篇代表性的论文作为分析对象,希望能够展示"重返八十年代""打捞"历史的成绩。

程光炜清楚地意识到,八十年代学者的知识立场对其文学批评、文学研究的决定性影响,要对八十年代的文学研究进行反思,就不能不检视八十年代学者的知识立场。程光炜与其博士生曾经讨论过一个话题:知识、权力与八十年代,其目的就是"对80年代

---

① 程光炜:《文学讲稿:"八十年代"作为方法》,北京大学出版社2009年版,第16页。

一些著名的丛书、话题和概念做一些清理"①。在《一个被重构的"西方"——从"现代西方学术文库"看80年代的知识立场》一文中,他初步审视了存在主义、语言转向这些西方的知识谱系在中国八十年代的接受情况,并试图分析这些思想理论资源对八十年代当代文学批评的影响。

程光炜认为存在主义在八十年代的中国存在着"误译""选择""删节"以及"偏离"的现象,这些现象的出现与其说是一个技术性的问题,不如说是一个思想性的问题。翻译者们是想通过这种手段解决当时中国社会普遍存在的"存在的焦虑"的问题。学者们在接受存在主义的同时也普遍将其作为一种武器运用于思想批判,而忽略了对其进行必要的学术思辨。这种现象突出地体现在刘晓波对李泽厚的批判上②。

西方语言学著作③的引入也改变了八十年代文学批评的面貌。文学界之关注语言问题乃在于其对"文学自主性"的追求。程光炜认为,八十年代中期,"文学自主性"被认为是"去政治化"的重要途径,被人们理解成一种非常"理想"的文学状态。于是,这种"语言的转向"被看作是主流话语之外的另一个系统,"回到'语言'就等于是真正地'回到文学自身',它是一种远比社会历史存在都要'纯粹''纯洁'的乌托邦的境界,这是现当代文学研究界的很多人都深信不疑的一个事实"④。

---

① 程光炜:《文学讲稿:"八十年代"作为方法》,北京大学出版社2009年版,第105页。
② 见刘晓波:《选择的批判——与李泽厚对话》,上海人民出版社1988年版。
③ 如卡西尔:《语言与神话》,于晓等译,生活·读书·新知三联书店1988年版。
④ 程光炜:《文学讲稿:"八十年代"作为方法》,北京大学出版社2009年版,第114页。

要反思八十年代文学批评中存在的问题及其政治性影响,对文学论争中各方所持文学观念与批评策略进行梳理也是一种途径。在《批评对立面的确立——我观十年"朦胧诗论争"》一文中,程光炜通过清理"朦胧诗论争"双方的文学观念与批评策略,从一个侧面向我们揭示了八十年代文学与社会思潮及政治环境之间的紧密联系。论争双方所使用的策略都是将对方设立为"对立面","先把对方设定在'不正确'的状态",然后通过批驳、激辩和排斥的方式,使对方丧失话语阵地,使自己的文学观念成为文学界唯一通行的话语。于是,"看得见的自我与抽象的对方,在批评文章中形成了交锋式的富有张力的话语形态,由此形成我们所能看到的'80年代'文学批评的'面貌'"。

回顾八十年代文学批评的历史可以发现,当时几乎所有的论争、批评活动,这种以一方的立场、本质来排斥、降低对方的立场和本质的做法,实际上都相当普遍地存在着。"某种程度上,80年代的文学批评,可以说是一种典型的立场化和本质化的批评。"①

在八十年代的文学批评中,为什么相同主题的作品有的当时就获得了较高的评价,在文学史上拥有了"经典"的地位,而有的作品则被质疑甚至批判,在后来的文学史叙述中也一直处于边缘地位,甚至被文学史"遗忘"? 这一现象背后所显示的其实就是八十年代文学成规对不同作品的选择问题。通过对八十年代文学成规的"塑形","重返八十年代"希望展示出80年代文学创作及批评与社会体制、意识形态之间的复杂关系。在《文学"成规"的建立》一文中,程光炜从"'揭露'的历史范围及限度""具体或抽象的

---

① 程光炜:《批评对立面的确立——我观十年"朦胧诗论争"》,《当代文坛》2008年第3期。

叙事""人生与人性之区别""给出答案"等四个方面对比分析了同为"伤痕"题材的两部作品《班主任》和《晚霞消失的时候》。

在对历史的揭露上,"《班主任》的故事与社会意识形态比较一致",而《晚霞消失的时候》则不满足于"揭露"与"呼吁","它对造成悲剧的历史成因和人的命运中所潜藏的存在主义命题的兴趣,也远远超出了一般性的社会问题,有非常尖锐的追问"①。在叙述方式上,《班主任》采取的是"具体"叙事,而《晚霞消失的时候》则表现了对"抽象"叙事的"错误"追求。按照当时的文学观来理解,"具体"叙事是在一种被事先规定的历史场景和历史认识中展开的;而"'抽象'叙事则被看作是对这一'规定'和'本质'的脱离,是一种明显的改写、扩展,因而无形中对已经设限的具体历史场景和认识构成了直接威胁"②。在探讨"人生""人性"的问题上,前者始终围绕着"人生问题"而展开;后者却没有停留在"人生"层面而滑向了"人性"的层面。在当时批评家的话语系统中,"人生"问题对现实生活、现实斗争具有指导意义,"是一种精神导师的身份"③;而"人性"则依然具有资产阶级的话语属性。面对自己提出的问题,前者给出了与社会意识形态相一致的"答案",而后者却避免给出"答案"。这个时候更能够给出符合社会要求"答案"的《班主任》自然会比避免给出"答案"的《晚霞消失的时候》更受主流批评家的肯定。

---

① 程光炜:《文学讲稿:"八十年代"作为方法》,北京大学出版社2009年版,第294页。
② 程光炜:《文学讲稿:"八十年代"作为方法》,北京大学出版社2009年版,第300页。
③ 程光炜:《文学讲稿:"八十年代"作为方法》,北京大学出版社2009年版,第307页。

通过以上四个方面的分析,程光炜不仅展示了八十年代文学批评与政治之间的密切联系,而且更进一步揭示了八十年代的文学环境与"十七年"时期一脉相承的关系。在"十七年文学"中,对于通过什么样的"故事"表达什么样的主题,文学体制内部都有严格的规定。反过来说,如果某些作品因存在"问题"而受到指责和批评,也都是文学体制内部规定性内容方面的批评。"这种对历史的认识和想象,在80年代并没有根本变化,它有某些收缩、改造和转化的现象,基本原理却未发生重大变动。可以说,这是'新时期'文学成规自我探索、生成过程的一个基本前提。"①

三、"重返八十年代"的问题与反思

对于"重返八十年代"的学术构想和具体研究成果我们不仅认为有其必要和价值,而且对各位学者进一步探讨学术史的情怀也表示由衷的敬意。也就是在这样的意义上,我们想提出一些粗浅的看法,希望对进一步推动"重返八十年代"的学术研究有一定的借鉴意义。

"打捞"历史的做法能在多大程度上实现揭示八十年代文学"政治性"的目的,我们的看法似乎并没有程光炜、李杨等学者那么乐观。我们承认在这些学者的研究论著中,他们的确在一定程度上揭示了其研究对象的"政治性",但是,就像有的学者所指出的那样,他们的研究对象很多时候都给人一种"增遗填缺"的感觉,这些对象往往是八十年代文学发展中的一些"缝隙"(当然,谁

---

① 程光炜:《文学讲稿:"八十年代"作为方法》,北京大学出版社2009年版,第300页。

是"缝隙"谁是"主流",不同的学者可能会有不同的看法,但是,文学作品就在那里,它们在一定程度上或许能够给出结论)。证明了这些"缝隙"的"政治性"是否就能够证明整个八十年代文学的"政治性"?答案恐怕未必那么明朗。

综观"重返八十年代"的研究文章,我们发现,研究者们在对八十年代文学进行重新阐释的时候存在两个方面的问题。

其一,他们大多选择文学史上的一些个案进行重新分析,缺乏对八十年代文学发展趋势的整体把握。无论是程光炜还是他的同行,其研究文章大体可以分为这样几类:阐述"重返八十年代"的理由与方法,"重返"八十年代的文学思潮与文学批评,以文化研究的方法重读八十年代的文学作品。那种尝试"重塑"八十年代文学"政治性"的整体性把握八十年代文学史的文章,我们几乎没有见到。在这种情况下,我们就很难对八十年代文学"去政治化"的学术判断提出有力的质疑。毕竟,证明了一些个案的"政治性"并不能从整体上颠覆整个八十年代文学"去政治化"的发展趋向。某一时段的文学思潮或某一部作品所受到的文学批评具有"政治性"也并不代表整体上文学史发展的"去政治化"就不能成立。

其二,在对文学作品进行个案分析的时候,研究者们大多采用文化研究式的外部分析,很少通过文本细读的方式揭示文本内部的"政治性"因素。2011年,程光炜在《长城》杂志上开辟了一个名为"编辑与80年代文学"的学术专栏。在这一专栏内发表的文章,主要是通过"打捞"八十年代的某些作品在创作、修改、编辑、发表过程中的一些"秘史",来佐证八十年代"文学"与"政治"之间的密切关系。这种思路在"重返八十年代"文学研究中普遍存在,甚至可以说是一种很有代表性的研究方式。不是说外部研究不可取,但是，总是靠着"打捞"上来的一些"秘史"开展自己的学术研究，总是让人觉得这种研究好像还缺少点什么。一种文学研究的真正拓展当然离不开外部研究与史料分析，但是，如果仅仅建立在外部研究与史料分析上面，这种研究能够取得多大成绩就很值得怀疑。

另外，这些"缝隙"的"政治性"在之前的研究中一些学者已经有所论述，但这并未改变大家对八十年代文学"审美趋向"的认识。"重返八十年代"的这种努力能够做到吗？

退一步讲，即便是他们的努力实现了自己的学术构想，接下来很可能马上就会有学者指出："重返八十年代""打捞"的这些"历史"是否会对以往文学史所叙述的那些"历史"产生新的压抑？在程光炜等看来，大家之所以认为八十年代文学是一种"去政治化"的"审美"的文学，就是因为以往的文学史压抑（或者称为"遗失与扭曲"）了他们所要"打捞"的这些具有"政治性"的"历史"。那么现在，如果"打捞""历史"获得成功，这些被"打捞"上来的具有"政治性"的"历史"又如何能够保证不会压抑"文学性"的"历史"？这样一来，政治是否会对文学重新产生压抑？这种情况的出现并非没有可能。如果出现了这种情况，我们又如何消除"重返八十年代"所要尽力消除的政治与文学之间的对立？

其实，从学术史来看，这几乎就是文学研究发展的一个"怪圈"。王国维在《宋元戏曲考·序》中说"凡一时代有一时代之文学"，我们似乎也可以说"一时代有一时代之文学研究"。在八九十年代，基于"文学回到自身"的文学自主论，当时的研究者们更多地强调八十年代文学"去政治化"的趋向，强调八十年代文学与五十到七十年代文学之间的对立与"断裂"。今天，"重返八十年代"的研究者们基于文学研究及社会文化思潮的影响，又想通过强调八十年代文学的"政治性",在八十年代文学与五十到七十年代文学之间建立某种一致性。在将来的某一天,情况有可能又会出现另一种变化。所以,一种学术研究在看到自己对以往研究成果的超越性的同时,也应该清醒地意识到自己的局限性。

对于"重返八十年代"而言,改变八十年代以来文学研究中的某些"认知装置"与思维方式是一个很重要的目标。既然这些"认知装置"与思维方式是自己所要批判并试图加以改变的东西,那么,在自己的研究过程中,就应该极力避免受它们的影响。但令人遗憾的是,他们所要改变的这种"认知装置"与思维方式依然在十分顽固地支配着他们"重返八十年代"的学术研究。在所有他们要批判的思维方式中,"二元对立"是很重要的一个。程光炜在《批评对立面的确立——我观十年"朦胧诗论争"》中,就着重分析了"二元对立"思维模式对"朦胧诗论争"的影响。批判的双方,无论是"崛起派"还是"保守派",都是先将对方设定为自己的"对立面",先把对方设定在"不正确"的状态,然后通过批驳、激辩和排斥的方式,使对方丧失话语阵地,使自己的文学观念成为文学界唯一通行的话语。虽然说程光炜等学者的态度已经不再是80年代那种"批驳、激辩和排斥的方式",但是,思维方式依然是二元对立的。他们是通过把以往文学史叙述设定为自己的"对立面"来建立自己的研究视角的,如果没有了以往文学史这一"对立面"的学术参照,"重返八十年代"能在多大程度上具有学术意义就很是一个问题。

从哲学的角度来看,"重返八十年代"所批判的这种"二元对立"其实几乎是一种很难克服的思维模式。只要对某一事物展开批判,我们就不可避免地会把它作为自己的对立面进行审视。从宽泛的意义上来讲,这样的做法都可以称之为"二元对立",它在很多学术研究中都普遍存在。这种思维模式存在于八十年代的文学批评中,存在于"重返八十年代"对八十年代文学研究的批判中,同样也存在于我们对"重返八十年代"文学研究的批评之中。

另外,"重返八十年代"的倡导者程光炜、李杨都是八十年代成长起来的学者,其他从事该项研究的学者,要么跟程光炜、李杨一样,要么就是他们的学生。可以说,这些学者的文学观、历史观与八十年代逐渐形成的"认知装置"和思维模式有着十分密切的关系。在这样的知识背景下来反思、批判八十年代的"认知装置"和思维模式,多少有些像是提着自己的头发过河,其困难程度可想而知。

历史化的意义及其可能

——"当代文学历史化"学术思潮[①]述论

一、"当代文学历史化"的概念界定

近些年来,"当代文学历史化"已经成为学术界普遍关注的一个焦点问题。这一点从当代文学著名学者关注的重心和一些学术会议的主题上就可以看得很清楚。洪子诚、程光炜、吴秀明、吴俊等学者近年来发表和出版了一系列有关"当代文学历史化"的论文、著作或者史料丛书,其中影响较大的有洪子诚的《当代文学的概念》《问题与方法:中国当代文学史研究讲稿》《材料与注释》《我的阅读史》,程光炜及其弟子的"重返八十年代""八十年代文学史料文献搜集整理",吴秀明阐述"当代文学历史化"学术方法的系列文章及其主编的《中国当代文学史料丛书》,吴俊的《中国当代文学批评史料编年》等。从 2007 年的"中国当代文学史:历

[①] 有学者认为,当代文学研究中的这种"历史化"倾向,"用'学术转向''学术思潮'来概括不如用'学术深化'来得准确实在。因为当代文学研究和文学史写作的这种'历史化'根本就不是'转向',而是'深化'"。见陈剑晖:《当代文学学科建构与文学史写作》,《文学评论》2018 年第 4 期。

史观念与方法"学术研讨会、2009年的"当代文学研究的'历史化'"研讨会开始,以"当代文学历史化"为主题的学术研讨会一直十分热门,尤其是近两年来,很多与当代文学有关的学术会议都与"历史化"或"史料建设"有关,如2016年的"中国当代文学史料研究中心成立暨学术研讨会"、2017年的"'问题与方法:中国当代文学史料与文学史研究'学术研讨会"和"中国当代文学史料问题高峰论坛"、2018年的"'中国当代文学史料建设与研究'学术研讨会"、2019年的"'中国当代文学的历史化问题'学术研讨会"等。对于这样一个已经兴起十年有余但是至今非但没有减弱反而日益蓬勃的学术思潮,进行一个简单的学术梳理还是十分必要的。

虽然"当代文学历史化"的学术倡议已有十余年之久,也有那么多的学者都积极地参与其中,但是,对于"历史化"的具体内涵,学者们似乎并没有一个统一的认识。根据罗长青、吴旭的研究,在当代文学研究领域,"历史化"的具体所指大概包括四个方面:文学创作、文学研究、文学史编纂和学科教育。在文学创作中,"历史化"指的是作家对历史题材的征用和新历史主义的创作方法;就文学研究而言,"历史化"指的是当代文学研究领域中的"史学化"[①]趋势;在文学史编纂方面,它意味着当代文学史的"重写"与"重返";而在学科教育中,"历史化"则主张当代文学学科的合法性、稳定性与学术性[②]。其实概括起来,大概有两个方面:一个是文学

[①] 在《"史学化"还是"历史化":也谈中国现当代文学研究的新趋势》(《中国现代文学研究丛刊》2018年第2期)一文中,钱文亮认为,用"史学化"概括二十世纪九十年代以后中国现当代文学研究的倾向"过于简单化","倒不如采用后现代意义上的'历史化'更为切实和准确"。

[②] 罗长青、吴旭:《学术现象视域中的中国当代文学"历史化"概念所指》,《"中国当代文学中的历史化问题"学术研讨会论文集》,未刊。

创作,我们暂且不论;另一个就是学术研究,无论是当代文学史的编纂还是学科建设,都必须以当代文学研究为基础,而这种以文学史编纂和学科建设为旨归的当代文学研究,必须摆脱单纯以文学批评为中心的研究趋向,这大概才是"当代文学历史化"的意义指向所在。

程光炜是倡导"当代文学历史化"最主要的学者之一,在最初的几年里,他曾多次对"历史化"的概念进行阐释,其中比较重要的有两次。在《当代文学学科的"历史化"》一文中,他认为"当代文学学科的'历史化'","指的是经过文学评论、选本和课堂'筛选'过的作家作品,是一些'过去'了的文学事实,这样的工作,无疑产生了历史的自足性。也就是说,在当代文学学科'历史化'过程中,'创作'和'评论'已经不再代表当代文学的主体性,它们与杂志、事件、论争、生产方式和文学制度等因素处在同一位置,已经沉淀为当代文学史的若干个'部分',是平行但有关系的诸多组件之一"①。后来,他在与学生杨庆祥的一次对话中再次提到了"历史化",他指出:"我理解的'历史化',不是指那种能对所有文学现象都有效处理的宏观性的工作,而是一种强调以研究者个体历史经验、文化记忆和创伤性经历为立足点,再加进'个人理解'并能充分尊重作家和作品的历史状态的一种非常具体化的工作。"②最近几年,程光炜的主要工作是"八十年代文学史料文献搜集整理",没有再专门对这一概念进行阐释与修订,但是,从他的工作中我们能够看出,他对这一概念的理解没有太大的变化。

在这个比较学理化而又自觉意识到其理论局限的学术概念

---

① 程光炜:《当代文学学科的"历史化"》,《文艺研究》2008年第4期。
② 程光炜:《当代文学的"历史化"》,北京大学出版社2011年版,第232页。

中,有两个方面值得思考。其一,对作家作品的地位似乎定位不高。在第一个概念里面,他认为"创作"与"评论"不再是当代文学的主体,而只是"诸多组件之一"。这种研究思路有可能重新陷入人们对洪子诚《中国当代文学史》的批评之中:"在《中国当代文学史》中,我们既看不到经典作家,也看不到经典作品,甚至连'精品'都踪影难寻。"①所以到了后来,他做了必要的修正,即"充分尊重作家和作品的历史状态"。其二,"研究者个体历史经验"的提法,大概是在强调理论自身的局限性。但是这种个人历史经验的加入会不会影响到"历史化"目标的实现?毕竟,"'历史化'还不仅仅意味着将对象'历史化',更重要的还应当将自我'历史化'"②。所谓"自我历史化",是指将自己对历史的阐释也放置到具体的历史语境中去,考察自己在那样的环境中为什么会产生那样的观点。研究者个体经验的加入是不可避免的事情,但是,应该时刻警惕个人经验的本质化。

在此意义上,所谓"当代文学历史化",基本可以理解为,将当代文学的作家作品放置到具体的历史语境中去,运用知识考古学的方法,搜集整理相关的史料、史实,通过文本细读的方式建构当代文学生产发展的历史场域,并在此场域中评价衡量具体作家作品的历史价值。它不仅关注具体作品的"审美""艺术""文学性"分析,更希望将这种分析放置到当代历史的语境中去,以把握其在一定历史时段中的文学史意义。需要指出的是,这种历史化既是一种学术追求,也是一种学术理想,带有理想化色彩。一切历史都

---

① 陈剑晖:《当代文学学科建构与文学史写作》,《文学评论》2018年第4期。
② 李杨:《50—70年代中国文学经典再解读》,北京大学出版社2018年版,第357页。

是当代史。虽然在学术研究的过程中我们可以尽力保持客观中立的学术立场,但无可否认的是,我们对历史的任何一次重写都是"当下"与"历史"的一次对话,完全拒绝"当下"对"历史化"工作的参与从根本上来讲不仅无法实现,而且也不应该。"当代性"不仅是当代文学研究的一种宝贵品质,而且也应该是一切人文学科学术研究所应坚持的立场。本书所说的"历史化"更多地是指在意识的层面上,尽力在当代文学的历史语境中考察我们的研究对象。

二、"当代文学历史化"的争议焦点

"当代文学历史化"之所以会成为一个问题,争议的焦点主要有三个:学科的合法性、时间性和"当代性"。为什么一些学者要花费那么大的精力致力于当代文学的历史化研究呢?一个很重要的原因就是当代文学学科的身份在不少学者那里是值得怀疑的。且不说唐弢的著名论断"当代文学不宜写史",多年以后,谢冕还提出"现在我主张取消当代文学的说法"①。"当代文学至今仍'妾身未明',身份十分可疑。毋庸置疑,当代文学是一个处于'未完成'状态的年轻学科,也是一个共识最少、争议最多、满意度最低的学科。"②当代文学学科的这种状态让很多从事当代文学研究的学者感到不安。在这种学术背景下提出"当代文学历史化",本身就带有对自身合法性地位的诉求。他们认为:"一个学科发展到一定时候,大凡都会提出'历史化'的问题"③,"当代文学史写作的'历

---

① 肖敏、李彦文:《"中国当代文学史:历史观念与方法"学术会议综述》,《文艺争鸣》2007年第12期。
② 陈剑晖:《当代文学学科建构与文学史写作》,《文学评论》2018年第4期。
③ 程光炜、夏天:《当代作家的史料与年谱问题》,《新文学评论》2018年第1期。

史化'倾向,有利于学科的稳定性和确定性,也可以使当代文学史更贴近历史真实和更具学术深度"①。

所谓时间性问题,一方面是指当代文学的存续时间,另一方面还指它的截止时间以及由此产生的研究者与研究对象之间的"历史距离感"。"当代文学历史化"的提倡者与支持者多次提出当代文学的存在时间问题,"当代文学已有近六十年的历史,已经是现代文学存在时间的两倍。它是否'永远'停留在'批评'状态,而没有自己的'历史化'的任务?"②"当代人写史的问题,从上世纪80年代初到现在总是在说。奇怪的是,没有人指责朱自清、周作人在新文学诞生只有十多年的时候就写类似新文学史的论著不应该,可是,在当代文学已经过了30、40、60年的时候,还说距离太近,还说不能写史。多少年才'不近'啊? 当代人写当代史的缺陷自然存在,问题多多,但当代人的讲述,也有隔代、隔隔代人讲述不能代替的方面存在。"③从这样一种意义上来谈论"当代文学历史化",恐怕很难有人提出什么反对的意见。但时间性难题的关键可能还不在这里,而在于"'当代文学'尚无清晰的时间下限,研究者身在其中,缺乏客观冷静的学术研究和评判所必需的历史距离感"④。在这里,郜元宝大概像很多对"当代文学历史化"表示异议的学者一样,把"当代文学"与"当下的文学"画等号了。而实际上,"当下的文学"属于"当代文学",但是"当代文学"并不就等于"当下的文

---

① 陈剑晖:《当代文学学科建构与文学史写作》,《文学评论》2018年第4期。
② 程光炜:《当代文学学科的"历史化"》,《文艺研究》2008年第4期。
③ 魏沛娜:《"文学史"这个"世纪迷思"的病症——专访北京大学中文系教授、当代中国文学研究学者洪子诚》,《深圳商报》2014年9月15日。
④ 郜元宝:《"中国现当代文学研究"的"史学化"趋势》,《中国现代文学研究丛刊》2017年第2期。

学"。如果说"当下的文学"与研究者之间因为缺乏"必需的历史感"而不能历史化,那么,距离我们已经30年、40年、50年的"八十年代文学""文革文学""十七年文学"呢?当年唐弢提出"当代文学不宜写史"也主要是因为他把"当代文学"理解为"当下的文学"了。"我们的当代文学从人民共和国成立算起,网罗了三十几年的历史。难道说,三十年前的文学还是当前的文学,五十年代文学到了八十年代还是眼前正在进行的文学吗?把这些归入到现代文学的范围,倒是比较合适的。换一句话说,它们已经不是当前的文学,它们可以算作历史资料,择要载入史册了。"①从唐弢的这段话我们可以看出,在当时,他就不反对将"五十年代文学""载入史册",何况时间又过去了三十多年呢?在此意义上我们认为,像洪子诚的"十七年文学"研究、程光炜的"八十年代文学"研究那样,选取一定的历史时间段把它们"固定下来",进行历史化的工作,完全是可能的。

在解决了时间性的问题之后,"当代性"的问题也就不难解决了。一些学者之所以对"当代文学历史化"表示异议,一个很重要的原因是他们对当代文学的"当代性"十分珍视,认为"当代性是考察当代文学研究与批评所必须坚持的,是'当代文学''当代文学研究''当代文学批评'的根本属性所在"②。当代文学研究"要一直保持在当下的视野里,只有在和当下的联系中,它们才能成为当代文学史的内容"③。对"当下性"的这种珍视,体现了学者们对

---

① 唐弢:《当代文学不宜写史》,《当代文艺思潮》1982年第3期。
② 张清华:《在历史化与当代性之间——关于当代文学研究与批评状况的思考》,《文艺研究》2009年第12期。
③ 刘复生:《历史化与反历史化》,《"中国当代文学中的历史化问题"学术研讨会论文集》,未刊。

当代文学研究社会功能的维护。他们所担心的大概是"当代文学历史化"有可能将当代文学研究进一步引向学院化和书斋化，进而弱化当代文学研究的社会功能。这是人文学者一种难能可贵的精神担当。但是，从学术研究上讲，如果我们承认"当代文学"不仅包括"当下的文学"，而且包括距离我们已经30年以上的文学，那么，对这部分文学进行历史化研究大概不会损害到"当代性"的可贵品质吧？虽然我们也认同"八十年代没有过去，它还是我们直接的当下"①这种历史判断，但是如果由此反对"八十年代文学"的历史化研究，就有些过于执念了。如果这样的话，现代文学的历史化工作又该如何评判呢？"五四"过去了吗？其实，"当代文学历史化"并不必然导致"当代性"的弱化。一切历史都是当代史，一个优秀的学者，即便是研究古代文学，也必然会带有当下的历史关切。更何况，当代文学研究的主体依然是文学批评。

由此我们认为，当代文学应该历史化，也可以历史化，关键的问题是如何历史化。

三、"当代文学历史化"的若干工作

那么，具体而言，这种历史化的工作应该如何进行呢？

基础性的工作当然是史料文献的搜集与整理。"没有文献学为基础的新时期文学40年研究，可能一直都会停留在'提问题'的阶段，而无法把我们想到的诸多问题变成具体研究，一步步深入下

---

① 刘复生：《历史化与反历史化》，《"中国当代文学中的历史化问题"学术研讨会论文集》，未刊。

去。"①新时期文学如此,当代文学更是如此。目前已经整理出来的文献主要有,二十世纪八十年代贵州人民出版社出版的《中国当代文学研究资料丛书》,孔范今、雷达、吴义勤主编的《中国新时期文学研究资料汇编》,程光炜主编的《新时期文学史料文献丛书》《中国当代文学期刊目录》,吴秀明主编的《中国当代文学史料丛书》,吴俊主编的《中国当代文学批评史料编年》,丁帆、王彬彬、王尧、朱晓进领衔加盟编撰的《江苏当代作家研究资料丛书》,程光炜、吴圣刚、沈文慧主编的《中原作家群研究资料丛刊》等。这些史料文献,主要关乎中国当代文学史上的作家作品、文学思潮、文学流派、文体文类、文学期刊等,它们对于中国当代文学的历史化研究具有十分重要的史料支撑作用。其中比较有意思的是程光炜主编的《中国当代文学期刊目录》和吴俊主编的《中国当代文学批评史料编年》。前者是中国当代文学期刊的一次目录学整理,后者是中国当代文学批评史的基础性史料。这两项工作在中国当代文学史的研究中尚属首次。

由此可以想到,在中国当代文学的历史化工作中,不能总是围绕着几个作家、几种思潮来回做一些重复性工作。其实,即便是史料性的工作也还有很多空间有待拓展。首先是《中国当代文学词典》的编纂。与古代文学、现代文学相关的词典已经诞生,而且产生了不小的影响,比如谭正璧编纂的《中国文学家大辞典》、钱仲联等主编的《中国文学大辞典》、贾植芳等主编的《中国现代文学词典》。中国当代文学方面的词典虽有潘旭澜主编的《新中国文学词典》,但是它出版于1993年,迄今已有二十多年了,对它的修

---

① 程光炜:《怎样研究新时期文学》,《当代作家评论》2018年第5期。

订或者重新编纂应该引起重视。其次是中国当代文学作品的目录提要性著作的编纂。在中国现代文学史上有不少影响很大的目录学著作,如贾植芳、俞元桂主编的《中国现代文学总书目》,唐沅等人编纂的《中国现代文学期刊目录汇编》,董健主编的《中国现代戏剧总目提要》,郭启宗等主编的《中国小说提要(现代部分)》等。在当代文学中也已经有了一些这样的著作,如董健、陆炜编的《中国当代戏剧总目提要》,程光炜主编的《中国当代文学期刊目录》,但是其他门类的类似著作则尚未出现。与现代文学相比,当代文学时间跨度更长,作家作品更多,而且一直处于发展变化之中,这类大型工具书的整理撰写更加困难,这是事实。但是困难也并非无法解决。如果整个当代文学做起来有困难,是不是可以先做某一个时间段的?比如《"十七年"文学总书目》《"文革"文学总书目》《八十年代文学总书目》等。再次是当代文学"公案"的史料搜集与整理。在中国当代文学史上有很多著名的"公案",如"十七年"时期的一系列文学批判、八十年代关于各种文学思潮的论争、九十年代初期围绕《废都》发生的论争等。在一定程度上讲,一部当代文学论争史就是一部当代文学发展史。如果我们能够把每次论争背后的各种档案史料充分挖掘整理出来,这对当代文学的历史化将起到很大的推动作用。这样的工作已经有学者在做,如山东师范大学文学院编辑出版的"历史档案书系",程光炜主编的《新时期文学史料文献丛书》等,涉及伤痕文学、反思文学、朦胧诗等重要文学思潮,但是与"公案"的史料搜集思路似乎还有些距离,更多时候他们是把这些现象作为思潮来对待的,搜集的史料也更多的是关于它们的研究论文。如果将其作为"公案",恐怕还要搜集更多与之有关的能够呈现其来龙去脉的历史资料。当然,这项工作做起来有很多困难,包括档案的涉密问题和作家的人事纠葛。最后是作家回忆录,包括口述史。在中国现当代文学史上,作家回忆录的价值还没有被充分地认识到,现在主要是将其作为真实性尚待考证的佐证材料。而实际上,在作家年谱的修订、传记的书写方面,它们的作用十分重要。即使是从一段文学史的研究与重写而言,这些文献的价值也不容低估。例如,在八十年代,"作家回忆录的写作是许多老作家①回归文坛的一种重要方式,也理应成为八十年代文学史不可或缺的一页。这些回忆录为我们提供了被以往的研究工作严重忽略掉了的'另一半'八十年代文学的面貌:一个不一样的八十年代文学格局、文学思潮、文学生态和作家的精神人格。它们不仅在八十年代的非虚构写作中具有不可或缺的历史地位,而且也为我们从整体上勾勒这些作家在人生暮年的精神状态提供了可能。在日益重视当代文学史料建设的当下,对八十年代作家的回忆录进行史料整理、文献考辨、综合研究,不仅可以给我们提供一个'重返八十年代'的新视角,而且可以为以后的现当代文学研究提供史料支撑"②。如果一些作家因为各种原因不能撰写回忆录,我们应该考虑是否可以与他们一起做相关的口述史。这对当代文学研究来说,既是便利条件,也是目前一件十分紧要的工作。

第二个方面的工作是作家作品集的搜集、整理与编纂。对于一个作家的经典化、一段文学时期的历史化而言,一项基础性的工

---

① 这里的"老作家"指的是自"五四"以来一直在文坛上占有重要地位、在八十年代依然健在并以各种形式发表出版了回忆录的作家,如茅盾、巴金、胡风、丁玲、冰心、夏衍、臧克家、阳翰笙、徐懋庸、陈白尘、赵家璧、许杰、王西彦等。引者注。
② 徐洪军:《八十年代作家回忆录研究的意义、现状与可能》,《天府新论》2018年第4期。

作就是作家作品集的搜集、整理与出版。在古代文学中,我们有《全上古三代秦汉三国六朝文》《先秦汉魏晋南北朝诗》《全唐文》《全唐诗》《全宋文》《全宋诗》《全宋词》等历朝历代作品集以及《李太白全集》等作家文集;在现代文学史上,我们有《中国新文学大系》等分时期的作品集整理,有《鲁迅全集》《郭沫若全集》《茅盾全集》《巴金全集》《老舍全集》《曹禺全集》《沈从文全集》等著名作家的文集。在这种前提下,中国古代文学、现代文学的历史化工作才得以持续稳步地推进。与古代文学、现代文学相比,中国当代文学研究对作家文集的重视程度似乎还有待进一步加强。就目前来看,对"十七年"文学影响较大的作家,其文集大体上已经整理出版了,比如《周扬文集》《胡风全集》《丁玲全集》《冯雪峰全集》《夏衍全集》《赵树理全集》《贺敬之文集》《孙犁全集》《柳青文集》《杨沫文集》等。新时期作家文集的整理出版工作相对比较复杂。在一些作家去世以后,经过多方努力,他们的文集逐渐得到出版,如《曾卓文集》《绿原文集》《牛汉诗文集》《戴厚英文集》《高晓声文集》《海子诗全集》《顾城诗全集》《姚雪垠文集》《徐迟文集》《路遥全集》《林斤澜文集》《汪曾祺全集》等。这些文集的出版对于这些作家的经典化,对八十年代文学的历史化都将起到十分重要的作用。但是,还有不少已经去世的重要作家,其文集至今尚未整理出版,如茹志鹃、张一弓、周克芹、张贤亮、王润滋、史铁生、王小波等。作品的分散不全,对于作家的整体研究,对于一段文学史的整体推进都将产生一定的影响。与已经去世的作家相比,在世作家文集的整理出版可能更为麻烦。其中一个原因是很多作家仍然在不停地创作之中,在这种情况下整理出版他们的文集,其权威性可能就会受到质疑。比如2012年莫言获得诺贝尔文学奖以后,作家出版社和云南人民出版社几乎同时推出了20卷本《莫言文集》。这种行为与其说是一种学术总结，不如说更像是一种商业运营。1998年陕西人民出版社出版了18卷本《贾平凹文集》之后，2013年上海文艺出版社又出版了20卷本《贾平凹文集》。不是说一家出版社出了某作家的文集以后其他出版社就不能再出，而是说，如果一个作家尚处于旺盛的文学创作期，这种文集的出版很可能会造成一种学术资源的浪费。相比之下，人民文学出版社2019年出版的《汪曾祺全集》就有价值得多。虽然北京师范大学出版社在汪曾祺刚刚去世一年之后（1998年）就出版了他的全集，但是20年以后，人民文学出版社的工作显然做得更为扎实、更为全面，所以它对于汪曾祺研究工作的推进也将提供更为权威的史料基础。在世作家文集出版困难的另一个原因大概与作家本人有关。因为不少作家依然处于创作的状态，他们可能并不太愿意在此过程中推出自己的文集。这一点需要作家和学者达成共识。总体而言，在当代文学历史化的过程中，我们应该充分重视作家作品集的搜集、整理与出版。难能可贵的是，在几代学者的共同努力下，《中国新文学大系》一直在整理出版中。这一工作必将对中国当代文学的历史化产生重要影响，但是它们的价值现在似乎还没有得到充分的认识。就作家文集的整理出版而言，它需要学术评价体制的支持，也需要作家及其家属的积极配合。

当代文学历史化第三个方面的工作是作家年谱的编纂，传记、作家论的撰写。在参加"中国当代作家论"丛书新书发布分享会时，吴义勤指出："'作家论'是现当代中国文学研究的传统，同时也代表了现代文学研究最高水平，可以说现代文学研究中能够反复被一代代学者阅读和引用的著作其实都是'作家论'"，"而我们在当代作家领域,明显不足,当代文学研究大多是现场评论、追踪研究,系统的综合研究比较弱"①。在中国古代文学、现代文学研究中,很多学者都是从对某一个具体作家的研究走上学术道路的,或者以研究某一个具体作家而知名。比如袁行霈的陶渊明研究,莫砺锋的杜甫研究,钱理群、王富仁等人的鲁迅研究,陈思和、李辉的巴金研究,凌宇的沈从文研究,陈晓明的沙汀、艾芜研究等。在当代文学领域,这样的现象目前还比较少见。主要原因可能是学者认为,当代文学缺乏这样的经典性作家,"不值得"花费那么大的功夫。就"十七年文学"而言,因为比较多的是"一本书作家",可能的确经不起这样的研究,但是,杨沫、柳青等作家的价值还有待充分认识。如果从1978年第四次文代会算起,新时期文学也已经有四十多年的历史了。在这四十多年里,涌现出了不少重要作家,比如汪曾祺、路遥、王小波、史铁生、陈忠实、顾城、海子、莫言、王蒙、贾平凹、王安忆、韩少功、张承志、阎连科、刘震云、张炜、余华、张洁、方方,等等。这些作家在一定程度上代表着新时期以来中国文学的成就。在推动当代文学历史化的过程中,要想使当代文学的研究真正地"去批评化",这些作家的年谱、传记、作家论的撰写其实是一项绕不开的工作。在这一点上,《东吴学术》开辟的"作家年谱专栏"体现了一种学术研究的前瞻性。从2012年开始,《东吴学术》陆续推出了苏童、阿来、余华、韩少功、阎连科、史铁生、铁凝、翟永明、莫言、汪曾祺、张承志、贾平凹、林白、李佩甫、刘震云、毕飞宇、陈忠实、张炜等著名作家的文学年谱。后来又以"当代著名作家及学者年谱系列"丛书的形式出版发行,产生了很好的

---

① 高凯:《〈中国当代作家论〉丛书出版 解读作家精神世界》,中国新闻网。https://baijiahao.baidu.com/s?id=1609841051426031543&wfr=spider&for=pc.

学术反响。2018年,由著名批评家谢有顺主编的"中国当代作家论"丛书第一辑由作家出版社出版,收录《阿城论》《昌耀论》《格非论》《贾平凹论》《路遥论》《王蒙论》《王小波论》《严歌苓论》《余华论》等9部著作。这些基础性的工作必将在当代文学历史化的过程中起到奠基性的作用。

在基本的史料建设和作家作品的历史化研究之外,当代文学的历史化工作还应该包括相关概念的知识清理以及包括文学机构、文学期刊、文学出版、文学会议、文学评奖等在内的文学制度研究。在当代文学的知识清理方面,洪子诚先生的成就最为突出。早在二十世纪九十年代,他已经十分自觉地开始了这方面的工作。"在我们过去的文学史中,那些我们经常使用,习焉不察的事实、概念、评价,是如何形成的,是通过什么样的办法'构造'出来的?——这是90年代我的主要思路。""通过这种'清理',能够使过去那些表面看起来很严密、统一的叙述露出裂痕,能够在整体板块里头,看起来很平滑、被词语所抹平的'板块'里头,发现错动和裂缝,然后来揭露其中的矛盾性和差异。这种方法是在原先已有的叙述的结论上发现问题,或者说,把既有的叙述'终点'作为出发的'起点'。"①这一方面的工作突出地体现在他的《中国当代文学史》《材料与注释:中国当代文学史研究讲稿》以及他对"当代文学""左翼文学""题材""样板""手艺"等众多文学概念的清理上。在青年学者中,对当代文学知识清理工作着力较多、成绩也比较突出的是贵州师范大学的罗长青。大概从2010年开始,他对"红色娘子军""红灯记""底层文学""新世纪文学""中国当代文

---

① 洪子诚:《问题与方法:中国当代文学史研究讲稿》,生活·读书·新知三联书店2002年版,第89页。

学""十七年文学"等文学素材、批评概念和文学史概念进行了坚持不懈的清理,揭示了很多文学概念的来龙去脉及其背后的历史背景。

"中国社会主义文学是历史上前所未有的一种新型的文学。为了确保文学的社会主义性质,坚持社会主义文化的领导地位,配合和推动社会主义政治、经济建设,它逐步建立了一套与之相适应的文学组织、引导、评价的管理体制,我们把它称之为文学制度。"[1]当代文学与古代文学、现代文学一个显著的不同就在于,当代文学,尤其是八十年代之前的文学,与国家的管理体制密切相关,具有十分明显的制度化特征。所以,对于当代文学制度的研究一直为不少学者所关注。这一领域的代表性成果主要有:王本朝、张均的当代文学制度研究,范国英、任东华的茅盾文学奖研究,斯炎伟、王秀涛等人的文学会议研究,徐勇的文学选本研究,吴俊、黄发有等人的《人民文学》研究,阎纲、张均、魏宝涛等人的《文艺报》研究,连敏、钱继云等人的《诗刊》研究,杨懿斐的《朝霞》研究,龚奎林的《人民日报》文艺副刊研究。除此之外,还有一些与当代文学制度有关的问题值得关注。例如,在中国当代文学史上曾经存在过哪些具有较大影响的文学机构?它们在中国当代文学史上产生过什么影响?如中国作协、中央文学研究所[2]、北京大学文学研究所[3]、人民文学出版社、作家出版社、新文艺出版社[4]、中国青

---

[1] 王本朝:《中国当代文学制度研究(1949—1976)》,新星出版社2007年版,第1页。
[2] 中央文学研究所成立于1951年1月2日,后改名为文学讲习所。洪子诚:《中国当代文学史》,北京大学出版社2007年版,第362页。
[3] 北京大学文学研究所成立于1953年2月22日,1956年改名为中国科学院哲学社会科学部文学研究所,1977年改名为中国社会科学院文学研究所。洪子诚:《中国当代文学史》,北京大学出版社2007年版,第364页。
[4] 新文艺出版社于1952年改名为上海文艺出版社。

年出版社等机构,以及《解放军文艺》《文艺报》《人民戏剧》《上海文学》《收获》《当代》《花城》《十月》等其他重要文学期刊的研究也有待深入推进。再比如,有关当代文学编辑的研究成果也很少,仅有的一些层次也普遍不高。

以上这些仅仅是我们就一些基础性史料工作的设想。"当代文学历史化"是一项十分复杂的工作,除了史料研究之外,还包括很多同样重要的工作,如文学史家的学养、当代文学经典的遴选与阐释以及整个当代文学成就的评价、文学史著作的撰写等,但是,这些工作必须建立在基础性史料工作的基础上,而且,争议可能更大,在此我们也就不再赘述。

中编

回忆录基本理论与八十年代作家回忆录研究

回忆录的概念及其范畴

在中国现当代文学史上,作家们发表出版了大量回忆录。与作家回忆录创作的繁荣局面不相协调的是,学术界对作家回忆录的研究却显得相对寂寥。截止到目前,学术界对中国作家回忆录的研究基本上还停留在个别回忆录文本的解读、考释及材料引用上,对一个历史时期作家回忆录的整体研究基本上还是一个空白①。这种近乎空白的研究现状为我们从事该领域的研究提供了广阔的空间,但同时也提出了一些严峻的挑战。其中最为基础也最为关键的问题是:什么是回忆录?它有没有一个相对稳定的文体范畴?它与周边的一些文体之间存在着怎样的关系?要从事回

---

① 这一方面的主要成果有:梁丽芳《记忆上山下乡——论知青回忆录的分类、贡献及其他》(《当代文坛》2008年第1期)、潘盛《集体记忆的改写和重构——"十七年"革命回忆录写作的文学生产策略》(《南都学坛》2008年第5期)、金鑫《八十年代老作家回忆录初论——以〈新文学史料〉为例》(《文艺争鸣》2014年第12期)、黄勇《当代知识分子记忆写作中的"自传"与"回忆录"——以1990年代以来右派亲历性写作为例》(《扬子江评论》2016年第2期)、徐洪军《80年代作家回忆录出版状况考察》(《中国图书评论》2018年第1期)、徐洪军《社会转折期的文学表征——1977—1978年作家回忆录研究》(《安康学院学报》2018年第1期)、徐洪军《八十年代作家回忆录的分类——以〈新文学史料〉为中心》(《中国现代文学研究丛刊》2018年第3期)、徐洪军《八十年代作家回忆录研究的意义、现状与可能》(《天府新论》2018年第4期)等

忆录的研究,首先就要面对这些问题。

回顾梳理新时期以来中国回忆录的理论探索可以发现,学术界在这一方面的研究基本上还处于起步阶段,关注这一问题的学者还很少,理论探讨不仅尚未深入,而且存在不小的分歧。刘耿生认为:"回忆录是当事者将自己或与自己有关的历史,以大脑为载体,形成记忆,再转录成文字等材料的一种文献形式。"①在李良玉那里,"回忆录就是记录当事人回顾自身经历所形成的文字或音像资料"②。陈墨提出,回忆录的内容是"回忆并叙述某一段历史故事、某些社会事件以及某些公众人物或一般人物"③。廖久明认为:"回忆录是以亲历、亲见、亲闻、亲感的名义回忆的(包括写作、口述等方式),让他人相信回忆内容在过去确实发生过的作品。"④这些定义共同指出了回忆录的核心内容——当事人对历史的记忆与叙述,但也各有侧重。在记述的内容上,有学者只强调了对自身经历的回忆;有学者则相反,认为回忆录的内容是对别人或历史事件的回忆;比较全面的定义则强调了三个方面的内容:本人的生命经历、别人的生活片断或叙事人见证了的历史事件。在保存的形式上,大多数学者都没有特别强调,李良玉则特别指出它可以是文字也可以是音像资料。

上述对回忆录的定义,不仅在表述上不尽相同,更为关键的是,它们在叙事人的身份界定、回忆内容的边界范畴、叙述姿态的明确表述以及保存形式的媒体选择上,要么歧义互现,要么严重缺失,要么含糊不清。回忆录的叙事人到底是回忆内容的当事人还

---

① 刘耿生:《试论回忆录和口述档案》,《档案学研究》2001年第2期。
② 李良玉:《回忆录及其对于史学研究的价值》,《社会科学研究》2004年第1期。
③ 陈墨:《自传、回忆录与口述历史》,《粤海风》2014年第3期。
④ 廖久明:《回忆录的定义、价值及使用态度与方法》,《当代文坛》2018年第1期。

是见证人？回忆的内容是不是必须限定在叙事人自身的经历上面？叙事人在回首往事时的那种回顾性叙述姿态是否需要着意强调？回忆录存在的媒体方式会不会出现更多的可能？这些问题不厘定清楚，不仅影响我们进一步阐释回忆录的理论内涵、文本解读，而且也影响我们对于回忆录的外在边界的理解，难以搞清到底哪些文本可以算作回忆录。

在我们看来，所谓回忆录，就是当事人以一种回顾性的姿态对自己参与的历史进行真实记录的文字或音像资料。回忆的内容可以以自己为主（自传性回忆录），也可以以他人为主（他传性回忆录），还可以以某一历史事件为主（事件性回忆录）；回忆的方式可以是自己亲自撰写，也可以是自己口述而由他人代为记录整理。要准确深入地阐释回忆录的这一定义，以下几组概念之间的关系需要加以说明。特别需要指出的是，我们分析回忆录与其他概念关系的顺序是与阐释回忆录的具体内涵结合在一起的。

一、回忆录与传记

在定义中，我们特别强调了回忆录的作者必须是回忆内容的当事人或见证人。在自传性回忆录中这是一个不言自明的问题，自然不用赘言。但是，在考虑一些带有回忆性质的传记作品能否界定为回忆录时，这一点就显得特别重要。作家传记的材料来源大体上来自作家的作品和相关的史料，对于现当代作家而言，还可能包括在世作家或其亲友的访谈。就访谈这一部分来说，它自然是被访谈者的回忆录，但是，如果因此而将整部传记都看作回忆录则是不恰当的。

在中国现当代文学史上,一些著名作家的亲属也为作家们撰写了不少传记,例如梅志的《胡风传》,舒乙的《我的父亲老舍》《老舍正传》,蒋祖林的《丁玲传》,李岫的《岁月、命运、人:李广田传》以及"亲情思忆——中国著名作家纪传丛书""父辈丛书——文化名人系列"等。这些传记由于是作家的直系亲属撰写的,其中包含了很多回忆的成分,它们能否因此而被归入回忆录的范畴呢?这里面分为两种情况。第一种,作为亲属,作者虽然见证了传主的很多人生经历,但是总有相当一部分历史他们无法参与其中,因而无法成为历史的当事人。在书写这些内容的时候,他们或者对传主进行访谈,或者采用其他史料。在此意义上,这一部分内容也就无法视为回忆录。第二种,有一部分内容是作者与传主共同经历了的,也就是说作者是这段历史的当事人。这些内容是否可以看作回忆录呢?我们认为依然不行。虽然作者也是一段历史的当事人,但是在回忆录中,作者叙事的基础主要是靠回忆,带有很浓厚的主观色彩。而在传记中,作者虽然是当事人,但是,他叙事的基础主要不应该是回忆,而是对相关史料的调查考证,而后结合自己的回忆展开尽可能客观的叙述。这种情况下的传记与回忆录,区别主要是两点,即叙事的基础与叙事的姿态。传记的叙事基础主要来源于史料,而回忆录的叙事基础则很大程度上依靠回忆;传记的叙事姿态是最大限度的客观叙事,而回忆录的叙事姿态则往往带有很浓厚的主观色彩。

通过以上分析大体上可以判定,回忆录与他传性的传记作品基本上是两种完全不同的文体。但这并不是说回忆录与传记作品之间就完全没有关系。"回忆录对传记写作的重要性是人所共知的:它为后者提供了第一手资料,而第一手资料是一部传记能否取得成功的关键因素之一。"①这是一个十分浅显的道理,却也是传记与回忆录之间最主要的关系。

二、回忆录与日记、游记、书信

在定义中我们还强调了回忆录作者在叙事时的回顾性姿态,这种回顾性姿态是回忆录与其他回忆性文章一个很重要的区别。在《外国传记鉴赏辞典》的前言中,杨正润、刘佳林认为:"自传除了正式的自传以外,还有言行录、回忆录等形式,此外书信、日记、游记等私人文献也属于广义的自传范畴。"②在我们看来,书信、日记、游记不仅不应该归入自传,甚至不能归入回忆录。

从历史上看,日记、游记和书信在中国都是很早就已经成熟了的文体,而回忆录作为一种文体在中国的出现则是现代以来的事情,而且到现在学术界对它的理解还是有很多分歧的。如果把一些已经相当成熟的文体归入一个现在还没有达成共识的文体之中,不仅难以被学术界所接受,而且还会进一步加剧学术界对回忆录这种文体理解的分歧。

更为关键的是,与回忆录相比,日记、游记和书信都缺少一种回顾性的叙述姿态。在谈到自传与日记的区别时,勒热讷认为:"自传首先是一种趋于总结的回顾性和全面的叙事,而日记是一种

---

① 桑逢康:《必用之,慎用之——怎样对待回忆录》,《荆楚理工学院学报》2015年第3期。
② 杨正润、刘佳林:《前言》,杨正润主编:《外国传记鉴赏辞典》,上海辞书出版社2009年版,第1页。

没有任何固定形式的和片段式的写作方式。"①这种区分同样可以运用到回忆录与日记、游记、书信的区别上。回忆录的作者在进行回忆录书写时,往往会有一种穿越时空、回望历史的姿态,而日记、游记、书信的作者却往往因为叙事时间与故事时间距离太近而无法形成这样一种回顾性的叙述姿态。

对于回忆录而言,这种回顾性叙述姿态的重要性在什么地方呢?首先,它为读者提供了一种浓厚的历史感。这种历史感不仅来自回忆录的内容本身,同时还来自作者的回顾性姿态。"历史感要求人们对历史必须有所洞见、关注和凝视。在历史感的这种洞见、关注和凝视中,历史便内在于人的生命、内化为人的本质。不管是几千年前的事情,还是几万里外的事情,在历史感的洞见、关注和凝视中,便统统成为一种熟悉、亲切并能够加以理解的东西。"②只有通过作者这种带有历史感的叙事,读者对作者所属的历史才能够以一种审视的态度进行关注、凝视和思考,也正是在这一过程中,历史才不仅具有了认识价值,同时也具有了审美色彩。其次,这种回顾性的姿态还带来了作者对自己生命历程及其所属历史的一种总结和反思。很多回忆录都是作者在人生的晚年对自己一生的经历或者某一段历史进行的回忆与书写。这种书写往往因为作者长期的总结和思考而具有一种历史的深度和人生的高度,如茅盾的《我走过的道路》、周作人的《知堂回想录》、巴金的《随想录》、夏衍的《懒寻旧梦录》等。虽然说在日记和书信中作者同样可以进行总结和反思,但是,无论是反思的深度还是历史的宽

---

① [法]勒热讷:《自传契约》,杨国政译,生活·读书·新知三联书店2001年版,第25页。
② 雷戈:《历史感思辨》,《晋阳学刊》2007年第4期。

度，日记与书信都难以与回忆录相提并论。最后，这种回顾性的姿态往往还能够给读者带来一种怀旧的审美意味，而这种怀旧的色彩在日记、游记和书信中却是难以寻觅的。作家回忆录之所以很难得到文学史研究者的重视，一个很重要的原因就在于，它往往被认为缺乏文学性。这种文学性的缺失一方面是因为回忆录的作者在写作过程中往往更重视和关注回忆录的内容，而相对忽略了它的形式；另一方面，这大概也与我们对回忆录这种回顾性叙述姿态以及由之产生的怀旧审美趣味缺乏深入的研究有关。

三、回忆录与自传

我们对回忆录的定义还强调了它的内容必须是作者自己参与的历史。这里的重点不在于"作者自己"——这一点在第一部分已经讨论过了，而在于其"参与的历史"。也就是说，回忆录的内容不仅可以以作者自己为主，也可以以他人或者某一历史事件为主。这也是回忆录与自传一个很重要的区别。

无论是研究西欧自传文学的法国学者菲力浦·勒热讷，还是回忆录写作的热心提倡者美国学者朱迪思·巴林顿，他们对自传和回忆录都有着严格的区分。由于受到西欧基督教传统的强大影响，勒热讷认为："在自传中，话语的对象就是个人本身"[①]，"自传不仅仅是一种内心回忆占绝对优势的叙事，它还意味着一种把这些回忆加以组织、使之成为一部作者个性历史的努力"[②]。它"不

[①] ［法］勒热讷：《自传契约》，杨国政译，生活·读书·新知三联书店2001年版，第5页。
[②] ［法］勒热讷：《自传契约》，杨国政译，生活·读书·新知三联书店2001年版，第8页。

能只是由讲得很好的往事构成的一种愉快的叙事:它首先应试图表达一种生活的深刻的统一性,它应表达一种意义"①。所以,在勒热讷眼中,自传写作可以被视为一种自我救赎的手段,是一种"神圣的写作",是"对上帝的发现和皈依"②。而"在回忆录中,作者表现得像是一个证人,他所特有的,是他的个人视角,而话语的对象则大大超出了个人的范围,它是个人所隶属的社会和历史团体的历史"③。与勒热讷相比,提倡回忆录写作的巴林顿似乎显得更为开放,她认为"自传是关于一生的故事:'自传'这个词本身就意味着作者会设法捕捉一生中所有的重要因素"。④ 与之相比,回忆录"并不复述生活的全部。回忆录写作的一个重要技巧就是选择能将整部作品紧密联系起来的一个或多个主题",它带有"明显的主题限定","大多数人一辈子只写一部自传,但是随着时间推移,你可能会写很多回忆录。"⑤在两位西方学者眼里,回忆录与自传的区别主要有两点:自传是面向作者内心的写作,是对作者个性历史的建构,回忆录是对个人所属的社会历史的个人见证;自传是关于一生的故事,回忆录是一种阶段性的主题写作。

关于自传与回忆录的区别,其实郁达夫也早有论述:"传记是一人的一生大事记,自传是己身的经验尤其是本人内心的起伏变

---

① [法]勒热讷:《自传契约》,杨国政译,生活·读书·新知三联书店2001年版,第10—11页。
② [法]勒热讷:《自传契约》,杨国政译,生活·读书·新知三联书店2001年版,第8页。
③ [法]勒热讷:《自传契约》,杨国政译,生活·读书·新知三联书店2001年版,第4页。
④ [美]朱迪思·巴林顿:《回忆录写作》,杨书泳译,中国人民大学出版社2014年版,第5页。
⑤ [美]朱迪思·巴林顿:《回忆录写作》,杨书泳译,中国人民大学出版社2014年版,第6页。

革的记录,回忆记却只是一时一事或一特殊方面的片断回忆而已。"①对照两位西方学者对自传、回忆录所作的区分可以发现,除了基督教思想的背景之外,郁达夫的观点与他们基本一致。也就是说,现代中国学者对自传与回忆录的区别很早就有了这种较为清晰的认识。但是跟郁达夫的学理分析不同,更多的中国学者从创作实际出发,认为在中国,自传与回忆录之间并没有特别明晰的界限。台湾学者张瑞德在谈及自传与回忆录之间的关系时说:"一般说来,自传和回忆录在中国的分别并不太大,通常用'自传'这个名称的较少,而用'回忆录'的较多。"②具体实践中似乎也的确如此。在很多地方,自传都被包括在回忆录这样一个似乎更大的范畴之内。比如,在1987年人民日报出版社出版的《回忆录写作》这本以指导老同志撰写革命回忆录为目的的著作中,就把"传记文学体回忆录"作为回忆录的重要类型之一。在《新文学史料》中,"回忆录"这个栏目之下就连载过不少带有自传性质的回忆录文章,这些回忆录往往并没有设定什么明显的主题,或者原来有一定的主题后来在写作过程中又不自觉地变成了自传性的叙事。比如夏衍的《懒寻旧梦录》、臧克家的《诗与生活》、徐懋庸的《徐懋庸回忆录》、姚雪垠的《学习追求五十年》等都是从自己的出身甚至自己的家世、故乡开始写起,这明显是自传的写法。而茅盾的《我走过的道路》、胡风的《胡风回忆录》、阳翰笙的《风雨五十年》等回忆录虽然开始考虑的时候有一定的主题,比如胡风交代他写回忆录

---

① 郁达夫:《什么是传记文学?》,《郁达夫文集》(第6卷),花城出版社1983年版,第284页。
② 张瑞德:《自传与历史》代序,《资平自传》,台湾龙文出版社1989年版,转引自韩彬《现代中国作家自传研究》,中国社会科学出版社2015年版,第3页。

的原因时说,"关于左联,大家提供的情况需要补充和相互校正。我是一段时间的当事人,得提供我所经历的情况"①,但是后来在写作过程中,叙事的范围远远超出了原来设定的主题,又变成了自传性的文字。

中国学者不对回忆录和自传做西方式的严格区分,其中一个原因可能是我们没有西方式的基督教忏悔传统,也就不会通过自传的写作探索自己个性形成的过程,达到自我救赎的目的。比如郭沫若在他的自传《少年时代》的序言中就言之凿凿地说:"我没有什么忏悔,少年人的生活自己是不能负责的。"②如此一来,勒热讷所谓的自传与回忆录的区分基本上也就没有了考虑的必要。第二个原因可能与我们对自传文体的认识有关。虽然中国自传文学的出现要比西欧早很多③,但是,"如果对人生的整体,或人生主要经历的回顾才能算作自传,那么完全合格的中国自传就极为罕见"④。经常被视为中国自传文学例证的《五柳先生传》也不过是对生活某一片断的描写。所以,从中国的自传书写传统来看,既不要求在自传中探索自身个性形成的过程,也不要求对自我人生作整体性描述。这样一来,在中国作家的写作中,自传与回忆录的区分就不像西方那样严格了。

通过以上论述可以较为清晰地看到,在中国的文化语境中,自

---

① 胡风:《回忆参加左联前后(一)》,《新文学史料》1984年第1辑。
② 郭沫若:《少年时代》序,《郭沫若全集》(第11卷),人民文学出版社1992年版,第3页。
③ "与autobiography构词、语义全然一致的中国'自传'一词,却在早于西欧千年的公元800年前后的所谓中唐时期,就已经出现。而在这以前乃至在这以后,一般称自述己事之文为'自叙'、'自序'或者'自述'。"参见[日]川合康三:《中国的自传文学》,蔡毅译,中央编译出版社1998年版,第2页。
④ [日]川合康三:《中国的自传文学》,蔡毅译,中央编译出版社1998年版,第9页。

传与回忆录并没有严格的文体区分,而且,由于回忆录不仅包括自传性回忆录,还包括他传性回忆录和事件性回忆录,因而具有更大的外延,所以,自传也就很自然地被包含在回忆录之内。

四、回忆录与虚构手法及小说

一提到回忆录,很多学者马上就会对其真实性有所警惕,很多回忆录也的确因为真实性的问题受到诟病。在不少人看来,真实性是回忆录应有的基本品质,决不允许虚构。当不少学者指出一些回忆录歪曲事实时,他们是把真实性看作回忆录理所当然的内在要求的。学者们的这种研究甚至指摘批评当然没有问题,我们很难理解一部歪曲事实的回忆录能够被大家广泛认可。所以,在回忆录的定义中,特别强调其内容的真实性问题。

但是,如果上升到理论的高度来探讨回忆录是否允许虚构,问题似乎就没有这么简单了。在中国古代的作家自传中,虚构性的内容就占很大一部分。在《中国的自传文学》中,川合康三用一节的篇幅专门讨论了陶渊明的《五柳先生传》、欧阳修的《六一居士传》等中国古代的自传作品。"《五柳先生传》所描写的人物对象,既是现实的,又是虚构的;既是作者对自身的叙写,又是从第三者角度的旁观;既是自己生活的真实写照,又是内心理想的热烈追求。"[①]如果从真实性的角度对它们进行评判,它们很难称得上是现代意义上的自传,但是,"如果把这种类型的作品逐出门外,中国自传文学的殿堂就会变得一贫如洗"[②]。所以,川合康三还是把它

---

① [日]川合康三:《中国的自传文学》,蔡毅译,中央编译出版社1998年版,第56页。
② [日]川合康三:《中国的自传文学》,蔡毅译,中央编译出版社1998年版,第48页。

们都归入了自传文学的行列。由此可见,在中国的自传传统中,虚构从来就不是一个问题。关键是作者有没有一个"重新领会和理解自己的生活的真诚的计划"①,也就是说,在回忆录的书写中,虚构并非完全不被允许,但是,虚构的目的必须是为了以一种真诚的态度来领会和理解自己的生活。

从一般意义上来讲,如果不允许回忆录使用虚构和想象,那么,作者如何"还原"他几十年前的生活场景?在进行回忆录的创作时,作者"在时间轴上来回跳跃、再现可信的对话、在场景描写和概述中不停穿梭、控制故事的节奏和张力——通过这些,回忆录作者成了娴熟的故事作者,让读者全神贯注"②。在此意义上,美国学者朱迪思·巴林顿认为"回忆录是一种混合的形式,兼具小说和散文的要素"③。因此,如果不分青红皂白地就批评回忆录对几十年前的历史场景作小说式的精描细画是一种不真诚,那并不能说明作家的道德存在问题,而只能说明我们对回忆录的理解还存在偏狭④。

但问题的另一面是,允许在回忆录中进行虚构和想象,并不意味着我们就容忍对历史进行故意的歪曲。虚构和想象是为了更好地理解和塑造历史上曾经存在过的真实的自我,而并非允许通过

---

① [法]勒热讷:《自传契约》,杨国政译,生活·读书·新知三联书店2001年版,第18页。
② [法]勒热讷:《自传契约》,杨国政译,生活·读书·新知三联书店2001年版,第4页。
③ [美]朱迪思·巴林顿:《回忆录写作》,杨书泳译,中国人民大学出版社2014年版,第4页。
④ 其实,不仅回忆录存在虚构,就是其他传记文学作品也不同程度地存在着虚构的成分。关于这一点,可以参考赵白生的《传记里的故事——试论传记的虚构性》(《国外文学》1997年第2期)、《传记虚构成因论》(《四川外语学院学报》2002年第5期),郭久麟的《论传记文学的想像、夸张与虚构》(《南昌大学学报(人文社会科学版)》2004年第1期)等。

歪曲事实来掩盖历史的真实。在回忆录中，虚构和想象在发挥其作用时要受到历史真实的限制。也就是说，我们所能接受的虚构和想象是为了更加接近真实，而我们所反对的历史的歪曲其目的则是为了掩盖真实。两者之间具有本质的区别。

与虚构相关的另一个问题是，如果允许在回忆录撰写过程中使用虚构的手法，那么，自传性小说可否被视为回忆录？我们的观点是，在塑造某位作家的历史形象时可以参考其自传性小说，借以考察他的个性，但是最好不要将自传性小说视为回忆录。因为小说与回忆录之间毕竟存在着重大的区别。回忆录虽然在具体生活场景的"还原"上可以使用虚构，但那毕竟是以作者的主要生活经历为基础，而且是为了最大限度地接近作者主观记忆中的"真实"。自传性小说可以说带有作者的"影子"，但是小说的本质毕竟是虚构，我们很难就自传性小说的内容认定作者的生平经历。

五、回忆录与散文

讨论回忆录与散文之间的关系，主要是考虑到与回忆录相关的三个问题以及由这些问题引发出来的对回忆录范畴的考量。这三个问题是：回顾性的叙述姿态、文学性以及篇幅的长短。

从广义上看，所有的回忆录都可以视为散文。但是并非所有的散文都可以被视为回忆录。抒情散文自不必说，即便是叙事散文，很多也应该被排除在回忆录之外。划分一般的叙事散文与回忆录之间的界限的基础就是回忆录的回顾性叙述姿态。也就是说，能够成为回忆录的叙事散文，其叙事时间与故事时间之间应该存在一定的历史时光，这段时光能够给读者带来一种较为浓厚的历史感,甚至是怀旧的审美体验。基于这样一种理解,鲁迅的《朝花夕拾》、朱自清的《背影》、萧红的《回忆鲁迅先生》、丁玲的《风雨中忆萧红》、巴金的《忆萧珊》、季羡林的《站在胡适之先生墓前》等经典散文都可以视为回忆录,而鲁迅的《记念刘和珍君》、朱自清的《桨声灯影里的秦淮河》、李健吾的《雨中登泰山》、王西彦的《十月十九日长沙》、刘白羽的《长江三日》等却难以归入回忆录的范畴。

与上面一个问题紧密相关的是回忆录的文学性问题。在很多人的印象中,回忆录的文学性都不太高,甚至是一些枯燥无味的历史材料的堆积。这实在是对回忆录的一种误解。产生这种误解的原因,一方面是因为上文所说的,研究者没有对回忆录的回顾性叙述姿态以及由之产生的怀旧性审美色彩进行深入研究;另一方面是因为,原本可以归入回忆录的很多叙事散文都被排除在回忆录之外了。通过上面的论述,如果承认自传和一部分叙事散文的回忆录性质,那么,回忆录的文学性也就有了很大的改观。在回忆录中,既有主要以保存史料为目的、相对缺少文学性的篇章,也同样有充满个性、富有文采的著作。承认了回忆录文学性的多样差别,那么我们在以后的研究中,就有可能不仅把它视为研究作家的佐证材料,还可以将其作为文学作品,进行文学文本的解读。

最后需要讨论的是回忆录的篇幅问题。在一些学者看来,这个问题似乎没有讨论的必要,而实际上它关系到有些内容是否可以归入回忆录的范畴。那么,回忆录的篇幅有没有长短的限制呢?从理论上来讲,应该没有。在我们比较熟悉的回忆录中,既有像周作人的《知堂回想录》、茅盾的《我走过的道路》等这样的长篇巨制,也有像朱自清的《背影》、巴金的《忆萧珊》等这样的单篇文章。讨论到这里似乎一切都没有问题,但是,以注释的形式出现的片段式回忆文字算不算回忆录呢？比如，萧军辑存注释的《萧红书简辑存注释录》，里面包含着大量萧军在二十世纪七十年代末回忆他与萧红交往的文字。这些文字都不太长，更没有形成特定的篇章，但是否就能够因此而否定它们的回忆录性质呢？我们且来看萧军注释这批书简的初衷："一九七七年八月间，当我移居于京城东郊东坝河村居住时，于故纸堆中才偶尔捡出了这批书简。"[1]于是，"决定把这批书简也用毛笔抄录一份，加以适当的注释，我以为它们将来对于有志于研究这位短命作家的生平、思想、感情、生活等等各方面，会有一定的参考用处的"[2]。在决定发表这批书简时，萧军似乎鼓足了很大的勇气。"一个真正的唯物主义者不是无所畏惧的么？因此，我要把全部书简——包括我自己的——全部发表在这里；要'注释'的也就如此注释了。要'借箭'的也尽可以挑选自己所需要的'借'了去，然后再'射'回来就是。"[3]面对这些回忆文字的史料价值、回顾性叙述姿态以及萧军的真诚情怀，难道仅仅因为它们篇幅太短而且是以注释的形式出现就否定它们的回忆录性质吗？这显然是一个不够明智的选择。

在这篇文章将要结束的时候，我们不妨再次回到回忆录的定义上去。回忆录是当事人以一种回顾性的姿态对自己参与的历史进行真实记录的文字。回忆录的叙事人就是回忆内容的当事人，借此，回忆录得以与传记相区别。回忆录的叙事时间与故事时间要有一定的时间差，借助于这一时间差，回忆录形成了一种特有的历史感甚至一种怀旧的审美风格，基于这样一种特质，回忆录与日

---

[1] 萧军：《萧红书简辑存注释录》前言，黑龙江人民出版社1981年版，第3页。
[2] 萧军：《萧红书简辑存注释录》前言，黑龙江人民出版社1981年版，第4页。
[3] 萧军：《萧红书简辑存注释录》后记，黑龙江人民出版社1981年版，第130页。

记、游记、书信等文体区别开来。回忆录的内容必须是叙事人参与了的历史过往,却不限于叙事人自己的历史,因此,自传应该被包括在回忆录的范畴之内。回忆录的撰写过程不拒绝虚构和想象,但是,这种虚构和想象必须以最大限度地"还原"叙事人记忆中的"真实"为目的。这不仅是对回忆录真实性的要求,也是回忆录与自传性小说的重要区别。所有的回忆录都可以被视为叙事性散文,但是并不是所有的叙事散文都可以被纳入回忆录的范畴,其中的区别不在于文学性的强弱与篇幅的长短,而在于有没有一种特定的回顾性叙述姿态。

新时期以来中国回忆录理论探索述论

新时期以来,我国出版、发表了大量回忆录作品,形成了一种"回忆录热"的文化现象。面对这样一种十分突出的文化现象,学术界也作出了积极的回应。一部分学者对回忆录的理论问题、具体文本进行了有益的分析和探讨,积累了一定的学术成果。为了进一步推进中国回忆录研究的深入发展,本章试图对新时期以来中国回忆录的理论探讨做一个全面的梳理和总结,并希望在此基础上提出自己的一些见解。

一、回忆录的概念

要对回忆录展开研究,首先一个很基础的问题是,要搞清楚什么是回忆录?如果连这个问题都没有搞明白,很多问题的讨论都会浮于表面或者出现歧义。那么什么是回忆录呢?国内的工具书学者主要给出了以下几种释义和概念。《现代汉语词典》(第7版)"回忆录"条目的释义为:"一种文体,记叙个人所经历的生活或所熟悉的历史事件。"①在1999年版的《辞海》中,"回忆录"是"一种叙事性文体。用叙述、描写、资料编排等方法,追记本人或所熟悉的人物过去的生活和社会活动,篇幅有长有短,带有文献性质"②。在刘耿生、李良玉、陈墨等学者那里,回忆录是一种记录当事人或与其有关的人生经历与历史事件的文献形式③。

综合以上概念可以发现,回忆录的核心内容是当事人对历史的记忆与叙述,这一点应该是大家的共识。但是在不同学者那里,他们的概念也都各有侧重。在词典中,回忆录是一种带有文献性质的文体,而历史学者则主要强调其作为历史文献的性质。在回忆录的内容方面,有学者认为应该是当事人的自身经历,有学者反而强调对别人或历史事件的叙述,而较为全面的概念则涵盖了以下三个方面的内容:当事人自己的人生经历、与当事人相关的历史片断和当事人见证了的社会事件。至于回忆录的保存形式,除李良玉特别指出可以是文字也可以是音像资料外,大多数学者都没有特别予以强调。

这里面有些问题需要分析。首先,回忆录的叙事人是否必须为回忆内容的当事人?李良玉把"局外人对某种事件或事件中的人的回忆"也视为回忆录,并且指出:"这种回忆有两种情况,一是同时代的、与有关历史事件人物没有直接关系的人,根据有关见闻、印象、传说所作的回忆;二是有关历史人物的亲属的回忆。"④这样的理解

---

① 《现代汉语词典》(第7版),商务印书馆2016年版。
② 《辞海》,上海辞书出版社1999年版。
③ 刘耿生:《试论回忆录和口述档案》(《档案学研究》2001年第2期)、李良玉:《回忆录及其对于史学研究的价值》(《社会科学研究》2004年第1期)、陈墨:《自传、回忆录与口述历史》(《粤海风》2014年第3期)。
④ 李良玉:《回忆录及其对于史学研究的价值》,《社会科学研究》2004年第1期。

显得有些过于宽泛。有些人可能并没有参与到他所回忆的历史事件之中，但是，如果他作为一个见证人，见证了他所叙述的内容并留下了印象，则他的回忆可以视为回忆录。但是，如果他只是从别人口中听说了这些内容甚至是道听途说，那么他的回忆内容就很难视为回忆录。也是在这样的意义上，如果有关历史人物的亲友见证了他的生活片断，则其亲友的叙述可以视为回忆录。但是，如果亲友只是听他讲述自己的生活，则无论是以访谈的形式还是以转述的形式记录下来，其记录的内容都只能算作该历史人物的回忆录。

需要分析的第二个问题是回忆录的内容，它关系到回忆录的边界问题。如果我们只把回忆录的内容局限于叙事人自己的生命经历，则回忆录与自传在中国的文化语境中就很难区分。相反，如果把内容界定为叙事人对其他历史人物或历史事件的回忆，那么，很大一部分以自己的生命经历为内容的回忆录就会被作为自传排除在外。所以，回忆录的内容应该包括自己的人生经历、与当事人相关的历史片断或当事人见证了的社会事件。这样，回忆录按其内容就可以分为自传性回忆录（以叙事人自己的人生经历为中心）、他传性回忆录（以被回忆人的经历为中心）和事件性回忆录（以某一具体的历史事件为中心）。当然，依据不同的分类标准，回忆录还可以有其他分类方法。例如，在《现代传记学》这部具有开创性贡献的著作中，杨正润先生就将回忆录分为事件回忆录、时代回忆录、亲近回忆录、自我回忆录和复合性回忆录五类[①]。无论怎么分类，需要引起注意的一点是，分类的标准需要统一，而且应该一以贯之。

需要分析的第三个问题是回忆的姿态。这一点在上述所有概

---

① 杨正润：《现代传记学》，南京大学出版社2009年版，第424页。

念中都没有得到应有的强调。如果只是一般性地说叙事人撰写回忆录的方式是"记忆""追记""记叙""回顾"等,那么,回忆录与日记有何区别?难道仅仅在于篇幅的长短、人生经历的完整与否?大量的单篇回忆录篇幅都不太长,内容也并非严谨完整。这些回忆录与日记的区别何在?其实,细细想来我们也很容易感觉到,日记与回忆录的区别很大程度上在于其撰写时间与被书写的故事时间之间的距离。回忆录的撰写时间一般要比故事内容发生的时间晚很多,而日记的撰写时间与故事时间则几乎是同步的。不要小看了这一问题的重要性。恰恰是因为回忆录撰写时间与故事时间有较长的时间差,叙事人在进行回忆时才会产生一种回顾性的叙述姿态。这种叙述姿态可以给回忆录带来日记所没有的浓厚的历史感、叙事人个性人格的自我认知与省察以及由怀旧而产生的审美体验。

需要分析的最后一个问题是回忆录的产生方式。回忆录不仅可以是文字也可以是音像资料。也就是说,回忆录有可能是叙事人自己撰写的,也可能是自己口述、别人记录整理的。那么口述性回忆录与口述史有何区别呢?在这一点上,陈墨的分析值得重视。他认为,口述史与口述回忆录的区别在于:第一,口述史是由采访人与受访人合作完成的,他们之间是平等的合作关系;而口述回忆录的录音文本整理人则主要是采访人的助手。第二,口述史的内容是采访人与受访人合作建构的产物;而口述回忆录却主要是受访人的个人回忆及自语独白。第三,口述史是采访人根据提纲对受访人的一种主导性访谈。在此过程中他不仅控制着话题的走向,而且提出质疑和考证、分析与评说[①]。这一观点基本上对口述

---

① 陈墨:《自传、回忆录与口述历史》,《粤海风》2014年第3期。

性回忆录和口述史之间的关系进行了较为充分的辨析。

根据以上分析可以认为,如果要给回忆录下一个定义的话,那就应该是:回忆录是当事人以一种回顾性的姿态对自己参与的历史进行真实记录的文字或音像资料。"当事人"是主体要求,"回顾性姿态"是本质特征,"参与的历史"是叙述的边界,"真实记录"与其说是对文本的客观确证不如说是对叙述态度的真诚要求,"文字或音像资料"是保存的形式。

二、回忆录的价值

学者们之所以花费那么多的精力对回忆录进行研究,其原因是对回忆录的价值有着较为充分的认识。在学者们看来,回忆录的价值主要体现在以下几个方面。

首先是回忆录本身的史料价值。无论是专门研究史料学的学者还是一般的历史学者,对回忆录的史料价值都颇为重视。王海光认为:"复原历史的工作难度很大,仅仅留有大量文献档案材料和影像资料是很不够的。一则是这些材料往往是经过选择处理的,有些历史细节可能就被过滤掉了。二则是这些材料对当时历史场景往往忽略不计,后人体会当时那种生动具体的历史现场感比较困难。三则是这些材料是对当事人已经表现出来的言行记录,在这些当事人言行中的情态、感受和复杂的思想动机,是不容易把握住的。这就需要通过当事人的回忆作一补充,才能窥其历史全貌。"[1]后来在《回忆录:当代人负有存史责任》这篇文章中,

---

[1] 张月:《回忆录与"公器意识"——"回忆录热"三人谈》,《北京日报》2008年2月18日。

王海光又补充了一条:"档案文献对历史的记载是有限的,文字记录缺失,文字记录不存,文字记录有误,这在历史学研究领域都是屡见不鲜的。"①总体来讲,回忆录具有文献档案所不具备的一些特点,在保存历史方面能够成为文献档案的有益补充。

回忆录具有存史功能,其价值是不能等而视之的,不同的回忆录往往具有不同的史料价值。在李良玉看来,回忆录的史料价值主要取决于以下三个方面的因素:一是事件的史学价值,事件越重要,回忆录的价值就越大。二是当事人的参与程度,回忆者越是处在事件的核心地位,发挥的作用越大,他的回忆的价值就越大。三是当事人回忆的准确性,准确性越高价值越大②。

因为回忆录具有较高的史料价值,所以,一些学者将其视为第一手资料。陈恭禄认为,回忆录是"当事人回忆,是第一手资料"③。但李良玉却有不同的看法。他认为:"史料学上确定是否第一手资料的标准,不是该史料所叙述的是否确实,也不是该史料所记载的是否亲身经历,而在于该史料是否事发时留下来的原始文字资料或者物件资料。"④两位学者的分歧主要是因为对"第一手资料"概念的理解不同。在李良玉的观点中,第一手资料必须是原始资料,不能是事后的追忆。如果按照李先生的界定,第一手资料要少很多,因为很多历史事件并没有留下原始资料。陈恭禄理解的第一手资料与我们一般意义上的理解比较相似,基本是指资料持有人最先搜集整理的或者是通过他本人经验所得的。按照这样的理解,很多回忆录是可以被视为第一手资料的。

---

① 王海光:《回忆录:当代人负有存史责任》,《社会科学报》2007年3月22日。
② 李良玉:《回忆录及其对于史学研究的价值》,《社会科学研究》2004年第1期。
③ 陈恭禄:《中国近代史资料概述》,中华书局1982年版,第232页。
④ 李良玉:《回忆录及其对于史学研究的价值》,《社会科学研究》2004年第1期。

回忆录第二个方面的价值是就史学研究而言的。李良玉将回忆录在这一领域的价值总结为八个方面：不可取代性、真实性（大部分回忆录是可以信赖的）、有较高的可信度、可以解决没有文字记载的问题、可以纠正文献资料的错误、能够揭示当事人不承认的事实、能够揭示极有价值的真实细节、是作出历史评价的重要参考指标①。这种归纳对于认识回忆录的价值的确有着重要意义，但是仔细审视，它们似乎还可以被进一步概括为四个方面：大部分回忆录真实可信且具有不可替代的作用、可以解决没有文字记载的历史问题、可以纠正一些档案文献的错误、可以参与历史的评价。

除了以上两个方面的作用以外，有些学者还指出了回忆录对于叙事人的价值。耿化敏认为："回忆录的根本价值在于：为私人提供了一个独立的个人化的叙事空间。"②在这样一个叙事空间里面，"'原本'的自我与文本自我之间""流连顾盼"，"作者对往日生平"进行"不自觉的感情烛照"，在此过程中，叙事人对自己的个性人格进行"自我反省和自我认识"③。这一价值主要是针对自传性回忆录而言的。叙事人在撰写自己的回忆录时，往往会以一种回顾性的叙述姿态，穿过历史的隧道，对自己的人生经历进行整体观照，借以总结自己的人生经验或者成败得失。在此意义上，我们虽然不能认为回忆录就与菲利普·勒热讷界定的自传一样，能够建构自己的个性人格，探索自己的内心成长，但是从一般意义上

---

① 李良玉：《回忆录及其对于史学研究的价值》，《社会科学研究》2004年第1期。
② 张月：《回忆录与"公器意识"——"回忆录热"三人谈》，《北京日报》2008年2月18日。
③ 李亚男：《自传与生平回忆录关系初论——与〈现代传记学〉作者杨正润教授商榷》，《山西师大学报》（社会科学版）2012年第5期。

讲,它们应该具有相似的功能。

对于他传性回忆录而言,其价值还在于能够建构起一个流动变化着的传主形象。一些重要的历史人物,身后往往会有多种回忆录对其进行悼念缅怀。但是,就像一千个读者就有一千个哈姆雷特一样,不同的回忆录往往会给读者留下不一样的传主形象。这些有着共同特征却又形象各异的传主形象不仅让读者看到了传主本人的多个侧面,也展现了同一时代不同立场的人以及不同时代同一立场的人对传主产生的不同评价。比如鲁迅去世以后,在三个时间段曾出现了大量的回忆录,一是鲁迅去世的 1936 年,二是鲁迅诞辰 80 周年的 1961 年,三是鲁迅诞辰 100 周年的 1981 年。这三个年份其实就是三个时代,在不同时代的回忆录中鲁迅的形象发生了很大的变化,"每位回忆者在实现返照历史镜像的映射中,都在以自己的语言呈现了一个存在过的鲁迅"①。

除了上述四个方面的价值以外,作为一种文学现象,回忆录的创作也可以成为人们观察历史的一个视角,这指的是回忆录创作作为一种历史现象本身的价值。这可能包括这样几个问题:作者为什么要创作回忆录?为什么在这个时间而不是别的时间创作回忆录?他都回忆了什么?有无遗漏或错误?这种遗漏或错误是什么原因造成的?这种回忆录的创作现象与当时的时代环境有何关联?等等。例如,二十世纪八十年代,一大批中国现代作家又恢复了文学的青春,先后进行了回忆录创作:茅盾创作了《我走过的道路》,巴金创作了《随想录》,冰心创作了《记事珠》,胡风创作了《胡风回忆录》,丁玲创作了《魍魉世界》《风雪人间》,徐懋庸创作了

---

① 张大海:《鲁迅的镜像——通过回忆鲁迅的文章谈鲁迅形象的变迁》,《文艺争鸣》2006 年第 3 期。

《徐懋庸回忆录》,阳翰笙创作了《风雨五十年》,聂绀弩创作了《脚印》,陈白尘创作了《童年的寂寞》《少年行》等。这些回忆录中的大部分先后以"新文学史料丛书""中国现代作家论创作丛书""回忆与随想文丛""骆驼丛书"等丛书的形式由人民文学出版社、上海文艺出版社、香港三联书店、湖南人民出版社出版。除这些自传性回忆录之外,还出版了《鲁迅诞辰百年纪念集》《高山仰止——鲁迅逝世五十周年纪念集》等他传性回忆录,《五四运动回忆录》《上海"孤岛"文学回忆录》等事件性回忆录。这样一种十分突出的文学史现象十分值得认真研究。它不仅对于理解中国现当代文学史上的作家、作品、文学思潮具有重要价值,而且对于理解80年代的文学生态甚至时代氛围也有着重要的意义。

三、回忆录的真实性

作为一种史料,人们自然会对回忆录的真实性提出要求。"回忆录的基本特点是真实性,这可以说是它的本质。"[①]一部分学者对这种真实性的要求十分严格,认为"回忆录不属于文艺作品,不能虚构夸张,必须实事求是,若有不实回忆,则回忆录就失去了任何价值,只能算作稗官野史,甚至连阅读的价值也没有"[②]。有人甚至干脆将那些不真实的回忆录排除在回忆录的范畴之外。"既已知晓沈鹏年捏造'炮制'谎言,他是'伪造''回忆录',为什么又把它与'鉴别'回忆录搅和在一起,这起什么作用?相反倒证实,

---

① 何东:《中国现代史史料学》,山东人民出版社1985年版,第203页。
② 刘耿生:《试论回忆录和口述档案》,《档案学研究》2001年第2期。

写出本人经历的回忆录,正是驳倒谎言的法宝。"①

对于以上观点有必要做一些分析。

首先,"真实性"是不是回忆录的本质?如果我们将"真实性"界定为回忆录的本质特征,那么,"不真实"的回忆录自然就会被排除在回忆录的范畴之外。这时就会出现一些从理论上无法解决的问题。比如,真假的问题如何判断?如果一部回忆录有的地方是真的,有的地方是假的,又该如何处理?有学者认为,我们可以写出真实的回忆录对其进行驳斥或者确证。但是,谁又能确保你写出来的回忆录就一定比别人的真实呢?有学者或许会说,可以利用文献档案对其进行考证核实。或许很多回忆录的真实性问题可以通过这种方法获得解决,但是并非所有的历史问题都能够找到可靠的文献档案。据说,1936 年红军完成长征时,鲁迅曾经发电报表示祝贺。电报的署名是只有鲁迅一个人还是鲁迅与茅盾共同署名,对此说法不一。根据回忆录,就这一问题臧克家和茅盾的侄女沈楚都曾经问过茅盾,但是他们记载下来的答案却互相矛盾。臧克家的回忆录《往事忆来多——沉痛悼念茅盾先生》说落款的只有鲁迅,而沈楚的《患难见真情》却说茅盾也署了名。因为鲁迅的电报原文至今没有发现,而茅盾本人也已经去世,所以孰是孰非连胡绳先生也无法判定②。根据以上分析,将真实性界定为回忆录的本质特征并因此将"不真实"的回忆录排除在外,对于回忆录的研究而言似乎不太合宜。

李良玉认为回忆录的本质是"记忆资料"而非真实性③。就学

---

① 罗飞:《关于"回忆录"的话题》,《粤海风》2010 年第 3 期。
② 胡绳:《关于回忆录的可靠性》,《瞭望新闻周刊》1996 年第 38 期。
③ 李良玉:《回忆录及其对于史学研究的价值》,《社会科学研究》2004 年第 1 期。

术实践而言,这一观点显然更具合理性。但是,如果说"记忆资料"是回忆录的本质,那么日记呢?"记忆资料"是不是它的本质特征?如果日记也具有这样的特征,那又怎么能说"记忆资料"是回忆录的本质特征呢?在我们看来,回忆录的本质特征既不是"真实性"也不是"记忆资料",而是由回忆录的撰写时间与故事时间之间的时间差带来的一种回顾性的叙述姿态。因为这样一种回顾性的叙述姿态,回忆录的真实性就需要谨慎对待;也是因为这种叙述姿态,回忆录与日记得以区别;还是因为这种叙述姿态,很多回忆录不仅具有一种浓厚的历史感,还往往带有一种怀旧的审美体验。正是在这样的意义上,回忆录就不仅仅是一种历史资料,它还可以成为一种文体,成为优秀的文学作品而被广泛阅读,比如鲁迅的《朝花夕拾》。

其次,回忆录能不能虚构?大多数学者都持反对态度。反对的原因主要是出于对回忆录的史料应用的考虑,没有人会愿意采纳存在虚构的史料作为论证的依据。但是,如果我们从回忆录的创作本身来看,事情恐怕就没有这么简单了。在进行回忆录创作的时候,如果不使用虚构和想象,作者如何将他鲜活的生命历程呈现在读者面前?这就像美国学者朱迪思·巴林顿所描述的那样,作者"在时间轴上来回跳跃、再现可信的对话、在场景描写和概述中不停穿梭、控制故事的节奏和张力——通过这些,回忆录作者成了娴熟的故事作者,让读者全神贯注"[1]。基于这样一种理解,她认为"回忆录是一种混合的形式,兼具小说和散文的要素"[2]。也是在

---

[1] 朱迪思·巴林顿:《回忆录写作》,杨书泳译,中国人民大学出版社2014年版,第4页。
[2] 朱迪思·巴林顿:《回忆录写作》,杨书泳译,中国人民大学出版社2014年版,第4页。

这样的意义上,如果我们不进行具体分析,就指责回忆录对作者人生中的某些片段作小说场景式的细节描述是一种不真实的表现,那可能不是回忆录的作者在真实性的创作伦理上出了问题,而是我们对回忆录的理解还需要进一步提升。当然,在回忆录的创作过程中允许并肯定虚构和想象的存在,并不意味着作者就可以对历史事实进行故意的歪曲。虚构和想象手法的使用是为了更好地塑造作者心目中真实的自我形象,而决不能通过歪曲事实来混淆历史的过往。在创作回忆录的过程中,虚构和想象的使用要时刻受到历史真实的检验。也就是说,回忆录的作者在使用虚构和想象的时候应该是为了更加逼近历史的真相,而不能是为了混淆视听。因此,创作手法上的虚构和想象与有意的歪曲事实之间存在本质的区别。

由于回忆录存在不真实的可能性,所以,在运用回忆录作为依据时需要进行鉴别。在这一方面,鲁迅研究专家陈漱渝先生撰写了多篇论文进行阐释,甚至提出"尽信回忆录不如无回忆录"的说法。陈先生的这一观点及相关论文引起了周海婴、罗飞两位先生的积极回应,罗飞先生曾经撰写了多篇论文与之商榷。但是仔细阅读下来,可以感觉整个争论的过程一直没有上升到理论的高度,常常纠结于一些具体的回忆录文本上。陈漱渝先生提出的回忆录需要鉴别的观点也没有得到充分的辨析。一般来说,回忆录自然是需要进行鉴别的,因为我们根本无法确保哪一本回忆录是完全真实无误的。

那么回忆录失真的原因何在呢?将学者们的观点总结起来,大概有这样四点:一是人的记忆能力的有限性。人不可能记住所有经历过的事情。二是人的记忆的选择性。由于生理机制与思想立场的原因,人们会对自己经历过的事情进行选择性记忆。三是自我合理化的倾向。"平心而论,各种各样的回忆录多少都会有当事人自我合理化的成分在里面。这种自我合理化的要求,是人性使然。"①四是故意掩盖事实,甚至扭曲事实。有些人可能会为了推脱责任或打击别人而故意如此。这样的例子在"文革"期间比较常见。这四个原因是按照主观性逐渐加强的顺序排列的。记忆的有限性是我们无法克服的,也是因为这样的原因,回忆录的真实性就会永远成为一个问题。记忆的选择性既可能是因为无意识造成的,也可能是有意识的。在创作回忆录时,不仅要尽量克制有意识的选择性回忆,还要尽可能地提醒自己进行客观叙述。自我合理化既然是人性使然,所以,只要作者不违背原则,不故意掩盖、扭曲事实,读者一般还是能够理解的。但是在研究回忆录时还是要保持谨慎,因为这有可能会关系到对被回忆人历史形象的想象与建构。

四、回忆录与周边文体的关系

在具体研究过程中,我们很自然地会遇到哪些文本可以算作回忆录这个问题,也就是说,展开研究之前,往往需要弄清楚回忆录的范畴是什么。否则,连自己研究的文本是不是回忆录都无法确定,下一步的工作也就难以开展。

在《回忆录及其对于史学研究的价值》一文中,李良玉认为,回忆录可以包括以下九种材料:自订年谱,自传,据新闻采访整

---

① 张月:《回忆录与"公器意识"——"回忆录热"三人谈》,《北京日报》2008年2月18日。

理、写作而成的传记类著作,专家学者协助记录整理的回忆性文稿,特定环境中留下的自述材料,当事人所写的单篇回忆文章,以诗词歌赋等文学题材的题解、注释等形式出现的回忆文字,以机构、组织或与当事人没有关系的个人的名义发表的、带有例行公事性质的纪念或回忆文章,传记著作中包含的回忆录成分,或者是具有回忆录性质的传记。这可能是到目前为止我们见到的对回忆录范畴最为详细的界定了。但是,用列举的办法来界定一个概念的范畴其实存在着很大的困难,因为列举再多也可能有所遗漏。在这种情况下,我们认为,只要符合也只有符合回忆录定义的历史材料都能算作也才可以算作回忆录。

在李良玉的概括中,他是把自传归入回忆录进行研究的。但是在自传与回忆录的关系方面,学者们却有不同的意见。杨正润先生认为:"回忆录的内容通常比较分散,不像自传那样集中。"[1]同时,"自传写作中难以避免的收集、查阅、核对和研究资料等种种繁难,在自我回忆录的形式里大都被避免或简化"[2]。所以,他认为"自我回忆录以自我为中心,属于自传的范畴"[3]。对于杨正润的这些观点,有学者提出了不同意见,"杨先生在他的专著中讨论回忆录与自传的关系时犹豫乃至矛盾,主要原因是他谈及的回忆录过于宽泛而又庞杂"[4]。

在辨析了杨正润的观点之后,李亚男对自传与回忆录的关系提出了自己的看法:"自传应该是作者自觉的对个性人格历史的反

---

[1] 杨正润:《现代传记学》,南京大学出版社2009年版,第422页。
[2] 杨正润:《现代传记学》,南京大学出版社2009年版,第426页。
[3] 杨正润:《现代传记学》,南京大学出版社2009年版,第428页。
[4] 李亚男:《自传与生平回忆录关系初论——与〈现代传记学〉作者杨正润教授商榷》,《山西师大学报》(社会科学版)2012年第5期。

省追索,而回忆录则是不自觉的对个性人格构成的流露展现。某种意义上可以说,自传是历时展开传主个性人格的成长变化,而回忆录是共时展开传主个性人格的结构特点。"①这种观点应该是借鉴了勒热讷《自传契约》中的相关理论,阐释得也有一定的道理。但是,这一观点似乎有将回忆录等同于自传性回忆录的倾向,这样就把他传性回忆录和事件性回忆录排除在外了。

与李亚男正好相反的是,在区分回忆录与自传的关系时,陈墨则是把自传性回忆录从回忆录的范畴中排除在外了。他认为:"回忆录与自传的区别是,回忆录叙述的主要对象通常不是作者本人,而是与作者相关的其他人物或事件。自传中当然也会涉及时代背景、社会关系网络、与他人的交往并接受他人的影响等内容,但传主即自传作者本人是这一作品的社会关系网络的中心结点。"②从我们对中国回忆录文本的考察以及对回忆录概念的界定来看,这种观点显然也是不够全面的。

学者们之所以对自传、回忆录之间的关系产生不同意见,一个很重要的原因是,在中国,虽然它们是两个不同的概念,但是很多时候却很难区分:"回忆录同自传有时很难区分……自传的许多特点,回忆录基本上也是具备的。"③

根据法国学者菲利普·勒热讷的观点,在自传这种文体中,作者的内心回忆占据绝对优势,通过内心回忆,作者的个性历史得以彰显。对于西方具有基督教背景的作者而言,创作回忆录其实可以视为作者自我救赎的一种手段,它是一种"神圣的写作",是"对

---

① 李亚男:《自传与生平回忆录关系初论——与〈现代传记学〉作者杨正润教授商榷》,《山西师大学报》(社会科学版)2012第5期。
② 陈墨:《自传、回忆录与口述历史》,《粤海风》2014年第3期。
③ 杨正润:《现代传记学》,南京大学出版社2009年版,第417页。

上帝的发现和皈依"①。美国学者朱迪思·巴林顿是回忆录创作的热心提倡者。她认为,"自传是关于一生的故事",与之相比,回忆录"并不复述生活的全部",它带有"明显的主题限定","大多数人一辈子只写一部自传,但是随着时间推移,你可能会写很多回忆录。"②据此可以看出,在西方学者那里,回忆录与自传有着严格的区分。自传的写作是作者面向内心、努力建构个性历史的过程,而回忆录则是从作者个人的视角对其所属的社会历史的一种见证。自传的叙事范畴涵盖了作者的一生,而回忆录的写作主题则可以指向作者生命中的某个阶段。其实郁达夫早在1935年就已经提出过相似的观点,他认为:"自传是己身的经验尤其是本人内心的起伏变革的记录,回忆记却只是一时一事或一特殊方面的片断回忆而已。"③郁达夫同样看到了两位西方学者总结出来的两点区别。

与前面的观点相比,我们承认,从理论上来讲郁达夫与两位西方学者的观点似乎更为合理。但是这也仅仅是理论层面,如果具体到中国回忆录创作的实际来看,情况似乎并非如此。"一般说来,自传和回忆录在中国的分别并不太大,通常用'自传'这个名称的较少,而用'回忆录'的较多。"④所以,在中国的文化语境中,自传与回忆录并没有严格的文体区分,而且,由于回忆录不仅包括自传性回忆录,还包括他传性回忆录和事件性回忆录,因而具有更

---

① 勒热讷:《自传契约》,杨国政译,生活·读书·新知三联书店2001年版,第8页。
② 朱迪思·巴林顿:《回忆录写作》,中国人民大学出版社2014年版,第5—6页。
③ 郁达夫:《什么是传记文学?》,《郁达夫文集》第6卷,花城出版社、三联书店香港分店1983年版,第284页。
④ 张瑞德:《自传与历史》代序,《中国现代自传丛书:资平自传》,台北龙文出版社股份有限公司1989年版,转引自韩彬:《现代中国作家自传研究》,中国社会科学出版社2015年版,第5页。

大的外延，所以，自传也就很自然地应该被包含在回忆录之内。

除了自传以外，有些学者还探讨了回忆录与口述历史的关系，关于这一点，前文已经有所论及，在此就不再赘述。

综上所述，新时期以来的中国学者对回忆录的一些主要内容大体上都进行了初步的探讨，但是，这种探讨显然还存在着很大的提升空间。首先是关注这一问题的学者并不太多，至今只有杨正润、李良玉、陈漱渝、王海光、陈墨、李亚男等有限的几位。其次，由于对回忆录的理论探讨在中国大陆基本上还处于起步阶段，筚路蓝缕，开拓实属不易，很多问题还没有能够深入进去，一些问题一直停留在细枝末节的纠缠上。最后，理论探讨与中国回忆录的创作实际结合得还不够紧密。因此，不少观点基本停留在理论推演的层面上，而不是从中国回忆录的创作实际总结归纳而来。

八十年代作家回忆录研究的意义、现状与可能

一、研究的意义：重新建构八十年代文学史

尽管不乏异议与争论，"当代文学历史化""重返八十年代"以及当代文学史料的整理与研究依然在洪子诚、程光炜、吴秀明、吴俊等著名作者的倡议与推动下积极沉稳地开展起来，而且成为当下中国当代文学研究中的一个热点。在"重返八十年代"的学术思潮中，作家回忆录的写作理应成为不可忽视的一个领域。就超越新时期以来学术界对八十年代文学的认知框架而言，它具有十分重要的意义：这些作家回忆录不仅有助于重新检视中国现代文学史上的一些重要问题，而且有助于重新认识整个八十年代文学的生态环境、发展脉络，有助于重新审视中国八十年代文学史的想象与建构。

作家回忆录的写作在二十世纪八十年代是一个十分突出的文学现象。创刊于1978年的《新文学史料》甚至主要以发表"五四以来我国作家的回忆录、传记为主"①。在中国现当代文学史上，

---

① 《致读者》，《新文学史料》1978年第1辑。

如此集中地、大规模地发表、出版作家回忆录，大概也只有二十世纪三十年代差可比拟。

但是，在八十年代的文学场域中，五四以来在现代文坛上辛勤耕耘的老一代作家及其大量回忆录著作一直处于被忽视的状态。丁玲当年就曾经抱怨说："有些批评文章对新生作家爱之有余，对一些老作家很少关注。"①她创办《中国》杂志的一个重要原因也是觉得"老作家发表作品有困难，一些刊物对新老作家不一视同仁"②。以"新启蒙"和"现代派"为精神旗帜的八十年代文学严重遮蔽了这些老作家的回忆录著作。这不仅造成了八十年代文学批评对作家回忆录的忽视，而且至今依然支配着我们对八十年代文学史的叙述。在现有的文学史中，八十年代文学几乎没有作家回忆录的位置。如果要以"当代文学历史化"的学术理念切实"重返八十年代"，就不应该至今依然对如此集中、如此大规模的作家回忆录写作不置一词。

以往的学术研究之所以会忽视这些数量庞大的作家回忆录，其主要原因有二。一是这些回忆录本身的"文学性"的确不高，二是我们对八十年代文学史的认识和理解依然受制于八十年代形成的认知框架。在当时，进行回忆录创作的主要是五四以来的老作家，他们撰写回忆录的主要目的不是进行"纯文学"的创作，而是回顾、总结、反思、申诉，甚至以此为手段争取自己在八十年代文坛以及在中国现代文学史上的地位。当年，他们的回忆录之所以没有引起太大反响，与八十年代的文学生态密切相关。八十年代的

---

① 李向东、王增如：《丁玲传》（下），中国大百科全书出版社2015年版，第729、731页。
② 李向东、王增如：《丁玲传》（下），中国大百科全书出版社2015年版，第729、731页。

文学主要以"去政治化"和"纯文学"为诉求目标,大家关注的是"新启蒙"和"现代派"。在这样的文学环境中,"文学性"不高而又往往具有一定意识形态色彩的作家回忆录自然很难引起批评界的兴趣。但是30年后,当我们"重返八十年代",希望能够对这段文学过往进行"历史化"的时候,关注的焦点就不应该依然受制于八十年代的认知框架,否则,这样的"历史化"依然是当年文学批评的一种模仿和重复,就难以看到一个复杂多样、立体丰满的八十年代。在看到八十年代"新生作家""新启蒙""现代派"文学"黄金时代"的同时,我们也应该对这些在八十年代文坛依然具有强大影响力的老作家以及他们以撰写回忆录为主要手段参与文学史重构的努力进行历史的检讨和总结。

从回忆录写作的角度考察老作家们在八十年代文学场域中的存在是一个新颖而又重要的路径,它有助于我们考察这些作家在八十年代的思想意识、文学实践以及由此形成的文学生态。在八十年代,作家回忆录的写作是许多老作家回归文坛的一种重要方式,也理应成为八十年代文学史不可或缺的一页。这些回忆录为我们提供了被以往的研究工作严重忽略了的"另一半"八十年代文学的面貌:一个不一样的八十年代文学格局、文学思潮、文学生态和作家的精神人格。它们不仅在八十年代的非虚构写作中具有不可或缺的历史地位,而且也为我们从整体上勾勒这些作家在人生暮年的精神状态提供了可能。在日益重视当代文学史料建设的当下,对八十年代作家的回忆录进行史料整理、文献考辨、综合研究,不仅可以给我们提供一个"重返八十年代"的新视角,而且可以为以后的现当代文学研究提供史料支撑。

二、研究的现状：被严重忽略的文学史实

虽然杨正润、郭久麟、朱文华、辜也平等先生及其指导的博士生朱旭晨、郭小英、雷莹、韩彬等学者在中国现代传记文学领域的研究也不同程度地涉及八十年代的作家回忆录，但是，由于问题意识的区别，他们更多关注的是中国现代传记文学的理论建设、文学史勾勒、文体分析及审美阐释，对于作家回忆录在八十年代文学场域中的位置及其文学史作用却鲜有论述。

在以往的研究中，八十年代的作家回忆录主要是作为史料被参考引用的。真正将其作为研究对象的是一些个案研究，这主要包括以下几个方面：

《鲁迅回忆录》研究。新中国成立以后，有关鲁迅的回忆录著作很多，仅以《鲁迅回忆录》为题出版的著作就有作家出版社1961年出版的许广平著《鲁迅回忆录》、上海文艺出版社1978年出版的《鲁迅回忆录》（一集）、1979年出版的《鲁迅回忆录》（二集）、北京出版社1999年出版的全六册《鲁迅回忆录》和2010年由长江文艺出版社出版的许广平著《鲁迅回忆录》（手稿本）。其中，全六册《鲁迅回忆录》分专著、散篇两部，各三册，共240万字。据鲁迅研究专家朱正说，这部回忆录"收罗相当完备"，"几十年间所发表的重要一点的回忆文字，大体上都收齐了，选落的不多"①。就此而言，关于鲁迅的回忆录现在应该是已经整理得相当完备了。但是关于鲁迅回忆录的研究著作却较少，迄今大概只有朱正的《鲁迅回

---

① 朱正：《〈鲁迅回忆录正误〉为什么要印第三版》，《鲁迅研究月刊》2000年第2期。

忆录正误》及文章二十余篇。其关注内容涉及许广平等人所著《鲁迅回忆录》各版本内容的真实性、鲁迅形象的建构、手稿本与修改版版本的比较等。

巴金《随想录》研究。在八十年代的作家回忆录中,最受关注的可能就是巴金的《随想录》了。迄今为止,关于这部回忆录的研究,已经发表论文一百二十余篇,出版专著、论文集六部。巴金的《随想录》之所以受到如此关注,一方面与巴金在八十年代文学界的影响有关,另一方面也可能是因为《随想录》中不仅有回忆录,还有很多其他内容,可开拓的空间相对较大。这些研究成果主要涉及:巴金的忏悔意识、晚年思想,巴金的人格力量与形象建构,《随想录》的版本问题,作为见证文学的《随想录》,作为散文的《随想录》等。

《从文自传》初版于1934年,按说不属于本书的考察范围。但是由于历史的原因,沈从文自新中国成立就从中国文坛上消失了,到80年代,已经有很多人不知道"沈从文"这个名字了。这就难怪他在重新发表自传时自我解嘲说:"如今说来,四五十岁生长在大城市里的知识分子,已很少有明白我是干什么的人;即部分专业同行,也很难有机会读到我过去的作品。"①就此而言,《从文自传》的重新发表几乎意味着一个作家的重新诞生。自八十年代至今,关于《从文自传》的研究一直没有间断,发表论文有三十余篇,主要关注的内容有:《从文自传》对于沈从文研究的意义,它的版本问题,它作为传记文学的价值,它与《朝花夕拾》《少年时代》等作家传记的比较等。

---

① 沈从文:《从文自传·附记》,《新文学史料》1980年第3辑。

关于杨绛《干校六记》的研究论文多达四十余篇,其中有三分之一是翻译研究,三分之一是将其作为见证文学进行研究,另外三分之一是将其作为散文文本的研究。其他研究相对较多的作家回忆录还有丁玲的《魍魉世界》《风雪人间》(研究论文7篇,主要是将两者作为丁玲人格塑造的文本进行研究),茅盾的《我走过的道路》(研究论文5篇,主要是沈卫威的"正误"文章),夏衍的《懒寻旧梦录》(研究论文5篇,主要是将其作为见证文学来理解),陈白尘《云梦断忆》(研究论文5篇,关注其见证文学的价值)。

将八十年代作家回忆录作为一种文学现象进行整体研究的,目前尚不多见。笔者在此领域发表了6篇论文[1],内容涉及回忆录的概念和范畴,中国回忆录理论的探讨,八十年代作家回忆录研究的意义、现状与可能,八十年代作家回忆录出版状况的历史考察,八十年代作家回忆录的分类,新时期之初作家回忆录创作的历史表征等。其他学者重点讨论八十年代作家回忆录的文章主要有:金鑫的《八十年代老作家回忆录初论——以〈新文学史料〉为例》、程光炜的《新时期的"死魂灵"——读七八十年代之交〈新文学史料〉的回忆和悼念文章》、张亮的《曹聚仁的"乱世哲学"——以〈我与我的世界〉为中心》。金鑫的文章概括论述了八十年代作家回忆录的写作意图、契约性、优越感、真实性、忏悔意识等。程光炜的文章试图通过个案分析呈现新时期之初的历史复杂性。张亮的文

---

[1] 分别是《80年代作家回忆录出版状况考察》(《中国图书评论》2018年第1期)、《社会转折期的文学表征——1977—1978年作家回忆录研究》(《安康学院学报》2018年第1期)、《八十年代作家回忆录的分类——以〈新文学史料〉为中心》(《中国现代文学研究丛刊》2018年第3期)、《八十年代作家回忆录研究的意义、现状与可能》(《天府新论》2018年第4期)、《新时期以来中国回忆录理论探索述论》(《传记文学》2019年第5期)、《回忆录的概念及其范畴》(《东吴学术》2020年第1期)。

章属于个案研究,以曹聚仁的回忆录《我与我的世界》为对象,讨论时代与个人、现实与思想、新与旧互相拉锯的张力。对于八十年代作家回忆录的研究而言,这些文章在一定程度上可以视为这一领域具有筚路蓝缕价值的创作。但正如金鑫的文章题目所示,这也仅仅是一个"初探",很多问题都未能深入展开。同时,就作家回忆录在八十年代文学场域中的生产机制与生成过程,作家回忆录与八十年代文学场域的关系,作家回忆录的写作本身所反映出来的文学生态以及一代知识分子在八十年代的思想意识而言,这一领域中的很多重要问题还有待更为深入、更为广泛的研究。

  由以上综述可知,与80年代大规模出现的作家回忆录相比,关于它们的研究却少得可怜。综合性研究论文仅1篇,其余不到200篇的研究论文和总数不到10部的研究著作也主要是关于鲁迅、巴金、沈从文、杨绛、丁玲等人的。这样的研究现状与八十年代作家回忆录集中、大规模的出现显然是不相称的。之所以会出现这样一种尴尬的现象,其主要原因在于,学界一直没有把它们作为一种文学现象加以整体考察,而仅仅是作为文献资料进行考证和运用。如果把它们放置到八十年代的文学场域中进行整体研究,不仅会打开这些作家回忆录的内在空间,而且可以在一定程度上推进八十年代文学的历史化进程。

  这一工作仍然应该以文本细读为着力点,同时参照、校阅其他相关史料,但是又与以往对这些作家回忆录的运用大不相同。以往的学术研究很少以这些回忆录本身为研究对象,更多的是在研究某一具体作家或文学事件时,引用这些回忆录作为论据。而本书的研究,则别有追求。我们希望将八十年代的作家回忆录作为一个完整的文学对象进行分析,而不是寻章摘句式地寻找证据。

我们希望把作家回忆录作为一个完整的文本进行解读,却又不把自己的目的局限于阐释其文学性。我们的研究是一种基于文本细读、史料考证而又通往文学生态和文学环境的外部研究,它将超越之前仅将回忆录作为论据加以运用的思路,也不局限于通过文本细读阐释其文学性的"纯文学"做法。作家回忆录并不仅仅是文学研究的论据,它也可以成为独立的研究对象;文学史研究也不仅仅是文学作品的文学性分析,它也应该包括对文学场域、文学生态的还原与建构。我们希望能够将八十年代作家回忆录的写作作为一个在场的文学现象,以回忆录文本作为自己分析问题的出发点,结合作家在中国现当代文学史上的身世起伏及其在新时期文坛上的状况,通过对这一文学现象的考察呈现立体丰满、复杂多样的八十年代文学史。

三、研究的理路:概念界定、史料整理、文本分析、历史建构

如果要开展80年代作家回忆录的研究工作,以下几个方面或许可以作为关注的重点。

1. 80年代作家回忆录的界定与范围

就其界定而言,主要解决两个问题:在中国当代文学语境中,作家回忆录与作家自传之间是什么关系?根据文学创作的要求,回忆录的细节可否虚构以及如何虚构?

80年代作家回忆录至今没有经过基本的整理,散落在各种报刊、作家的文集、专著的序跋、书信的注释中。就其文体而言,可以是史料,也可以是散文,甚至还可以是注释。就其范围而言,80年代作家回忆录大致可以包括以下几种情况:第一种,自传性回忆

录。这种情况在80年代作家回忆录中占大多数,比如人民文学出版社出版的"新文学史料丛书"、上海文艺出版社出版的"中国现代作家论创作丛书"等。第二种,他传性回忆录即回忆作家的文字。与自传性回忆录比较起来,这种回忆录一般篇幅较短。比如人民文学出版社1981年出版的纪念文集《忆秋白》,《新文学史料》组织发表的"纪念鲁迅诞辰一百周年特辑""纪念郁达夫殉难四十周年特辑""纪念冯雪峰逝世十周年特辑"等。第三种,回忆文艺社团、文艺运动、文艺报刊或重大文学史实的文字。如中国社会科学出版社1982年出版的《左联回忆录》(上下)、《新文学史料》组织发表的"纪念五四运动六十周年"系列文章13篇、"左联成立五十周年纪念特辑"系列文章16篇、中国社会科学出版社1985年出版的《上海"孤岛"文学回忆录》(上下)等。

有两种文体不宜放在80年代作家回忆录的范围之内。一种是日记,另一种是传记。不将日记包括在作家回忆录的范围内,主要是日记相对缺少回忆录那样一种长时段的反观性视角和反思性视野。一般的传记当然不能包括在回忆录之内,即便是作家亲友撰写的带有回忆性的传记,也不宜包括在回忆录中。因为传记与回忆录在性质上有着很大的区别:传记的基础在史料,它是在史料调查研究基础上进行的一种文学书写;回忆录的基础是回忆,它是基于对回忆的主观性自信而完成的一种历史建构。

2."进步"作家人生经历、创作生涯的回顾与总结

就自传性回忆录而言,交代人生经历、回忆创作历程的著作占大多数。茅盾的《我走过的道路》、丁玲的《风雪人间》、夏衍的《懒寻旧梦录》、臧克家的《诗与生活》、阳翰笙的《风雨五十年》、姚雪垠的《学习追求五十年》、杨绛的《干校六记》、陈白尘的《云梦断

忆》都属于这一类。如果把这类回忆录放置在80年代的文学场域中进行考察,需要思考的问题是:如果把它们理解为一种见证文学,在回忆自己的人生经历与创作历程时,作家强调了什么、又回避了什么?他这样强调与回避的初衷是什么?这与80年代的文学环境有什么关系?比如茅盾的《我走过的道路》,作者自称:"所记事物,务求真实。言语对答,或偶添藻饰,但且不因华失真。"①但是,据沈卫威教授考释,茅盾这三册回忆录中的错误却不下百处,其原因既有记忆之误,也有刻意的回避与掩饰②。一部以"务求真实"为书写标准的回忆录为什么会有这些刻意的回避与掩饰?如果考虑到80年代初期的文学环境,我们又应该如何解读这些"回避与掩饰"?

对作家的人生经历、创作生涯进行回顾和总结的不仅有自传性回忆录,而且包括他人回忆作家的文字,这样的文字在80年代作家回忆录中也占有很大比重。亲友回忆怀念作家的一个很重要的目的就是表彰他们在中国现代文学史上的贡献。这里面有些情况值得关注。有些回忆录是在作家正面形象已经确立后又作部分修正的,比如鲁迅,从"文革"时期的神化、割裂甚至扭曲到80年代新启蒙思潮中的"人间鲁迅",鲁迅的形象发生了不小的变化。这些变化具体体现在哪些方面?鲁迅回忆录的发表对于80年代鲁迅形象的重新建构具有怎样的影响?与之后的史料相比,80年代的鲁迅回忆录具有什么样的特点和局限?这对鲁迅形象的研究和传播具有什么影响?有些回忆录是属于全面介绍性质的,这样的

---

① 茅盾:《我走过的道路》序,《我走过的道路》(上),人民文学出版社1981年版,第1页。

② 沈卫威:《茅盾〈我走过的道路〉错误略说》,《浙江学刊》1990年第5期。

作家往往被认为在以往的文学史上书写得不够全面,比如李广田、李健吾、许地山、沈尹默、钱玄同、刘半农等。那么,这样的作家在之前的文学史上被强调、突出了什么?遮蔽了什么?在80年代的作家回忆录中又"恢复"了什么?其原因何在?有些回忆录则更多强调作家的革命贡献,如关于萧三、潘汉年、冯乃超、胡愈之等人的回忆录。以作家的身份强调其对革命的贡献,这反映了80年代初期什么样的文学生态?

这样的回顾与总结在80年代的作家回忆录中有时还会以纪念专辑的形式组织系列文章进行发表。比如在80年代,《新文学史料》曾开辟专栏组织文章对9位刚刚去世的作家进行悼念,对12位作家逢五逢十的诞辰或去世周年进行纪念。但是,他们之间也有所区别。郭沫若、茅盾、丁玲、曹靖华、叶圣陶、沈从文、萧军的悼念专栏使用的名称是"悼念"或"怀念",而聂绀弩、胡风的悼念专栏使用的名称却是"研究"。鲁迅、郁达夫、冯雪峰的纪念专栏称为"周年特辑",郑振铎、田汉、老舍、王任叔的专栏则称为"研究",徐志摩、杨刚、耿济之、何其芳等作家的纪念文章甚至没有设置专栏,而是与其他回忆文章一起放在了"作家作品"栏目中。对作家怀念性文章的不同处理方式,在一定程度上显示了80年代的文学生态以及学术界对不同作家的价值判断。

3."问题"作家人生清白的证明与文学地位的回归

在中国文学进入1949年以后,现代文学史上的一些作家,因为历史的原因,或者成了"问题"作家,受到批判,或者被剥夺了文学创作的权利,彻底从中国文坛上消失。进入新时期以后,随着历史的发展,特别是意识形态的改变,这些作家的所谓"历史问题"都慢慢地成为过去,他们又重新焕发出文学的青春,开始在中国文坛上发挥作用。在此过程中,作家回忆录起到了不可或缺的作用,它们不仅为文学史书写提供了史料支撑,同时也为作家正面形象的传播提供了感性基础。

  有些作家主要是通过创作回忆录进行自我辩诬。丁玲创作《魍魉世界》的一个主要目的就在于撇清泼在自己身上的污水。1933年5月至1936年9月囚居南京的这段经历一直如影随形地跟随着丁玲,成为她长期摆脱不了的一个阴影,也成为她多次遭受历史厄运的一个直接原因。1933年康生就有意散布"丁玲曾在南京自首"的流言;1955年又有人以此为武器参与批判"丁、陈反党集团";1957年"反右"运动时此事被再次提出,丁玲也因此被开除出党,撤销职务;"文革"期间丁玲又以"叛徒"的罪名锒铛入狱。"文革"刚一结束,丁玲就希望能够尽一切努力洗刷长期背负在自己身上的这一重大历史冤屈,却没想到会面临那样巨大的阻力,这就促使她"决心写出这本回忆录,把当年的真实情况,原原本本地写出来,诉说给人们"①。《胡风回忆录》的创作从一定程度上来讲,其实也是为了自证清白、"还原"在自己文学史上的本来面目。从1948年《大众文艺丛刊》创刊到1988年胡风获得全面平反,胡风及其文艺思想一直处于被批判的位置上。虽然1980年的中共中央第76号文为"胡风反革命集团"平反昭雪,但是胡风的文艺思想依然没有得到应有的评价。所以,直到去世,胡风都在为自己的彻底平反积极努力,而其努力的一个重要方式就是撰写《胡风回忆录》。这种"自我平反"的追求在回忆录的开头就体现得十分明显:"关于左联,大家提供的情况需要补充和相互校正。我是一段

---

  ① 陈明:《题记》,《魍魉世界·风雪人间——丁玲的回忆》,人民文学出版社1989年版,第4页。

时间的当事人,得提供我所经历的情况。"①

有些作家则选择了重新发表之前曾经发表过的回忆录,比如沈从文。从1948年郭沫若在《斥反动文艺》中批判他为"桃红色代表"作家开始,沈从文在中国文坛的地位逐渐变得岌岌可危,以至于到最后彻底从文学创作转入历史研究。在新的历史时期到来的时刻,重新发表《从文自传》一个十分重要的目的恐怕就是重新树立自己的文学史形象。胡风"三十万言书"在八十年代的重新发表也可以归入此类。在胡风及其亲友遭受批判甚至遭遇磨难的过程中,"三十万言书"是一个十分重要的存在。这份《关于解放以来文艺实践情况的报告》,其二、四部分"关于几个理论性问题的说明材料""作为参考的建议"曾作为批判材料在《文艺报》上公布,在批判胡风的运动中给胡风及其亲友带来了沉重的打击。要想改变胡风在中国历史上的负面形象,给予他客观公正的评价,就必须完整公布"三十万言书"的所有内容,让人们全面了解历史的来龙去脉和胡风的文艺思想。所以,1988年胡风获得全面平反之后,《新文学史料》就在当年的第4辑用近120页的篇幅重新发表了这份报告的一、二、四三个部分。由于第三部分"事实举例和关于党性"涉及文艺界历史上复杂的人事纠葛,而且对读者了解胡风的文艺思想意义不大,在当时就没有发表。这份报告的完整面目一直到胡风诞辰100周年的2002年才由湖北人民出版社以《胡风三十万言书》的单行本形式公布出来。从内容上说,"三十万言书"的四个部分,"几年来的工作简况""事实举例和关于党性"都是典型的回忆录,"关于几个理论性问题的说明材料"也是带有理

---

① 胡风:《回忆参加左联前后(一)》,《新文学史料》1984年第1辑。

论总结性质的回忆录。因此,"三十万言书"在八十年代的重新发表其实就是希望在党中央给胡风彻底平反之后,能够在学术界"还原"胡风文艺思想的本来面貌。

除了作家自己撰写回忆录或者重新发表作家之前的回忆录之外,一些个人或组织为了证明作家的清白,恢复作家应有的历史地位,也纷纷撰写回忆录,为作家重新树立历史形象,如发表于《新文学史料》1980年第3辑纪念瞿秋白的回忆文章,以及人民文学出版社1981年出版的纪念文集《忆秋白》。在这些回忆录中,有瞿独伊的《怀念父亲》、周扬的《"为大家开辟一条光明的路"——纪念瞿秋白同志就义四十五周年》、茅盾的《回忆秋白烈士》、丁玲的《我所认识的瞿秋白同志》、叶圣陶的《回忆瞿秋白先生》等。这些文章在重新肯定瞿秋白为中国无产阶级革命作出伟大历史贡献的同时,也确立了他中国"无产阶级革命文学运动的主要奠基人之一"①的文学史地位。与瞿秋白回忆录官方组织的性质不同,有关周扬的回忆录则主要是由他的亲友自发组织的,其过程也充满了曲折。1985年1月,周扬病情恶化,其亲友希望能够通过某种方式为他前几年遭受的批评平反。经请示,被允许以将《关于马克思主义几个理论问题的探讨》等相关文章再次公开发表的方式进行。于是,就有了顾骧选编、作家出版社1985年出版的《周扬近作》。这本近作选虽不是关于周扬的回忆录,但是带有很浓厚的纪念性质。周扬回忆录的正式出版还要等上一段时间。1989年周扬去世以后,"鲜有纪念文章发表","各种各样的纪念文集出了不少,周扬却依然是个空白"。于是,在"理论界、文艺界老中青三代专

---

① 周扬:《"为大家开辟一条光明的路"——纪念瞿秋白同志就义四十五周年》,《忆秋白》,人民文学出版社1981年版,第4页。

家、学者、作家、艺术家的热情鼓励和积极支持"下,周扬家属"拍卖了关山月、黄胄两位先生以前送给周扬的两幅画"①,筹措出版经费,终于在1998年由内蒙古人民出版社出版了由王蒙、袁鹰主编,张光年题写书名的《忆周扬》。

有些作家回忆录的发表有点类似于"遗失"作家的重新发掘。在中国现代文学史上,有些作家曾经创作出优秀的作品,产生了一定的影响,甚至为中国文学做出过不小的贡献。但是因为各种原因,新中国成立后,他们逐渐被主流文坛所"遗忘",读者在文学期刊、文学史著作中再也看不到他们的名字。进入新时期以后,由于意识形态的转型以及重新文学史思潮的兴起,这些作家的文学史价值得到不同程度的提升,他们的名字也随着其亲友的回忆录文章逐渐在八十年代的中国文坛上被人们慢慢熟知。这里面有英年早逝的朱湘、梁遇春、穆时英、王以仁、王思玷,也有因为意识形态的原因而被历史"遗忘"的沈从文、张恨水、陈梦家、徐訏、王文显、黎烈文等。朱湘之所以被1949年以后的中国主流文坛"遗忘",一方面与意识形态之间的对立与冲突有关,但是另一方面,他的英年早逝也不能不说是一个十分重要的原因。在八十年代,他的名字之所以能够再次出现在中国诗坛,由时代变化带来的主流话语的转型当然是最主要的原因,其次,作为一个怀才不遇、英年早逝的天才诗人的形象,他之所以能够被新时期的读者所接受,罗念生等人在《新文学史料》上发表一系列回忆录文章,出版《二罗一柳忆朱湘》等回忆录文集也同样功不可没。

---

① 编者:《后记》,王蒙、袁鹰主编《忆周扬》,内蒙古人民出版社1998年版,第696—697页。

4. 缺失的回忆录与 80 年代的文学场

在 80 年代作家回忆录的写作热潮中,一些在现代文学史上十分重要的作家,如周扬、曹禺、张爱玲、穆旦等,有关他们的回忆录的数量却十分稀少。这是一个值得注意的现象。从二十世纪三十年代的左翼文学到四十年代的解放区文学,再到新中国成立之后的"十七年文学"甚至八十年代初期的新时期文学,周扬一直是中国文坛的重要领导人,在中国现当代文学史上具有举足轻重的影响。但是,当大批中国现代作家纷纷发表自己的回忆录时,周扬回忆录的"缺失"以及《周扬文集》的"难产"不禁让人感到意味深长。从这一现象入手,或许能够触摸到八十年代文学场域中的关键内涵。从王瑶的《中国新文学史稿》到八十年代的文学史书写,曹禺一直是一个重要的存在。但是在八十年代,有关他的回忆录文章却并不多见,发表作家回忆录最重要的期刊《新文学史料》上竟然没有一篇他的回忆录。这种现象颇为耐人寻味。由于历史原因,张爱玲、穆旦在八十年代之前的文学史上几乎一直"阙如",随着意识形态的转变,九十年代之后他们又一时之间大红大紫。就其文学史地位而言,八十年代是一个十分重要的转折期。但是,与曾经"附逆"的周作人相比较,在整个八十年代,这两位作家的回忆录数量还是过于稀少,其间的意味值得探究。

5. 文学史料的保存与文学史实的辩证

就八十年代作家回忆录的内容而言,除了进一步确立或部分修正"进步"作家的文学史地位、给一些"问题"作家平反昭雪树立新的文学史形象之外,还有一大部分回忆录是关于文艺社团、文艺报刊和文艺运动的。这些回忆录的主要目的,一个是给新时期的文学史重写提供史料支撑,另一个就是对之前被"扭曲"的文学史料进行辩证。

保存史料的作家回忆录主要包括：文艺社团回忆录、文艺报刊回忆录、文艺作品回忆录、文艺活动回忆录。八十年代发表的文艺社团回忆录主要涉及"左联"及其下属机构、解放区文艺社团以及其他二三十年代的进步文艺社团。如刘麟的《关于文学研究会的会员》、杨纤如的《北方左翼作家联盟杂忆》、王志之的《忆"北方左联"》、钟敬之的《延安鲁迅艺术学院概貌侧记》、陈明的《西北战地服务团第一年纪实》、马烽的《晋绥边区文联培养青年作者的一些情况》、冯乃超的《鲁迅与创造社》、唐湜的《九叶在闪光》、甄崇德的《西北战地服务团的文学创作活动》等。

八十年代，有不少关于中国现代文学史上重要文艺报刊的回忆录发表，但也有不少重要的文艺报刊，与其相关的回忆文章很少，如创造社的《创造季刊》《创造月刊》《创造周报》，太阳社的《太阳月刊》，"七月派"的《七月》《希望》，以及其他进步文艺报刊《论语》《语丝》《新月》等。关于文艺作品的回忆录主要涉及在现代文学史上具有重要影响或者对作家而言具有特殊意义的作品。这类回忆录最有代表性的是"中国现代作家论创作丛书"。这套丛书收集的回忆录自然有很多都不是八十年代创作的，但八十年代创作的也占有不小的比重，而且从重写文学史的角度来看，即便是之前撰写的回忆录，其实也参与到了八十年代文学史重构的学术思潮中。

关于文艺活动的回忆录的内容大体上又包括以下几种：编辑出版、文艺运动、文学事件和文艺演出。八十年代，著名文学出版家赵家璧先生撰写了多篇回忆录，重新建构自己为现代文学的出版发行做出的努力。文艺运动方面的回忆录主要是关于解放区的,如丁玲的《延安文艺座谈会的前前后后》、雷加的《四十年代初延安文艺运动》(一至四)、王亚平的《冀鲁豫解放区文艺活动》等。在八十年代的文学回忆录中,比较值得关注的文学事件主要是胡风事件和丁玲事件。因为事件本身的敏感性,关于这些事件的自发性回忆录并不多见,比较重要的有林默涵口述、黄英华整理的《胡风事件的前前后后》,李之琏回忆1955—1957年处理丁玲问题经过的《不该发生的故事》。文艺演出是中国共产党开展文艺宣传的重要手段,关于现代文学史上一些由共产党领导的文艺演出的回忆录在八十年代也得以发表,如郑达的《演剧队海外播种记——忆中国歌舞戏剧社在南洋的巡回演出》《战斗在国门内外——杂忆演剧五队在滇缅的活动》,吴强的《新四军文艺活动回忆》,戈枫的《忆"抗敌剧社"一次非寻常的演出活动》,岳野的《长风破浪梦犹馨——忆南洋演出三年》等。

  对于同一段文学历史,不同的作家因为立场不同、参与程度不同、记忆内容不同很自然地会有不同的回忆。于是,当一个作家的回忆录发表后,其他作家往往会对其进行订正、补充甚至反驳。为此,自第3辑开始,《新文学史料》就开辟了"来信摘登"栏目,专门发表对往期回忆录进行商榷的信息或文章。这里面有不少是学者根据研究或考证对作家回忆录的部分事实进行订正的,也有不少内容是相关作家根据自身记忆对有关事实提出质疑的,更有作家对涉及自身的内容进行严肃反驳的。例如,茅盾为了澄清二十世纪三十年代"两个口号"论争中的一些情况,在《新文学史料》1979年第2辑发表了《需要澄清一些事实》。五十年代时在河南省文艺界担任领导职务的李蕤为了反驳姚雪垠《学习追求五十年》中的一些内容,发表了《对姚雪垠同志〈学习追求五十年〉中的一章的声明》,后来,姚雪垠又发表了《请澄清事实》,对李蕤的声明进行了反驳。

6. 八十年代作家回忆录的生产机制

在梳理总结过大量的八十年代作家回忆录文本之后,我们还需要对八十年代作家回忆录的生产机制进行深入的探讨和分析,并以此了解八十年代的文学生态。在此,需要考虑以下几个问题:

首先,为什么写作、发表作家回忆录。就官方的目的而言,主要是收集整理史料,以备分析研究,发展社会主义文艺。具体到作家则各有不同,或自我辩诬、证人清白,或记录时代、反思历史,或交代经历、回忆创作,或诉说苦难、彰显品格。回忆录写作不仅是新时期党和政府拨乱反正的体现,也是作家重新进入历史、在新的历史时空中获取文学史地位的努力。

其次,哪些作家需要或可以发表回忆录。在八十年代早期,能够发表回忆录的主要是左翼作家,需要发表回忆录的则是在"文革"或"反右"期间被错误批判的作家;到八十年代后期,随着文学史观念的变化,一些具有重要文学史影响的非左翼作家的回忆录也得以发表。

最后,作家回忆录可以写什么或作家愿意写什么。由于意识形态原因,并非所有回忆录的内容都可以发表;因为顾虑到自身的形象,有些史实虽然重要,但作家却不愿回忆,或在回忆时有意造成不同程度的扭曲。这里不仅涉及八十年代的文学生态,而且反映了一代作家在人生暮年的思想意识。

以上仅是我们在深入阐释八十年代作家回忆录之前,对这一领域的研究意义、现状及可能进行的初步考虑。随着研究的进一步深入,部分内容会得到修正甚至否定,一些新的内容也会进入我们的研究视野,期待着这一领域新的史料和成果的出现。

八十年代作家回忆录的分类
——以《新文学史料》为中心

在近年来的当代文学研究中,"历史化""学科化"日益成为一个令人瞩目的学术热点,有关当代文学的史料建设也日益受到越来越多学者的重视。在这样一个日益蓬勃发展的学术思潮中,有关八十年代作家回忆录的史料整理与研究工作不容忽视。这不仅是因为当时发表、出版了一大批作家回忆录,形成了一个十分突出的文学现象,更是因为这些回忆录在30年来的文学史叙述中一直处于被忽视的状态,没有得到基本的整理与研究。为了更加切实、全面地呈现八十年代文学的历史面貌,我们希望能够给八十年代作家回忆录的研究提供一个前期的基础:对八十年代数量繁多的作家回忆录进行尽可能详尽的分类。由于这些回忆录不仅数量繁多,而且尚未得到基本的整理,因此,我们希望以八十年代作家回忆录最重要的发表阵地《新文学史料》为基础,兼及其他回忆录著作,予以基本的分类整理,以期概括、呈现八十年代作家回忆录的主要文本类型。

一、自传性文字

（一）作家独立撰写的自传

这类自传从撰写的动机、目的而言，可以分为以下两类：

1. 交代经历、回忆创作

这类回忆录的作者一般认为：自己"平生经过的事，多方面而又复杂"①，回忆录写作能够在一定程度上起到见证历史的作用。所以，作者在撰写回忆录时往往具有一种强烈的历史责任感。从广义上说，它们也可以归入"见证文学"的范畴，但是也有一些不同的情况。一种是广义上的"见证"。在此意义上，所有回忆录都可以归入"见证文学"。有些作家从五四时期到"文革"结束，一直是中国文学发展的重要参与者，他们对自己人生过往的回忆，一定程度上也是对中国现代文学发展的一种回忆与见证。比如夏衍的《懒寻旧梦录》、臧克家的《诗与生活》、阳翰笙的《风雨五十年》、徐懋庸的《徐懋庸回忆录》等。另一种是狭义上的"见证"。它们往往与文化创伤紧密相连，这种创伤在中国当代史上主要出现在"反右"和"文革"期间。这方面的代表性回忆录有：巴金的《随想录》、丁玲的《风雪人间》、杨绛的《干校六记》、陈白尘的《云梦断忆》等。

从文本形式上看，这些回忆录又可以分为系列回忆录和单篇回忆录两类。在《新文学史料》上连载的系列回忆录主要有：臧克家的《诗与生活》、阳翰笙的《风雨五十年》、徐懋庸的《徐懋庸回忆

---

① 本刊编辑组：《记茅公为本刊撰写回忆录的经过》，《新文学史料》1981年第3辑。

录》、王西彦的《乡土·岁月·追寻》、梁斌的《一个小说家的自述》、秦牧的《文学生涯回忆录》、李霁野的《我的生活历程》、罗洪的《创作杂忆》、曹聚仁的《我与我的世界》、陈学昭的《天涯归客》、秦兆阳的《回首当年》、许钦文的《钦文自传》、巴人的《旅广手记》等。单篇回忆录所占比例很大，按内容可分为以下六类：回顾一生创作经历的，如李季的《我的写作经历》、李何林的《我的教与学的文学生涯》等；回忆具体作品的，如杨益言的《关于小说〈红岩〉的写作》、知侠的《〈铁道游击队〉创作经过》、梁斌的《〈烽烟图〉寻稿记实》等；回忆某段文学经历的，如沈从文的《从新文学转到历史文物》、施蛰存的《震旦二年》、冯至的《昆明往事》等；回忆文学交往的，如许钦文的《鲁迅书信中的我》、唐弢的《我和象贤》、赵家璧的《从茅盾给我的最后一信想起的几件往事》等。

2. 自我辩诬、证明清白

在中国现当代文学史上，有些作家因为历史原因，被认为存在问题，受到不同程度的批判，甚至被长期剥夺文学创作的权利，排除在作家队伍之外。"文革"结束后，随着意识形态的转型，这些作家的历史问题逐步得到解决。在解决历史问题的前后，这些作家往往通过创作回忆录进行自我辩诬。丁玲创作《魍魉世界》的一个主要目的就是为其所谓的"南京变节"问题辩白。她通过回忆录写作自证清白的目的不仅体现在写作动机上，而且体现在写作过程和叙事语态上。1984年8月1日，中共中央组织部经中央书记处批准，发出《中组发九号文件——关于为丁玲同志恢复名誉的通知》，为丁玲彻底恢复了名誉。在达到了自证清白的目的之后，丁玲于1984年8月23日就停止了并未完成的《魍魉世界》的写作。从叙事语态来看，这部回忆录充满了倾诉委屈的哀怨和自证清白的急切。这在回忆录的目录中就可以看得十分清楚,回忆录第9、第11两节的标题分别是:"死也不容易啊!""欺骗敌人是污点吗?"

(二)别人参与整理的自传

八十年代初,老作家们大多进入了人生暮年,年老体弱,行动不便,一些作家亲自撰写回忆录已经比较困难,但是,又觉得自己的文学生涯或人生历程与现代中国的历史变迁有着紧密关联,或者有一些事关自己、亲友的重大事件不得不及时交代,于是采取自己口述、别人协助整理的办法撰写回忆录。这类回忆录比较有代表性的是许杰的《坎坷道路上的足迹》。这部回忆录从1983年开始在《新文学史料》当年第1辑连载,至1987年第4辑结束,共连载17辑①,在这17期的结尾处都注有"柯平凭协助整理"。1997年《坎坷道路上的足迹》由华东师范大学出版社出版,该书的封面更为清晰地显示了作者的贡献:"许杰口述、柯平凭撰写。"与作家自己独立撰写的回忆录相比,这种写作方式对回忆录的叙述特点甚至情感色彩、思想意识的影响有待进一步研究。

与这种作家本人口述、别人整理撰写的写作方式相比,茅盾的《我走过的道路》、胡风的《胡风回忆录》更加值得关注。茅盾这部在80年代影响很大的回忆录从1978年11月开始在《新文学史料》第1辑连载,直至1986年第4辑结束,历时8年,共刊载33辑。但是,这部长篇回忆录并非全部由茅盾本人亲自撰写完成。《新文学史料》1983年第1辑发表的《一九三五年记事——回忆录(十八)》的前面有一个编者按:"茅盾同志的回忆录,其亲笔撰写

---

① 1985年第3辑,1986年第1、2辑没有连载。

部分已经完毕；自本期起续载的，是其亲属根据茅盾同志生前的录音、谈话、笔记以及其他材料整理的。"也就是说，从严格意义上讲，茅盾的回忆录只写到1934年，其后的16篇回忆录虽然依然使用第一人称"我"进行叙事，但是，它们是否还能代表茅盾在八十年代回望历史时的态度就很难说了。

《胡风回忆录》撰写的初衷带有为自己作证的意思。"文革"结束后，胡风一直期待着自己的历史问题能够早日得到解决。1980年，"胡风反革命集团案"得到平反，但是胡风的问题并没有彻底解决。因此，直到去世，胡风都在为自己的彻底平反做出各种努力，撰写回忆录是其中的一个重要方式。在这部回忆录的开头，胡风就十分直白地陈述说："关于左联，大家提供的情况需要补充和相互校正。我是一段时间的当事人，得提供我所经历的情况。"①但是，胡风的回忆录也只撰写了6篇，从《新文学史料》1985年第4辑发表的《在宜都——抗战回忆录之三》开始，后面的17篇回忆录都是"作者亲属根据作者生前的手稿、日记、书信等材料整理"②而成。在1993年由人民文学出版社出版单行本时，胡风撰写的内容没有改动，但梅志完成的部分又进行了重编，不仅文字上作了修订，"内容方面也有少量增删"③。

（三）接受采访时回忆自己的文字

有些作家在当时或者没有撰写回忆录的愿望，或者没有时间撰写长篇回忆录，但是，因为其本人在中国现代文学史上具有重要地位，或者是某一重要文学事件的参与者，所以一些学者根据研究

---

① 胡风：《回忆参加左联前后（一）》，《新文学史料》1984年第1辑。
② 胡风：《在宜都——抗战回忆录之三》的编者注，见《新文学史料》1985年第4辑。
③ 梅志：《编写后记》，《胡风回忆录》，人民文学出版社1993年版，第427页。

需要曾经对他们进行过访谈,这些访谈经作家审阅后得以发表、出版,为我们留下了珍贵的史料。这类回忆录中最有代表性的是《周扬笑谈历史功过》。从"左联"成立到八十年代前期,除了"文革"期间,周扬一直是中国左翼文学的重要领导人。但是在八十年代,当胡风、丁玲、夏衍、阳翰笙、徐懋庸等人都发表、出版了自己的回忆录时,周扬自己的回忆录或者回忆周扬的文字都十分少见①,这对于研究周扬以及中国现代文学思潮而言不能不说是一个巨大的遗憾。在这样的条件下,赵浩生采访记录的《周扬笑谈历史功过》也就显得弥足珍贵。在这篇回忆录中,周扬在八十年代面对历史功过的勇气令人敬佩,其"笑谈历史功过"的姿态更是让人唏嘘不已。

(四)重新发表的自传性文字

这类回忆录除了上海文艺出版社出版的"中国现代作家论创作"丛书中重新发表的回忆性文字之外,比较重要的还有沈从文的《从文自传》、胡风的"三十万言书"、巴人的《旅广手记》和《自传》②、许钦文的《钦文自传》等。从1948年在香港《大众文艺丛刊》受到批判开始,沈从文在大陆文学界的处境日益严峻,终至销声匿迹。在八十年代复出时,不少人甚至已经不知道沈从文这个作家了。这就像沈从文在其自传重新发表时所作的《附记》里说的那样:"如今说来,四五十岁生长在大城市里的知识分子,已很少有明白我是干什么的人;即部分专业同行,也很难有机会读到我过去的作品。"③在这种形势下,重新发表《从文自传》对于作家形象

---

① 王蒙、袁鹰主编的《忆周扬》1998年由内蒙古人民出版社出版,徐庆全的《知情人眼中的周扬》2003年由经济日报出版社出版。
② 据巴人之子王克平的说明,《旅广手记》初稿完成于1963年,《自传》是巴人写于50年代的一份材料。
③ 沈从文:《从文自传·附记》,《新文学史料》1980年第3辑。

的传播就有着非同寻常的意义。

"三十万言书"曾经给胡风及其亲友带来了灭顶之灾,在批判胡风的过程中多次被断章取义或曲解原意,成为其"反革命"罪名的重要证据。要从人们内心深处彻底改变胡风的"反革命"形象,为其证明清白,就必须让人们看到"三十万言书"的本来面目。于是,在1988年6月18日中共中央办公厅发出《关于为胡风同志进一步平反的补充通知》之后,《新文学史料》1988年第4辑用近120页的篇幅重新发表了"三十万言书"的一、二、四部分。这篇以"报告"命名的长文带有很浓厚的回忆录性质,且不说第一部分"几年来的经过简况""叙述我从一九四九年进解放区前后起到开始这个检查为止所经历的情况"①,根本就是回忆录,就连第二部分"关于几个理论性问题的说明材料"也是在回忆过往的基础上进行的理论说明和辩驳。所以从一定意义上说,"三十万言书"就是一份带有很强的理论总结性质的回忆录,而这个回忆录的重新发表在很大意义上是为了给胡风证明清白。

二、回忆作家的文字

这类文字根据撰写和产生方式的不同,有以下几类:

（一）自发性回忆文字

在八十年代,一些作家由于各种原因已经去世,其亲友或为表彰其历史贡献,或悲愤其生前遭遇,或感念其英年早逝,或为了给他们洗刷冤屈,或希望给他们一个公正的历史评价,在党中央拨乱

---

① 胡风:《胡风三十万言书·给党中央的信》,湖北人民出版社2003年版,第36页。

反正的历史感召下纷纷撰写回忆录,努力勾勒自己心目中的作家形象。这样的文章在《新文学史料》中数量很多,按其内容大致可以分为以下几类:

第一类是表彰历史贡献的。这类回忆文章最多,因为亲友们在回忆怀念作家时,一个很重要的目的就是表彰他们在中国现代文学史上的贡献。但这里面也有几种情况:有些回忆录是在作家正面形象已经确立后添砖加瓦的,如许钦文回忆鲁迅的文章《塔砖胡同》《鲁迅和陶元庆》《祝福书》《来今雨轩》等。有一些属于全面介绍性质的,这些作家往往被认为在以往的文学史上书写得不够全面,如李岫的《悼念我的父亲李广田》、徐士瑚的《李健吾的一生》、周俟松的《回忆许地山》、秉雄等人的《回忆我们的父亲——钱玄同》、刘小蕙等人的《回忆我们的父亲——刘半农先生》等。还有一类更多强调的是作家的革命贡献,如张报的《萧三同志与〈救国时报〉》、楼适夷的《记萧三》、吴黎平的《同国民党文化"围剿"进行坚决斗争的潘汉年同志》等。

第二类是重新树立形象的。有些作家因为历史原因长期受到批判,在文学史上主要是作为被批判的反面教材出现在世人面前的。在意识形态转型之后,这些作家的文学史价值受到重新评估,他们中一部分人的文学史地位得到很大提升。为了重新建构这些作家的文学史形象,除了作家本人撰写回忆录自证清白,或者重新发表这些作家的回忆录之外,其亲友也创作了一部分能够重新树立其文学史形象的回忆录文章。如发表于《新文学史料》1980年第3辑纪念瞿秋白的回忆文章:瞿独伊的《怀念父亲》、石联星的《秋白同志永生》、庄东晓的《瞿秋白同志在中央苏区》,以及人民文学出版社1981年出版的纪念文集《忆秋白》等。这些回忆录不仅为瞿秋白重新树立了革命者的伟大形象,而且肯定了他作为"我国无产阶级革命文学运动的主要奠基人之一"①的文学史地位。

第三类是属于重新发掘性质的。这类作家与上一类作家不同的地方在于,上一类作家在八十年代之前的文坛或学术研究中是"存在"的,只不过是以反面的形象出现而已,而这类作家在八十年代之前的文坛上或文学史叙述中已经成为被"遗忘"的对象,他们的名字也几乎被大多数人所忘记。但是在重写文学史的思潮中,他们的文学史价值受到重新评估,他们的名字也因为亲友的回忆录而逐渐被读者了解。这里面一个突出的例子就是朱湘。朱湘的"消失",意识形态的原因是有的,但更重要的原因还在于其英年早逝,而他能够在八十年代重新进入读者的视野,时代环境的变化自然是至关重要的因素,而罗念生等人在朱湘形象的传播、文学价值的评价等方面做出的努力也不可小觑。罗念生不仅与罗皑岚、徐霞村等人在《新文学史料》上发表文章传播朱湘的形象②,而且在推动朱湘的重新评价、出版朱湘的遗著方面也花费了大量功夫。

因为意识形态的原因被历史"遗忘"的作家也有不少,比如张恨水、陈梦家、徐訏、王文显、黎烈文等。在谈到当时的学术界对张恨水的研究时,张友鸾曾经不无遗憾地说:"现代文学史家对于这样一位有影响的作家,全都避而不谈。"③所以,要重新确立张恨水在中国现代文学史上的应有地位,不仅需要重新出版其代表性著

---

① 周扬:《"为大家开辟一条光明的路"——纪念瞿秋白同志就义四十五周年》,《忆秋白》,人民文学出版社1981年版,第4页。
② 罗念生:《忆诗人朱湘》、罗皑岚:《朱湘的书籍》、赵景深:《朱湘传略》,《新文学史料》1982年第3辑;罗念生:《朱湘的英文诗》,《新文学史料》1984年第1辑;徐霞村:《我所认识的朱湘》,《新文学史料》1986年第1辑。
③ 张友鸾:《章回小说大家张恨水》,《新文学史料》1982年第1辑。

作,同时也需要以回忆录性质的文章传播作家形象,张友鸾本人撰写《老大哥张恨水》《章回小说大家张恨水》等回忆性文章大概就是出于此种考虑。

第四类是怀念故人、叙述友谊的。这类文章当然也包括对作家贡献的叙述,但主要内容是以作家的文学交往为主干的。《新文学史料》发表的此类回忆录主要有:高君箴的《鲁迅与郑振铎》、戈宝权的《忆和茅盾同志相处的日子》(6篇)、凤子的《回忆阿英同志》、钱小惠的《父亲阿英同志和李之华同志的友谊》、卞之琳的《话旧成独白:追念师陀》、鹤西的《怀废名》、程俊英的《回忆庐隐二三事》等。

(二)有组织的怀念性文字

对于中国现代文学史上的很多著名作家来讲,八十年代是一个十分特殊的年代。在这十年间,他们中的很多人获得了平反,也有很多人离开了这个世界。为了表彰他们为中国现代文学做出的贡献,庆贺他们在有生之年或去世多年后终于获得平反,或者悼念刚刚去世的作家,《新文学史料》在八十年代组织了三十多次怀念性作家回忆录的集中发布。根据纪念的不同内容,这些回忆录可以分为四类:悼念作家去世、庆贺作家平反、逢五逢十纪念和一般性怀念文章。

根据《新文学史料》1978年第1辑至1989年第4辑的"悼念"栏目,从1977年至1989年去世的作家达53人,加上洪子诚《中国当代文学史》所附"中国当代文学年表"中的11人以及这两种文献都没有记载的穆旦(1977年去世),此间去世的作家至少有65人。在八十年代,《新文学史料》开辟专栏组织文章进行悼念的作家有9位。他们之间也有所区别,郭沫若、茅盾、丁玲、曹靖华、叶圣陶、沈从文、萧军的专栏使用的名称是"悼念"或"怀念",而聂绀弩、胡风的悼念专栏使用的名称却是"研究"。其中的区别或许在于,聂绀弩、胡风去世时,"胡风反革命集团案"还没有彻底平反;而前一类作家或是革命同志或已得到彻底平反。

八十年代,《新文学史料》因作家获得平反昭雪而组织文章进行怀念的有 5 位:老舍、田汉、瞿秋白、胡风、潘汉年。这些作家都是去世后得以平反的。老舍、田汉的悼念专栏名称是"怀念""悼念",他们都是革命作家或进步作家,是被"四人帮"迫害致死的。瞿秋白、胡风的专栏名称是"研究",潘汉年的悼念文章连专栏也没有,而是放在了"作家作品"栏目中。他们的问题相对都比较复杂,甚至比较敏感,虽然得以平反昭雪了,但是在宣传上似乎并不像老舍、田汉那样隆重,相对而言要低调很多。这中间的判断不仅有历史的分析,更有现实的考量。

中国的传统是逢五逢十要对历史名人进行有组织的怀念,八十年代的《新文学史料》为不少作家组织了这样的纪念性系列文章。其中包括"纪念鲁迅诞辰一百周年特辑""纪念郁达夫殉难四十周年特辑""纪念冯雪峰逝世十周年特辑";"郑振铎研究"(逝世 25 周年)、"冯雪峰研究"(80 周年诞辰)、"田汉研究"(逝世 15 周年)、"老舍研究"(逝世 20 周年)、"王任叔(巴人)研究"(诞辰 85 周年);徐志摩逝世 50 周年纪念文章 6 篇、杨刚逝世 25 周年纪念文章 5 篇、耿济之逝世 35 周年纪念文章 3 篇、何其芳逝世 5 周年纪念文章 3 篇;最后一类纪念文章没有设置专栏,而是与其他回忆文章一起放在了"作家作品"栏目中。对作家怀念性文章的不同处理方式,在一定程度上显示了八十年代学术界对不同作家的价值判断。

中编　回忆录基本理论与八十年代作家回忆录研究

除了上述三类有组织的回忆录文章之外,《新文学史料》在八十年代还组织了一些一般性的回忆录。这些回忆录的发表,不是为了悼念刚刚去世的作家,也不是要在学术界给作家平反昭雪,也没有迹象表明是逢五逢十的纪念活动。它们或许是借助某一机缘,共同回忆一个著名的作家。这种有组织的回忆录在八十年代的《新文学史料》上共发表过四次,分别是"郁达夫特辑"5篇、"郭沫若研究"两次(分别发表在1980年第2辑和1982年第4辑)、回忆陈翔鹤的文章5篇(这或许是借《陈翔鹤选集》的出版对陈翔鹤所作的一次纪念)。

(三)受作家亲友约请撰写的回忆性文字

一些作家去世后,其亲友或有感于其身后凄凉,或对作家的生平念念不忘,或借助于作家文集出版的机会,约请作家的生前好友为其撰写回忆性文字。这一方面是对作家的一种怀念,另一方面也可以理解为对作家文学史地位的一种彰显。师陀在一篇回忆李健吾的文章中交代了写作的缘由:"我和李健吾同志相交五十年,去年春天,魏帆同志和健吾的小女儿来看我:魏帆在北京现代文学馆工作,来征求健吾写给我的信;健吾的小女儿则在文艺报工作,希望我写点什么纪念她的父亲。"[①]盛情难却之下,师陀以充满深情的笔触撰写了《记一位"外圆内方"的老友》,以纪念李健吾先生。再比如回忆作家李又然的文章。"李又然1984年11月病逝后,他的子女给丁玲写信说:家父殁后,我们遍阅报纸,居然无人悼念,想家父生前寂寞,死后凄凉,令人神伤。丁玲亲自过问安排,《中国》1985年第2期登载了李又然的两首诗,第3期又发表了刘

[①] 师陀:《记一位"外圆内方"的老友》,《新文学史料》1987年第2辑。

大海的悼念文章《忆又然》。"①受作家亲友的约请在给作家的文集撰写序言时回忆作家的文章似乎更多一些,如发表在《新文学史料》上的《回忆我和萧红的一次谈话——序〈萧红选集〉》(聂绀弩)、《追记评梅——为〈石评梅作品集〉出版而作》(陆晶清)、《之的不朽——〈宋之的选集〉代序》(夏衍)、《一个真正的人——〈陈翔鹤小说散文选集〉序》(陈白尘)等。

(四)亲友整理、注释的带有回忆性的书信或年表

八十年代,在推动中国现代文学研究历史化的进程中,不少作家的书信被整理发表出来。这些带有私人性质的书信对于深入推进作家研究具有重要作用。因为历史的距离和私人的性质,书信中的不少内容难以被读者所理解,所以,有些书信在发表时往往还带有篇幅不小的注释。这些注释以回忆录的性质交代书信的写作背景,订正书信中的一些内容,甚至以书信中的某些内容为契机展开更为丰富的回忆录写作。这类回忆录的代表性著作是萧军辑存注释的《萧红书简辑存注释录》和《鲁迅给萧军萧红信简注释录》。之所以要对萧红的这些书简进行注释,萧军的目的大概有两个方面。一是"以为它们将来对于有志于研究这位短命作家的生平、思想、感情、生活等等各方面,会有一定的参考用处的",二来是"要把全部书简——包括我自己的——全部发表在这里"②,全面展示自己与萧红的这段交往,回应历史上的一些质疑与批评。萧军的这些说明,使人十分明显地感受到这批书简的重要意义以及萧军注释的史料价值。所以,《新文学史料》1979年第2—5辑分四期

---

① 李向东、王增如:《丁玲传》(下),中国大百科全书出版社2015年版,第756页。
② 萧军:《萧红书简辑存注释录》后记,黑龙江人民出版社1981年版,第3、4、130页。

发表了带有萧军注释的42封萧红书简,并以附件的形式发表了萧军致萧红书简4封,以及其他附件材料4篇。1981年黑龙江人民出版社出版了《萧红书简辑存注释录》的单行本。

三、回忆文艺社团、文艺运动、文艺报刊或重大文学史实的文字

这类文字从撰写和产生方式,同样可以分为自发性和有组织的两种。

(一)自发性回忆文字

自发性回忆文字,按撰写的动机、目的,可分为两类。

1. 保存文学史料

一些参与了中国现代文学史上重大文学事件的作家本着为历史负责、为后代保存史料的强烈责任心,在人生的暮年自发地撰写了一大批回忆文艺社团、文艺运动、文艺报刊或重大文学史实的回忆录文章。这些文章曾经为八十年代重写文学史提供了十分宝贵的第一手史料。从内容上看,这些回忆录又可以分为如下几类:

第一类是文艺社团回忆录。中国现代文学史上出现了一大批较有影响力的文艺社团,培养团结了大多数现代作家。把这些文学社团的史料保留下来,是进一步书写、研究中国现代文学史的史料基础。八十年代《新文学史料》发表的文艺社团回忆录主要有三类:左联及其下属机构、解放区文艺社团以及其他二三十年代的进步文艺社团。如赵铭彝的《左翼戏剧家联盟是怎样组成的》《回忆左翼戏剧家联盟》,王亚平、柳倩的《中国诗歌会》,杨纤如的《北方左翼作家联盟杂忆》;刘锦满的《历史的忆念——解放区几

个诗歌组织和刊物的回顾》,钟敬之的《延安鲁迅艺术学院概貌侧记》,陈明的《西北战地服务团第一年纪实》,宇堂的《太行文联回忆鳞爪》,马烽的《晋绥边区文联培养青年作者的一些情况》;冯乃超的《鲁迅与创造社》,郭绍虞的《关于文学研究会的成立》,任钧的《关于太阳社》等。

第二类是文艺报刊回忆录。八十年代的《新文学史料》发表了不少关于中国现代文学重要文艺报刊的回忆录,但也有不少重要的文艺报刊没有见到回忆文章,如创造社的《创造季刊》《创造月刊》《创造周报》,太阳社的《太阳月刊》,"七月派"的《七月》《希望》等。《新文学史料》发表的关于现代文学报刊的回忆录主要有:高君箴口述、郑尔康执笔的《郑振铎与〈小说月报〉的变迁》,施蛰存的《〈现代〉杂忆》(一、二、三),黄宁婴病中口述、黄篱记录整理的《〈中国诗坛〉杂忆》,陈残云的《风云时代的颂歌——〈《中国诗坛》诗选〉序》,萧乾的《鱼饵·论坛·阵地——记〈大公报·文艺〉》,李健吾的《关于〈文艺复兴〉》,胡山源的《我编〈申报自由谈〉》,冯至的《回忆〈沉钟〉——影印〈沉钟〉半月刊序言》等。

第三类是文艺作品回忆录。这类回忆录主要涉及在现代文学史上具有重要影响或者对作家而言具有特殊意义的作品。与作家回忆自己作品的文章不同的是,这类回忆录主要是回忆别人的作品。八十年代发表于《新文学史料》的文艺作品回忆录主要有:沈蔚德的《回忆〈蜕变〉的首次演出——兼论关于〈蜕变〉的评价问题》、萧乾的《斯诺与中国新文艺运动——记〈活的中国〉》、朱正明的《关于〈长征〉和毛主席赠丁玲词的情况》、梅志回忆胡风为丁玲保存毛主席赠丁玲词的《四十一年话沧桑》、于浩成的《老舍先生为〈我的前半生〉改稿一事纪实》、徐霞村的《关于莎菲的原型问题》、张羽的《我与〈红岩〉》等。

第四类是文艺活动回忆录。这类回忆录又包括编辑出版回忆录、文艺运动回忆录、文学事件回忆录和文艺演出回忆录。八十年代,以主持出版《中国新文学大系》而蜚声中国文坛的赵家璧先生在《新文学史料》上发表了7篇回忆录,内容涉及鲁迅以及《中国新文学大系》《世界短篇小说大系》《一角丛书》《苏联作家二十人集》等著名文学丛书,后来又出版了单行本《编辑生涯忆鲁迅》《编辑忆旧》《文坛故旧录:编辑忆旧续集》等回忆录文集。通过这些回忆录我们大体上能够了解他对中国现代文学出版事业做出的贡献。有关文艺运动的回忆录主要集中于解放区文学,如雷加的《四十年代初延安文艺运动》(一至四)、吴强的《新四军文艺活动回忆》、周进祥的《街头诗在晋察冀》、叶君健的《忆抗战初期的文学对外宣传工作》等。在中国现当代文学史上,影响较大的文学事件主要有"两个口号"的论争、郁达夫南洋遇害、"胡风反革命集团案"和丁玲南京囚居事件等。"两个口号"的论争是中国左翼文学史上的一个重要事件,围绕着这一问题,相关作家长期争论不休,甚至成为一些作家相互敌对的主要矛盾。郁达夫在南洋的经历及其遇害的真相在八十年代曾经引起强烈关注,郁达夫的亲友们纷纷创作回忆录,试图对文学界的关注给予回应。主要文章有:胡愈之的《郁达夫的流亡和失踪》、郁飞的《杂忆父亲郁达夫在星洲的三年》、了娜的《郁达夫流亡外纪》以及日本学者铃木正夫的考证文章《郁达夫被害真相》等。因为事件本身的敏感性,关于胡风事件、丁玲事件的回忆录在八十年代并不多见,相关的回忆文章的出现还要等待历史的机遇。文艺演出是中国共产党组织文艺宣传的重要手段,也是中国革命的重要组成部分。在八十年代的《新文学史料》中,有关中国共产党领导的文艺演出的回忆录也发表了不少,如沈蔚德的《回忆〈蜕变〉的首次演出》、郑达的《演剧队海外播种记——忆中国歌舞戏剧社在南洋的巡回演出》、戈枫的《忆抗敌剧社一次非寻常的演出活动》、岳野的《长风破浪梦犹馨——忆南洋演出三年》等。

2. 证明历史"真相"

或者因为历史事件过于久远,或者因为回忆录作者记忆力衰退,或者由于记忆本身不可避免的选择性,或者由于回忆录作者本人思想意识的原因,回忆录往往不可避免地存在着错记、漏记的现象。这也是一些学者对回忆录作为第一手材料持保留意见的一个重要原因。所以,对于涉及自己或与自己有关的回忆录,读者对其中的史实提出不同意见也就是一件很自然的事情。

以发表作家回忆录为主要内容的《新文学史料》自然也面临同样的问题。因此,从1979年第3辑开始,《新文学史料》专门开辟"来信摘登"栏目(后来又调整为"补正"栏目),用以发表对以往的回忆录文章进行补充、纠正甚至质疑的信息或文章。其中大部分内容是学者们根据自身的研究背景对回忆录的部分史实进行补充、订正的。比如,王余杞的《补遗二事》涉及胡风回忆录和夏川的《〈诗歌杂志〉和〈海风诗歌小品〉》,鲍祖宣的《关于傅东华》以傅东华学生的身份纠正了茅盾回忆录《多事而活跃的岁月》中涉及傅东华的一些史实,1989年第2辑中的《丁玲同志来信》《梅志同志来信》则是对自己回忆录中的错误进行纠正,并向所涉及的人物表达歉意。在这一栏目中也有一些文章是相关作家根据自身经历对一些回忆录的叙述提出质疑甚至严肃反驳的。例如,茅盾在《新文学史料》第2辑发表《需要澄清一些事实》,为"两个口号"论争中一些具有争议性的史实提供自己的证言。因为对锡金《"左联"解散以后党对国统区文艺工作领导的亲历侧记》中涉及自己编辑《弹花》文艺月刊的叙述不满,赵清阁给《新文学史料》编辑部写信,表示:"我承认《弹花》不是革命的刊物,可是若欲评价它的政治倾向性,就应当从实际出发,检查刊物的具体内容,进行历史唯物主义的分析,从而作出实事求是的正确结论和评价。"①姚雪垠在《学习追求五十年》中回忆了二十世纪五十年代他在河南省作协工作时的情况,部分内容涉及当时的河南省作协领导人李蕤。针对这些内容,李蕤发表了《对姚雪垠同志〈学习追求五十年〉中的一章的声明》,提出异议。针对李蕤的质疑,姚雪垠又发表了《请澄清事实》进行反驳。

1986年下半年,由于《文教资料》第4期发表了两篇关于周作人出任伪职的访谈文章《周作人出任伪职的原因》和《访许宝骙同志纪要》,学术界一时间对周作人出任伪职一事产生了浓厚的兴趣。但是,两个被访谈的对象很快相继发表了回忆性文章,一致否认了上述两篇访谈文章的真实性,并以《周作人出任华北教育督办伪职的经过》和《我对周作人任伪职一事的声明》这样的题目显示了其回忆录内容的严肃性。至此,周作人出任伪职的事实似乎是尘埃落定了,但是质疑的声音一直没有停止,从八十年代后期一直延续到了21世纪。

(二)有组织的回忆性文字

为了彰显一些重大事件在现代文学史上的作用,逢五逢十的年份,一些社团机构就会组织回忆文章进行纪念。八十年代,《新

---

① 《赵清阁同志来信》,《新文学史料》1979年第5辑,人民文学出版社1979年版。

文学史料》组织发表此类文章就有两次,第一次是1979年第3辑发表的"纪念五四运动六十周年"系列文章13篇,第二次是1980年第1辑发表的"左联成立五十周年纪念特辑"系列文章16篇。1985年由中国社会科学出版社出版的《上海"孤岛"文学回忆录》(上下)也属此类性质。在上卷的《编后记》中,编者介绍了他们的工作方式:"我们的这项编辑工作,是在进行了比较广泛的调查以后,组织力量从事编纂的。本集是文学回忆录的上集,主要约请前辈作家、文化界人士,或有关作家的家属、亲友撰写。"对于这类回忆文章的组织发表,主事者自然是看到了其背后的文学史意义。"转瞬间距离上海'孤岛'时期已有四五十年了。当时精力充沛的年轻人,现在也是年过花甲的老人,我们的工作因而也就带有抢救史料的性质,这使我们深感肩上沉重。"①这种声势浩大的纪念活动或编纂行为一方面凸显了这些事件或机构在现代文学史上的特殊作用,另一方面也为深入推进有关这些文学事件或文学社团的学术研究提供了第一手资料。

另一类与文学事件有关的组织性回忆文章带有"见证历史"的性质,比如胡风的女儿晓风主编的《我与胡风——胡风事件三十七人回忆》。据晓风自己说,八十年代末,她"约集当年受'胡风反革命集团'一案牵连的当事人撰文回忆自己与胡风之间关系的渊源,所受到的影响,以及被打成'胡风分子'之后的遭遇",将收集到的文章"编成一部多人集,以给后人留下一些第一手的资料"。这是在"胡风反革命集团"被彻底平反以后,胡风家属在文学上为胡风以及受其影响的作家重新建构文学史形象的又一次努力。但

---

① 上海社会科学院文学研究所:《上海"孤岛"文学回忆录(上)·编后记》,中国社会科学出版社1984年版,第439—440页。

是,由于八十年代时代环境的复杂性,这种努力有时候会变得十分困难。这部"多人集"的出版过程很不顺利,"由于客观形势的变化,原来很热心的出版社忽然不再提了。此事就只好搁置一边,一搁就是三四年"①。最终,这部在八十年代末就已编好的回忆录文集直到1993年才由宁夏人民出版社出版。

对八十年代作家回忆录的上述三种分类,是以《新文学史料》1978年第1辑到1989年第4辑共45期的950余篇回忆录为基础,并参考近百部在八十年代出版的作家回忆录著作所做的整理。虽然无法穷尽八十年代所有作家回忆录的类型,但是大体上可以显示出八十年代作家回忆录的整体面貌。

---

① 晓风:《我与胡风——胡风事件三十七人回忆·编后》,宁夏人民出版社1993年版,第848页。

下编

作家回忆录与八十年代文学历史化研究

社会转折期的文学表征
——1977—1978年作家回忆录研究

在中国现当代文学史上,作家回忆录的写作曾经出现过两次高潮。一次是二十世纪三十年代,一次是新时期以来。一般认为,新时期以来的作家回忆录写作高潮发轫于二十世纪七十年代末,标志性事件是1978年《新文学史料》的创刊。但是,在搜集整理八十年代的作家回忆录时我们发现,与八十年代文学具有某些一致性特征的作家回忆录在"文革"刚刚结束时其实就已经开始发表。仔细阅读这些作家回忆录,既能发现它们与八十年代文学具有一致性的某些特征,也可以察觉到"文革"在它们身上留下的某些历史遗痕。可以说,这些作家回忆录与当时的其他文学作品一起表征了时代转折所留下的痕迹。而且,因为作家回忆录的纪实性特征,它们在体现时代转折的文学风貌方面或许比其他体裁的文学作品更加直接。因此,细读分析1977年至1978年的作家回忆录,对于理解新时期以来作家回忆录高潮的起源,以及该起源处所具有的文学风景有着十分重要的意义。以下以1979年出版的三本作家回忆录文集为分析对象,希望能够呈现那个时代的作家回忆录风貌以及它们所体现的文学特征。这三本文集分别是人民日报出版社辑录《人民日报·战地副刊》《战地增刊》中的回忆录文章结集而成的《难忘的记忆》，人民文学出版社编辑部编辑出版的《悲怀集——回忆三十位文学家、艺术家》，以及四川人民出版社编辑出版的《作家的怀念》。

一、对去世作家的悼念与当时的文学生态

在1977、1978这两年，自传性回忆录还十分少见，更多的是回忆别的作家的文字。出现这种现象的原因一个是"文革"结束时间较短，自传性回忆录一般篇幅较长，还来不及发表；另一个原因是时代思潮的影响，在"文革"刚刚结束的时代里，写作自传性回忆录几乎是一件无法想象的事情。即便是回忆别人，也主要是那些在"文革"期间被迫害致死的作家。这不仅是现实的要求（的确有一大批作家在"文革"期间被迫害致死），也是一种政治的考虑（希望借助于悼念这些作家揭批"四人帮"，后来则是否定"文革"）。这一点在这些回忆录文集的"出版说明"中也都交代得很清楚："在林彪、'四人帮'专政的那些黑沉沉的岁月里，我们失去了一大批优秀的老作家。"[①]"这些文学家、艺术家对我国社会主义文艺的建设勋劳卓著，深得广大群众的热爱和敬重。然而，他们中的大多数却在林彪、'四人帮'空前的浩劫中饮恨以殁，过早地离开人世，使我们的文艺队伍失去了一大批很有才华的同志。"[②]

仔细阅读这些作家回忆录可以发现，其中有一些现象十分值

---

① 四川人民出版社编辑部：《作家的怀念》出版说明，四川人民出版社1979年版。
② 人民文学出版社编辑部：《悲怀集——回忆三十位文学家、艺术家》出版说明，人民文学出版社1979年版。

得关注，这些现象在不同程度上体现了当时的文学生态与时代特征。

第一，是作家等级的隐性划分。把有关作家的回忆录编辑成册时，存在一个篇幅的多少和顺序的先后问题，而这些问题彰显出来的则往往是编辑者甚至是一个时代对作家文学史地位的基本判定。所以，通过对当时作家回忆录篇目多少和排列顺序的细致分析，大致可以推测当时对去世作家文学史地位的判定。我们以人民文学出版社编辑出版的《悲怀集》为例，分析当时对作家等级的隐性划分。该文集共收入回忆18位作家的文章47篇。从作家的出生年月和他们在这本回忆录中的排序可以看出，这18位作家大体上被分成了四个等级①，划分等级的标准基本上可以理解为当时对作家文学史地位高低的判断。第一等级包括：郭沫若、老舍、郑振铎、阿英、赵树理、何其芳、柳青、郭小川、侯金镜；第二等级包括：魏金枝、许广平、李广田、杨朔、闻捷、罗广斌；第三等级是司马文森和林遐；第四等级是傅雷。傅雷被排在所有作家的最后，可能有人会认为，这是因为他是翻译家，而其他人都是作家。但是，更有可能是意识形态的原因在其中起到了关键的作用，这一点通过柯灵在回忆录中对傅雷的批评也可以看得十分清楚。柯灵批评傅雷说："长期的书斋生活又使他相当严重地脱离实际，对政治问题

---

① 47篇作家回忆录排序分布如下：郭沫若（1892—1978）6篇，老舍（1899—1966）4篇，郑振铎（1898—1958）2篇，阿英（1900—1977）2篇，赵树理（1906—1970）3篇，何其芳（1912—1977）3篇，柳青（1916—1978）4篇，郭小川（1919—1976）5篇（孙犁《伙伴的回忆》包括两篇，一篇回忆侯金镜，一篇回忆郭小川），侯金镜（1920—1971）3篇；魏金枝（1900—1972）1篇，许广平（1898—1968）1篇，李广田（1906—1968）1篇，杨朔（1913—1968）4篇，闻捷（1923—1971）3篇，罗广斌（1924—1967）1篇；司马文森（1916—1968）2篇，林遐（1921—1970）1篇；傅雷（1908—1966）1篇。从作家的排列顺序（注意分号前后作家的生辰年月）和篇目大体可以看出编辑者对这些作家文学史地位的判断。

和社会问题上的某些看法,自以为中正,其实却是偏颇。他身材颀长,精神又很严肃,给人的印象仿佛是一只昂首天外的仙鹤,从不低头看一眼脚下的泥淖。"①这样的批评在当时纪念去世作家的回忆录中几乎可以说是绝无仅有。

第二,着意强调作家的道德人品。与作家的文学成就相比,这一时期的作家回忆录更强调作家对革命的贡献、对共产党的忠诚以及由此表现出来的高尚品质。例如巴金回忆何其芳的文章《衷心感谢他》,着重回忆的是何其芳在重庆时与国民党特务的斗争,在部队行军时的情形,参加土改时与贫雇农打成一片的作风及其解放后是非分明、毫不隐瞒的正派形象;对《画梦录》之前的何其芳则毫不涉及,不仅如此,字里行间还隐隐地对《画梦录》之前的何其芳提出批评。在这篇回忆录中,巴金认为:"其芳是知识分子改造的一个好典型。"②基于这种理解,巴金以一种反问的语气对参加了革命事业的何其芳表示了极大的肯定:"在他的身上还能看出《画梦录》作者的丝毫痕迹么?"③赵广建的《回忆我的父亲赵树理》所极力强调的内容是赵树理"很早就参加了革命","热爱党,热爱人民","生活俭朴不讲究吃穿"。④ 就连著名作家曹禺在回忆老舍时首先强调的也不是他的作品。在《我们尊敬的老舍先生》这篇回忆录中,曹禺着力为人们呈现的是这样一位作家:"老舍先

---

① 柯灵:《怀傅雷》,四川人民出版社编辑部:《作家的怀念》,四川人民出版社1979年版,第164页。
② 巴金:《衷心感谢他——怀念何其芳同志》,人民日报出版社编辑部:《难忘的记忆》,人民日报出版社1979年版,第204页。
③ 巴金:《衷心感谢他——怀念何其芳同志》,人民日报出版社编辑部:《难忘的记忆》,人民日报出版社1979年版,第204页。
④ 赵广建:《回忆我的父亲赵树理》,四川人民出版社编辑部:《作家的怀念》,四川人民出版社1979年版,第21—28页。

生首先是一个爱国主义者","他一直是热爱党,热爱毛主席,热爱周总理的","老舍先生是满族人,他对满族有深厚的感情","老舍先生还是一个国际主义者,它为祖国、为党做了不少国际统战工作","老舍先生在民族节操方面,在敌人和反动官僚、特务面前,大义凛然,没有一点奴颜媚骨"。在介绍完这样一位老舍之后,曹禺才告诉我们"他的作品有些将是永垂不朽的"①。在强调作家对党和人民以及革命领袖忠诚的同时,该时期的作家回忆录也强调党和领袖对作家的"关怀和教诲"。于立群在《化悲痛为力量》中强调说:"半个世纪以来,在革命的每一个重要时期,沫若同志都从毛主席那里得到许多教诲和鼓励。"②胡絜青在回忆老舍的时候也多次叙述党和领袖对他的关怀,说"老舍生前有幸受到过周总理多次的来访和关怀"③,"敬爱的周总理是老舍接触的共产党领导同志中认识最早、受益极多的一位"④。因为这些被悼念、被怀念的作家大多在"文革"期间受到迫害,甚至失去生命,所以,"文革"期间与林彪、"四人帮"的抗争也就成了一些作家高尚品质的体现。新时期以来,郭沫若在"文革"期间的表现逐渐受到质疑、争议甚至批判,但是在1977、1978年的时候,这种质疑的声音还不可能公开发表。相反,此时的回忆录强调的却是他与林彪、"四人帮"的抗争。于立群的《化悲痛为力量》、刘白羽的《雷电颂——怀念郭

---

① 曹禺:《我们尊敬的老舍先生》,四川人民出版社编辑部:《作家的怀念》,四川人民出版社1979年版,第9—14页。
② 于立群:《化悲痛为力量》,人民日报出版社编辑部:《难忘的记忆》,人民日报出版社1979年版,第158页。
③ 胡絜青:《党的阳光温暖着文艺界——悼念老舍》,人民文学出版社编辑部:《悲怀集——回忆三十位文学家、艺术家》,人民文学出版社1979年版,第62、63页。
④ 胡絜青:《周总理对老舍的关怀和教诲》,四川人民出版社编辑部:《作家的怀念》,四川人民出版社1979年版,第1页。

沫若同志》都突出强调了这一点。

第三,记述作家生平事迹和艺术道路时的考虑。

既然是回忆作家的文字,自然免不了记述作家的生平,虽然这一时期的回忆录较少谈及作家的文学创作及其艺术成就,但是作家的艺术道路也并非毫不涉及,否则又何谈作家回忆录呢?然而,与其他时期相比,这两年的作家回忆录在这些方面仍然体现出了自己的时代特征。在回忆作家新中国成立前的文学活动时,如果是解放区作家,这些回忆录就特别强调他们所受到的《在延安文艺座谈会上的讲话》精神的影响;如果是国统区作家,则强调其底层人民出身,对旧社会充满仇恨,受到共产党影响后,走上革命道路。例如,在回忆赵树理的文学道路时,王中青强调说:"当毛主席《在延安文艺座谈会上的讲话》的光辉,给文学艺术家们照亮了一条金光大道的时候,赵树理欣然踏上了这条道路。"[①]徐民和、谢式邱在叙述柳青的文学道路时说:"还是在上初中的时候,柳青就爱上了文学。但是,他真正走上革命文学道路,却是他到陕甘宁边区,特别是《在延安文艺座谈会上的讲话》发表以后。"[②]秦牧在交代作家司马文森的少年经历时突出强调了他9岁做童工,12岁卷入革命洪流,16岁加入共青团,17岁加入共产党[③]。在回忆作家新中国成立后的活动时,这些回忆录则主要强调他们如何深入人民群众,为

---

① 王中青:《太行人民的儿子——忆赵树理同志》,人民文学出版社编辑部:《悲怀集——回忆三十位文学家、艺术家》,人民文学出版社1979年版,第125、124—128页。

② 徐民和、谢式邱:《和人民一道前进——作家柳青的文学道路》,人民文学出版社编辑部:《悲怀集——回忆三十位文学家、艺术家》,人民文学出版社1979年版,第170页。

③ 秦牧:《从血泪童工到革命作家——忆念司马文森同志》,人民文学出版社编辑部:《悲怀集——回忆三十位文学家、艺术家》,人民文学出版社1979年版,第356页。

工农兵服务,甚至是对政治工作如何配合。在作家回忆录中,赵树理是"太行人民的儿子","长期生活在农民中","不讲究吃穿","好管闲事","就是一个农民的心灵、农民的形象"①。在亲友的回忆中,柳青"像我国许多优秀的知识分子那样,坚定不移地走在和工农兵相结合的道路上"②。"从生活方式到为人的气质",柳青"都和他要表现的对象融合到一起了"③。端木蕻良在怀念老舍时认为"十七年"时期的老舍"配合政治任务是非常及时的"。对于老舍的这种做法,端木蕻良给予的态度不是批评,而是高度的肯定,"老舍就是这样做的,而且做得很好"④。

  由于意识形态尚未彻底转变,这一时期的作家回忆录在叙述作家的生平经历时依然会强调知识分子的思想改造问题。这种对知识分子思想改造的肯定继承的是延安以来的一贯传统,与新时期以后我党的知识分子政策有很大不同。80年代以后的作家回忆录很少再强调知识分子的思想改造问题,偶尔提到也是持一种反思与审视的态度。正是在这样的历史转折点上,作家回忆录呈现出来的这种风貌才更加值得关注。在《献身不惜作尘泥——忆杨朔》这篇回忆录中,作者林林在引用了杨朔日记对自己早年文艺思想的自我批判后,肯定了杨朔自我改造的精神:"杨朔在思想上力求进步,在写作上精益求精,他并不原谅自

---

  ① 王中青:《太行人民的儿子——忆赵树理同志》,人民文学出版社编辑部:《悲怀集——回忆三十位文学家、艺术家》,人民文学出版社1979年版,第125、124—128页。
  ② 李若冰:《悼念柳青同志》,人民文学出版社编辑部:《悲怀集——回忆三十位文学家、艺术家》,人民文学出版社1979年版,第160页。
  ③ 陈淼:《铁骨铮铮——怀念柳青同志》,人民文学出版社编辑部:《悲怀集——回忆三十位文学家、艺术家》,人民文学出版社1979年版,第163页。
  ④ 端木蕻良:《怀念老舍》,人民文学出版社编辑部:《悲怀集——回忆三十位文学家、艺术家》,人民文学出版社1979年版,第94页。

己初期作品的错误。"①杨朔的弟弟杨玉玮在回忆哥哥的文章《自有诗心如火烈——忆杨朔同志》中也谈到了杨朔的思想改造问题:"杨朔同志改造思想,与工农兵结合,经历过一个艰苦的过程。"②

将出版、发表作家回忆录与作家的文学史地位相联系在中国现当代文学史上一直存在,但是都没有像八十年代这样突出。而作为八十年代作家回忆录出版、发表高潮的前奏,1977—1978年的作家回忆录,对作家等级的隐性划分、对作家在革命生涯中表现出来的道德人品的刻意强调、对作家与人民之间血肉关系的详细叙述都具有自己的时代特征,十分值得关注。

二、揭批"四人帮"与迎接社会主义新的春天

从官方来讲,当时发表、出版这些作家回忆录的目的恐怕主要还在于借此揭批"四人帮",并迎接社会主义新的春天,为当时的政治意识形态服务。这一点在这些回忆录的出版说明里说得很清楚。发表出版这些作家回忆录主要就是为了控诉"林彪、'四人帮'对他们的百般诬陷和残酷迫害"③,"记下'四人帮'欠的这笔血账,以告慰九泉之下的英灵"④。就文学加入时代热潮,成为官方意识形态下的政治盟友而言,1977—1978年的作家回忆录与80年

---

① 林林:《献身不惜作尘泥——忆杨朔》,人民文学出版社编辑部:《悲怀集——回忆三十位文学家、艺术家》,人民文学出版社1979年版,第290页。
② 杨玉玮:《自有诗心烈如火——忆杨朔同志》,人民文学出版社编辑部:《悲怀集——回忆三十位文学家、艺术家》,人民文学出版社1979年版,第296页。
③ 四川人民出版社编辑部:《作家的怀念》出版说明,四川人民出版社1979年版。
④ 人民文学出版社编辑部:《悲怀集——回忆三十位文学家、艺术家》出版说明,人民文学出版社1979年版。

代的伤痕文学具有同样的性质。这些作家回忆录与伤痕文学不一样的地方是,它们只批判"四人帮",有时候也会把林彪拉进来,但是不批判"文革"。

由于对"文革"依然持肯定态度,有些事情解释起来就显得十分微妙,如果不了解当时的时代特征,现在就很难理解当时的一些做法。比如当时在揭批林彪、"四人帮"的时候,官方是如何解释那些在"文革"中疯狂起来的人民群众的?《重返皇甫——怀念敬爱的爸爸柳青》这篇回忆录提供了一些信息。当回忆到"文革"期间柳青在皇甫村所受到的批判时,柳青的子女把参与批判柳青的群众解释成了"地富反坏右":"一九六七年元旦的早晨,一伙人闯进了你苦心经营的家,村里还跟来几个人。一个富农婆一屁股坐下,得意地叫着:'坐下,坐下,这回咱也坐下来!以前,咱们还敢上这地方来?'这一天,家被抄了,你被揪进了城。"①这种解释恐怕不会是柳青子女的个人创造。但是,这样的解释却很难让人信服:"文革"期间,"地富反坏右"自顾不暇,谁还敢有这样嚣张的声势?

这两年的作家回忆录对"五七干校"的解释也反映了当时官方意识形态的理论困境。"文革"结束以后,尤其是八十年代,人文知识分子对"五七干校"更多的是持一种反思甚至批评的态度。可是,具体到1977—1978年,由于对"文革"依然持肯定的态度,情况显得似乎更加复杂一些。在《忆郭小川写诗》这篇回忆录中,韦君宜的叙述似乎代表了当时理论界对"五七干校"的一种解释:毛主席创办"五七干校"是让知识分子到干校里"锻炼、学习"的,对

---

① 刘长风、刘可风、刘晓风:《重返皇甫——怀念敬爱的爸爸柳青》,人民文学出版社编辑部:《悲怀集——回忆三十位文学家、艺术家》,人民文学出版社1979年版,第184页。

于毛主席的倡议,知识分子也是乐于接受的。但是林彪、"四人帮"歪曲、篡改了毛主席的英明决定,把"五七干校"变成了"劳动惩罚"和"大换班"。对于林彪、"四人帮"的这种做法,作家们是一致反对的①。

与伤痕文学一样,1977—1978年的作家回忆录在揭批"四人帮"的同时,也着力歌颂"四人帮"垮台以后社会主义新的春天。编选回忆录的出版社认为:"这些文章是对死者的悼念,对生者的感召。它将提醒我们'莫将血恨付秋风',团结奋发向前看;它将激励我们在新长征的道路上更加有力地擂鼓吹号,为社会主义文艺的繁荣昌盛而努力奋斗!"②发表、出版这些回忆录就是为了"继往开来,以迎接我们社会主义百花齐放的春天"③。作家的亲友在悼念过自己的亲人、批判过"四人帮"的极"左"政治之后,一般都会表达出类似的情感:"今天,党的阳光像毛主席、周总理在世时一样又温暖着文艺界,以华主席为首的党中央粉碎了'四人帮',集成了毛主席的革命路线,推翻了文化禁锢主义、法西斯文化专制主义、愚民政策,打倒了'文艺黑线专政'论,为受迫害的文艺工作者恢复了名誉,这温暖给文艺园地带来了百花齐放的春天。"④

---

① 韦君宜:《忆郭小川写诗》,人民文学出版社编辑部:《悲怀集——回忆三十位文学家、艺术家》,人民文学出版社1979年版,第188—189页。
② 人民文学出版社编辑部:《悲怀集——回忆三十位文学家、艺术家》出版说明,人民文学出版社1979年版。
③ 四川人民出版社编辑部:《作家的怀念》出版说明,四川人民出版社1979年版。
④ 胡絜青:《党的阳光温暖着文艺界——悼念老舍》,人民文学出版社编辑部:《悲怀集——回忆三十位文学家、艺术家》,人民文学出版社1979年版,第62、63页。

三、情感表达的调控与文风文体的特征

1977—1978年的作家回忆录不仅在思想内容上独具特色,而且在情感表达和文体风格上也具有明显的时代特点。在叙述到中国共产党及其领袖、中国革命与人民大众的时候,这些作家回忆录在情感表达上总是表现得比较激烈甚至显得浮夸,而在叙述亲人之间的个人感情时则显得十分"正式"甚至有些呆板。比如,在表达对郭沫若的悼念之情时,刘白羽的情感虽然十分充沛,但是文风的浮夸却让人感到很不自然:"我悲哀,我流泪,但我强力抑制住自己。一回到家我再也忍不住伏案大哭,……郭老!我们失去你,实在失去的太多太多了!"①虽然很多回忆录都是由作家的亲友撰写的,但是,这些回忆录却都写得十分"正式",很少流露出强烈的私人感情。作为逝者的亲属,于立群、胡絜青、杨玉玮在回忆、悼念郭沫若、老舍、杨朔时,几乎不表露亲属之间的私人情感,甚至连个人的日常生活也很少涉及。这种现象可能是由当时的意识形态环境决定的:首先,由于"十七年"和"文革"时期文学成规的惯性影响,文学作品一般不提倡流露私人感情;其次,当时的回忆录写作不只是个人的事情,它更是一种社会行为,甚至政治行为。

阅读1977—1978年的作家回忆录还有一个问题需要注意,那就是这些回忆录作者的选择性记忆问题。其实,这样的问题不止在当时,可以说在所有的回忆录中都不同程度地存在着。这也是在阅读研究作家回忆录时需要随时保持警惕的问题。有些回忆

---

① 刘白羽:《雷电颂——怀念郭沫若同志》,人民文学出版社编辑部:《悲怀集——回忆三十位文学家、艺术家》,人民文学出版社1979年版,第14页。

录，可能不会刻意地歪曲事实（因为记忆漫漶而搞错了事实则另当别论），但是在考虑记录哪些事实、规避哪些事实时，却会认真地加以选择。有些对逝者不利的事实有可能就会被回避，这对于我们全面认识一位作家可能会产生不利的影响。比如刘白羽的回忆文章《雷电颂——怀念郭沫若同志》，叙述郭沫若在"文革"中的表现时，只叙述郭沫若的抗争，而回避了他在"文革"期间做出的一些在身后受到广泛争议的事情。为尊者讳是中国的一种史传传统，但是，在研究文学史的时候却不能不对此保持足够的警惕。

在当代文学历史化日渐成为当今学术界的关注焦点时，作家回忆录的研究也逐渐引起了一些学者的兴趣。由于意识形态的转型和作家的代际更迭，在中国现当代文学史上，最值得关注的是八十年代的作家回忆录。它们在一定程度上显示了八十年代重写文学史的内在动力、文坛更迭的权力分配，必将成为中国现代文学研究中的一种重要资源。在新时期的文学史上，1977—1978年显得有些特殊，它与"文革"时期有着显著的不同，与十一届三中全会以后又有着本质的区别。所以，考察这两年的作家回忆录不仅可以探索八十年代作家回忆录的源头，也可以成为研究这两年的时代特征的一个途径。

回忆录写作与沈从文的历史形象建构

自八十年代沈从文重新获得中国现代文学优秀作家的历史地位以来,关于沈从文的研究一直是中国现代文学研究的一个热点。相关研究成果主要集中在以下几个方面:沈从文文学创作研究,包括《边城》《长河》《湘行散记》等具体文学作品的研究;沈从文创作心理研究;沈从文与福克纳、川端康成、哈代等外国作家的比较研究;沈从文的文学创作与湘西地域文化关系研究,因为沈从文的创作与湘西的方言、歌谣、苗族文化等具有十分密切的关系,所以地域文化也是切入沈从文研究的一个热点;沈从文与现代文学思潮关系的研究,重点包括沈从文与左翼文学、京派、《战国策》派的关系,新中国成立前后的精神危机,五十年代的创作尝试及其工作重心的转移;沈从文文学批评研究,包括沈从文的文学观、文学批评理论和文学批评活动;沈从文传记研究,出现了包括凌宇、金介甫的《沈从文传》,张新颖的《沈从文的前半生:1902—1948》《沈从文的后半生:1948—1988》在内的一批代表性著作;沈从文研究综述,当沈从文研究走过一段很长的历史时期时,对沈从文研究进行综述和反思的文章也不在少数。

通过对沈从文研究成果的简单梳理可以知道,虽然相关成果十分丰硕,但是,关于沈从文文学史形象及其建构过程的研究则相对缺乏。新时期以来,随着文学环境的逐渐宽松以及沈从文历史地位的逐渐回归,学者们发表、出版了很多关于沈从文的回忆录,这些回忆录连同沈从文的文学作品及其研究逐渐建构了一个立体丰满但是又不乏矛盾变化的沈从文的历史形象。就作家历史形象的建构而言,"一个作家完整的整体形象,应该是传记生涯形象与其作品生成形象的有机融合"①。如果在建构一个作家的历史形象时不对其作品进行充分的细读和研究,这样建构起来的作家形象很难说是完整的。然而,其一,完整建构沈从文的文学史形象绝非一篇学术论文所能力及;其二,作家回忆录不同于学术论文,一般不会对作家的文学作品进行阐释;其三,本章的目的是希望通过对有关沈从文回忆录史料的爬梳整理,探讨沈从文历史形象建构的具体过程以及这一过程与新时期文学环境的复杂关联。所以,这里所讨论的沈从文的历史形象不涉及其文学作品。

一、沈从文回忆录的整体观照

(一)回忆录文集

作家回忆录主要包括"自传性回忆录""他传性回忆录"和作家"回忆文艺社团、文艺运动、文艺报刊或重大文学史实的文字"②。沈从文的自传性回忆录主要包括以下几类:第一,在不同

---

① 吴晓东、唐伟:《"细读"与"大写"——关于沈从文研究的访谈》,《当代文坛》2018年第5期。
② 徐洪军:《八十年代作家回忆录研究的意义、现状与可能》,《天府新论》2018年第4期。

历史时期自觉回忆介绍自己人生经历的文字,如《从文自传》①《我怎么就写起小说来》②《二十年代的中国新文学》《从新文学转到历史文物》③《在湖南吉首大学的讲演》④以及王亚蓉编著的《沈从文晚年口述》收录的三篇演讲⑤。第二,1949年后在历次政治运动中所作的交代、检查,如《一个人的自白》《总结·传记部分》《总结·思想部分》《交代社会关系》《沈从文自传》《我的检查》《文学创作方面检查》《最后检查》等⑥。第三,各类作品选集的题记、序言,如《〈沈从文小说选集〉题记》、《〈沈从文散文选〉题记》、《〈湘行散记〉序》等。第四,在接受各类访谈时就某一问题回忆自己的文字,如《社会变化太快了,我就落后了——与美国学者金介甫对话》《论公平还是读者公平——与王亚蓉在火车上的谈话》⑦《答瑞典友人问》⑧等。第五,在给友人撰写回忆录时涉及自己的文字,如《记胡也频》《记丁玲》《记丁玲续集》《忆翔鹤——二十年代前期同在北京我们一段生活的点点滴滴》⑨和怀念徐志摩的《友情》⑩等。虽然从总体上看,沈从文回忆自己的文章篇目不少,但是,由

---

① 初版于1934年,《新文学史料》1980年第3辑至1981年第1辑连载,1981年又作为"新文学史料丛书"的一种由人民文学出版社出版。
② 作于1959年12月,收入岳麓书社1992年版《沈从文别集·阿黑小史》。
③ 以上两篇是沈从文1980年在美国哥伦比亚大学、纽约圣若望大学演讲的文字版。
④ 演讲作于1982年5月27日,发表于《吉首大学学报》1985年第3期,原题为《沈从文先生在吉首大学的讲话》,收入岳麓书社1992年版《沈从文别集》时改为现名。
⑤ 这三篇演讲是:《我是一个很迷信文物的人——在湖南省博物馆的演讲》《自己来支配自己的命运——在〈湘江文艺〉座谈会上的讲话》《我有机会看到许多朋友没机会看到的东西——在湖南省文联座谈会上的讲话》。
⑥ 以上史料均未刊,收入《沈从文全集》第27卷。
⑦ 以上两篇收入王亚蓉编著的《沈从文晚年口述》。
⑧ 收入《沈从文全集》第27卷。
⑨ 载《新文学史料》1980年第4辑。
⑩ 载《新文学史料》1981年第4辑。

于大多数文章在《沈从文全集》出版之前都没有发表,而那些发表出来的则往往因为对自己的回忆比较零散,影响并不大,所以很难说这些文章在多大程度上参与了新时期沈从文历史形象的建构。所以,本章所探讨的回忆录,主要是别人回忆沈从文的他传性回忆录。

与沈从文的自传性文字相比,别人回忆沈从文的文章要多得多,这些文章几乎全部收录在9部回忆录文集中。其中,诗人荒芜所编的《我所认识的沈从文》应该是最早的一部,1986年由岳麓书社出版。1988年5月10日沈从文在北京去世以后,他的家乡组织编写了两部关于他的回忆录文集,分别是吉首大学沈从文研究室编的《长河不尽流——怀念沈从文先生》(湖南文艺出版社1989年版)[①]和凤凰县政协文史资料研究委员会编的《凤凰文史资料第二辑·怀念沈从文》(1989年12月)。1998年是沈从文去世10周年,这一年,作为"二十世纪湖南文史资料文库"的一种,岳麓书社又出版了田伏隆主编的《星斗其文 赤子其人——忆沈从文》。这部文集收录的回忆录大部分是上述三部文集所没有的。2002年,在沈从文诞辰100周年时,凤凰县人民政府、吉首大学文学院、吉首大学沈从文研究所编辑了《永远的从文——沈从文百年诞辰国际学术论坛文集》,其中不少文章带有回忆录性质,但这部文集一直没有公开出版。除上述文集外,有关沈从文的回忆录文集还包括:孙冰编《沈从文印象》(学林出版社1997年版)、王亚蓉编《沈从文晚年口述》(陕西师范大学出版社2003年版)[②]、王亚蓉编著

[①] 2018年5月湖南文艺出版社又出版了该文集的纪念版,书名也发生了一点细微的变化,即《长河不尽流——怀念从文》。

[②] 2014年商务印书馆又出版了该文集的增订本。

《章服之实：从沈从文先生晚年说起》（世界图书出版公司2012年版）、张新颖编《生命流转，长河不尽：沈从文纪念集》（北岳文艺出版社2015年版）。除这些文集外，2000年人民文学出版社出版的陈徒手著《人有病 天知否：1949年后中国文坛纪实》中的《午门城下的沈从文》也包含一定数量的口述回忆史料，2012年新星出版社出版的刘红庆著《沈从文家事》则主要是由沈龙珠的个人回忆和作者本人的研究成果勾连而成。

当然，以上回忆录也很难说是沈从文回忆录的全部，一些单篇的回忆录文章似乎还没有被收录进上述文集之中，比如朱光潜的《关于沈从文同志的文学成就历史将会重新评价》[1]。在有关沈从文的回忆录中这是一篇很重要的文章，它不仅涉及朱光潜对沈从文的回忆，而且反映了八十年代学术界重新评价沈从文文学史地位的努力，以及重评所遭遇的困难[2]。类似文章还有多少没有被整理出来，以形成一部相对完整的沈从文回忆录文集，还需要进一步探索研究。

（二）主要作者

沈从文回忆录的主要作者大致可以分为以下几类：

1. 亲属

八十年代，在沈从文的直系亲属中，哥哥沈云麓、弟弟沈岳荃、

---

[1] 刊载于《湘江文学》1983年第1期。

[2] 诗人荒芜在《关于沈从文先生——纸壁斋说诗》一文中说："就在不久以前的'清污'中，一位著名的老教授就因为替沈公的选集写了一篇短序，竟被迫作了两次检讨。"（《文学》1985年第5期）这里的"老教授"指的就是朱光潜，而"短序"则指《关于沈从文同志的文学成就历史将会重新评价》。这篇文章之所以给朱光潜惹下如此的麻烦，据说是"有人认为朱文代表一种思潮，否定现代革命文艺传统"。见吴泰昌《紧含眼中的泪》，吉首大学沈从文研究室编《长河不尽流——怀念从文》，湖南文艺出版社2018年版，第400页。

妹妹沈岳萌已经去世,姐姐沈岳鑫已经年迈,没有回忆录。长子沈龙朱2011年在《文艺报》上发表了《我所理解的沈从文》①,次子沈虎雏发表了两篇回忆录《团聚》②和《杂忆沈从文对作品的谈论》。妻子张兆和直到去世都没有发表过关于沈从文的回忆录。沈家人尤其是张兆和在这一方面的保守多少有些让人难以理解。这可能有两个方面的原因,一是他们都比较尊重沈从文"不要宣传自己"的意见。为人低调、不事张扬大概是沈家人的一贯原则,这一点在陈徒手、刘红庆的采访手记中都有说明。陈徒手说:"他们做事都极为低调,不张扬。"③据沈龙朱说,黄永玉曾经把张兆和给《从文家书》写的后记刻成石碑放在沈从文墓地最显耀的位置。知道这件事以后,张兆和很不高兴,坚持要求把这个碑挪到了一个偏僻的位置④。沈家人在撰写回忆录方面比较保守的另一个原因可能也与他们觉得自己不太理解沈从文有关。张兆和说:"我不理解他,不完全理解他。"⑤沈虎雏说:"我不理解他。没有人完全理解他。"⑥沈龙朱说:"不光当时不理解,就是后来也不理解。"⑦出于对逝者的尊重,他们在不太理解沈从文的情况下,自然在撰写有关他的回忆录时就会比外人更加慎重。

在沈从文的旁系亲属中,撰写回忆录较多的要数黄永玉与张

---

① 后来在接受刘红庆的访谈时,沈龙朱又口述了很多关于沈家的故事。见刘红庆《沈从文家事》,新星出版社2012年版。
② 1988年9—11月作,2010年5月校改。
③ 陈徒手:《人有病 天知否:1949年后中国文坛纪实》,生活·读书·新知三联书店2013年版,第26页。
④ 刘红庆:《沈从文家事》,新星出版社2012年版,第48—50页。
⑤ 张兆和:《〈从文家书〉后记》,张新颖:《生命流转,长河不尽:沈从文纪念集》,北岳文艺出版社2015年版,第343页。
⑥ 沈虎雏:《团聚》,吉首大学沈从文研究室编:《长河不尽流——怀念从文》,湖南文艺出版社2018年版,第539页。
⑦ 刘红庆:《沈从文家事》,新星出版社2012年版,第278页。

允和。张允和写了两篇关于沈从文的回忆录:《三姐夫沈二哥》和《沈二哥在美国东部的琐琐》。由于生活环境的原因,她的文笔依然是去国前的调子,活泼灵动却也流露着一股贵族气息,与二十世纪八十年代中国大陆的文风不太一样。黄永玉关于沈从文的回忆录有三篇:《太阳下的风景——沈从文与我》《这一些忧郁的碎屑》《表叔沈从文的诗和书法》。在后来出版的几本沈从文回忆录文集中,这三篇文章一般都会被收录进去,尤其是前两篇,对理解沈从文具有很大的帮助①。黄永玉的回忆录文学色彩很浓——这一点在回忆录中并不常见,或许也是因为这个原因,他的回忆录在真实性的问题上可能会受到一些质疑。比如他对沈云麓的回忆,在《这一些忧郁的碎屑》中,沈云麓简直就是一个相貌丑陋、既穷且迂的破落户形象。但是在周少连的一篇回忆录中,沈云麓却是当地"较有名望的闻人","解放后受聘为湖南省文史馆馆员"②。周少连的这个说法不仅在同为沈从文凤凰老乡的刘祖春那里得到了印证,而且刘祖春的文章还透露说:"云麓大哥的工资是全县工作人员中最高的,1963年后工资为一百零五元,活到近八十岁才去世。"③在张兆和的五弟张寰和的回忆文章中,还透露出沈云麓在沅陵的一个住处"云麓":"这是一幢横卧山腰、精致典雅的意大利式小楼,楼上有一排宽敞的走廊,面临汤汤沅水和重重远山。"④虽然也有几个亲友回忆说沈云麓性格比较古怪,这可能让他在家

---

① 湖南美术出版社2015年版《沈从文与我》,上编收录前两篇文章后,又增加了一篇《平常的沈从文》。

② 周少连:《偶像、现实和"黑凤集"》,凤凰县政协文史资料研究委员会编:《凤凰文史资料第二辑·怀念沈从文》,1989年12月。

③ 刘祖春:《忧伤的遐思》,田伏隆主编《星斗其文 赤子其人——忆沈从文》,岳麓书社1998年版,第110页。

④ 张寰和:《怀念沈二哥》,《吉首大学学报》1992年第3—4期。

乡的形象多少有些受损,但也绝不至于像黄永玉回忆的那样"穷的可以",从而成为沈从文"捏着"的"三个烧红的故事"中的一个。黄永玉之所以这样叙述,应该不是记忆出现了差错,而是因为他想突出两个方面的问题:一是沈从文生命中遭受的苦难,兄妹五人,有三个身世凄惨;二是沈从文面对这种苦难时的坚忍精神,"他捏着三个烧红的故事,哼都不哼一声"①。在叙述上,回忆录当然也可以需要剪裁与改造,让叙事有所侧重,但这种剪裁与改造却必须以最大限度地保持叙事的真实性为前提,不能为了突出自己的某种倾向而有意损害叙事的真实性。

2. 同辈朋友

沈从文有很多文艺界的朋友,但是新时期以来撰写回忆文章的却并不太多。从现有的史料来看,大概只有巴金、施蛰存、朱光潜、梁实秋、卞之琳、蹇先艾等六位作家撰写了关于沈从文的回忆录。排除个人性格因素,导致沈从文很多同辈朋友后来没有撰写回忆录的原因可能有这样几个:第一,已经去世,比如胡适、周作人、徐志摩、朱自清、林徽因、梁思成、邵洵美、杨振声、陈翔鹤等。第二,移居海外,比如梁实秋、陈西滢、凌叔华、王际真等。第三,关系已破裂,比如丁玲、萧乾。第四,既没有去国,也没有与沈从文发生冲突,而且在八十年代依然健在,比如金克木、罗念生、赵家璧、金岳霖等,他们可能是在八十年代因为各种复杂的因素而没有撰写②。因身体衰老或历史原因而导致的故人去世、因天崩地解海

---

① 黄永玉:《这一些忧郁的碎屑》,吉首大学沈从文研究室编:《长河不尽流——怀念从文》,湖南文艺出版社2018年版,第508页。
② 魏荒弩的回忆文章《默默者存》中有一句话,可以给这些知识分子的谨慎提供一个时代的背景:"在'四人帮'覆灭前后,对知识分子,可以说是乍暖还寒时候。彼此间虽已开始走动,但也有不少人还不敢出头露面。"(《随笔》1990年第7期)

天两隔而导致的音讯断绝、因时代变化而产生的友谊崩裂以及由一生沉浮而造成的敏感与脆弱，让半个世纪之前的文学界朋友星云四散，不能不让人生发出命运与历史的喟叹。

3. 晚辈

晚辈又包括以下几类：

一是沈从文在西南联大或北大任教时的学生，如汪曾祺、袁可嘉、杜运燮、巫宁坤、杨苡、金隄、吴小如、邓云乡等。这些学生来自中文系的并不太多，有一部分是听过沈从文的课，有一部分可能连他的课也没有听过。在回忆录中他们之所以称沈从文为老师，主要是他们年轻时出于对文学的爱好，经常与沈从文聊文学，给沈从文编辑的刊物投稿，或者在写作上长期得到沈从文的培养和指导。他们中的不少人（主要是西南联大时的学生）1949年后去了海外（主要是美国）。八十年代他们在撰写沈从文的回忆录时，对沈从文的文学史地位往往评价很高，这一方面是对沈从文长期以来受到压制和冷落表示不满，另一个方面与他们所秉持的意识形态立场有关。他们的说法多少受到了夏志清、马悦然、司马长风等人的影响。

二是因为投稿而受其扶植培养的青年人，如季羡林、王西彦、严文井、邵燕祥、田涛、柯原等。二十世纪三四十年代，沈从文曾长期主持《大公报》《益世报》文艺副刊。通过这两份报纸他扶植培养了不少年轻作家，在历史条件允许以后，这些作家纷纷撰写回忆录怀念沈从文对他们的培养和帮助。

三是沈从文晚年研究文物时的助手、学生。如王㐨、王亚蓉、黄能馥、武敏等。他们主要是沈从文在编著《中国古代服饰研究》时的助手，在研究中国古代服饰的过程中，他们不同程度地从沈从文那里得到了很多有关文物方面的指导。

四是沈从文研究方面的学者。时代环境发生变化以后,沈从文逐渐成为文学研究领域的一个热点,海内外出现了不少专门研究沈从文的专家学者。在沈从文在世的时候,他们自然不会放过访问沈从文的机会。这些学术性交往后来便成为他们回忆沈从文的主要内容。这些学者主要有凌宇、金介甫、李辉、刘一友、向成国、龙海清等。

五是其他晚辈朋友。除上述四类晚辈朋友外,还有一些青年作家与沈从文之间保持了一定的友谊和情分,八十年代时他们也撰写了一定数量的回忆录文章,比如黄苗子、林斤澜、萧离、荒芜、黄裳、彭荆风、古华、蔡测海、徐盈、彭子冈、徐城北等。其中有几位作者特别值得关注。萧离生于1910年,只比沈从文小了8岁,在一定程度上可以算作沈从文的同代人。两人过从甚密,友情深厚。1985年5月,"土家族名记者、老作家萧离先生,直接上报中共中央总书记胡耀邦,反映先生健康、工作及生活情况"[①]。在沈从文的所有回忆录作者中,萧离撰写的回忆录文章应该是最多的,多达5篇。荒芜编辑了第一部沈从文回忆录文集。古华和蔡测海都是湖南人,年龄比沈从文小很多,他们的作品都不同程度地受到了沈从文的影响,也受到了他的肯定,但也因此受到了一些批评,而这种批评反而更加促进了他们与沈从文的亲近关系。

4. 家乡亲友

在沈从文回忆录的作者中,自然有不少湘西甚至凤凰县

[①] 王亚蓉编著:《沈从文晚年口述》(增订本),商务印书馆2014年版,第283页。

人,比如黄永玉、刘祖春、刘一友、龙海清、萧离、向成国、凌宇、蔡测海等。但是他们除了跟沈从文有这种乡谊之外,往往还有其他交集。在凤凰县政协文史资料研究委员会编辑的《怀念沈从文》这部回忆录文集中,作者们大多只是沈从文的老乡。但因为沈从文很早就离开了家乡,后来也很少回去,所以,这些老乡的回忆录大多只是一个简单的片段,甚至比较模糊,往往价值不大。

(三) 沈从文回忆录发表的主要时间和刊物

关于沈从文的回忆录最早发表在1980年。这一年,《花城》第5期发表了朱光潜、黄永玉和黄苗子的一组3篇文章。《新苑》《文汇月刊》《中国建设》各发表了1篇。而后是尹梦龙在纽约编辑出版的《海内外》,第27、28、29期发表了14篇有关沈从文的回忆录。因为资料的缺乏,这几期刊物的出版时间并不清楚,但是根据回忆录文章撰写时间及其发表时间,可以推测它们大概出版于80年代前期[①]。1982年和1984年《读书》杂志发表了两篇,1985年《文艺报》《文学》《诗书画》共发表3篇,1986年岳麓书社出版了诗人荒芜编辑的沈从文回忆录选集《我所认识的沈从文》。这样看来,沈从文去世之前,中国大陆发表的沈从文回忆录并不太多,大约有十几篇,发表的刊物主要是《花城》《读书》《文艺报》和《诗刊》。

1988年5月10日,沈从文在北京去世。1988、1989年,回忆怀念他的文章达到了一个高潮,几近百篇,其中大部分文章或者是受吉首大学沈从文研究室和凤凰县政协文史资料研究委员

[①] 据北岳文艺出版社2009年版《沈从文全集》第12卷第382页注释,《海内外》第28期出版于1980年。

会约请撰写的,或者是在其他刊物上发表之后被收入这两家机构编辑的回忆录文集。这里面的很多文章在收入怀念文集之前都没有发表过,尤其是收入《凤凰文史资料第二辑·怀念沈从文》的文章,在其他刊物上发表的极少。就这些文章发表的刊物而言,其中比较重要的有:《人民日报》(1篇)、《光明日报》(1篇)、《文汇报》(1篇)、《人民政协报》(1篇)、《湖南日报》(1篇)、《新观察》(1篇)、《人民文学》(1篇)、《新文学史料》(6篇)。值得一提的是,1989年台湾的《联合文学》第27期出版了沈从文专号作为纪念。要知道,在很长一段时间内,沈从文的作品在台湾是被禁止出版的。

到了九十年代,沈从文在大陆的热度依然保持在一个很高的程度上,所以,回忆沈从文的文字依然不少。就上述几部回忆录文集收录的情况来看,大概有将近30篇。1992年是沈从文诞辰90周年,《吉首大学学报》第3—4期集中发表了6篇回忆录作为纪念。1998年是沈从文去世10周年,岳麓书社出版了纪念文集《星斗其文 赤子其人——忆沈从文》。除了这两次集中发表、出版之外,九十年代发表有关沈从文回忆录的主要刊物还有:《光明日报》《文汇报》《收获》《读书》《随笔》《新文学史料》。另外,李辉在他的《人生扫描》、黄苗子在他与夫人郁风的《陌上花》、张允和在其《最后的闺秀》中也都回忆了沈从文。

进入21世纪以后,有关沈从文的回忆录主要有:陈徒手《人有病 天知否:1949年后中国文坛纪实·午门城下的沈从文》《永远的从文——沈从文百年诞辰国际学术论坛文集》《沈从文晚年口述》《章服之实——从沈从文先生晚年说起》《沈从文家事》中包含的有关沈从文的回忆史料。

二、矛盾的性格及其命运

(一) 性格描述与命运分析

在涉及沈从文性格的回忆录中,有一部分主要强调了他性格中恬淡、平和的一面。很多人在回忆录中都反复描述了他的微笑,他的低声细语,甚至他的与世无争、低调忍耐。五十年代初期是沈从文最为困难的时候:"在那一段日子里,从文表叔和婶婶一点也没有让我看出在生活中所发生的重大的变化"①,"在十年劫难中,尽管住处房子挤得难以容身了,他还满不在乎;大量藏书当废纸处理了,他无所顾惜;家被前后抄了八次,他置之度外"②。但是在后来的一些回忆录中,人们开始强调他性格中相互矛盾的两个方面:平和恬淡之外,也有着"不安分"或者"强悍"的一面。在与巴金聊天时,李辉提出沈从文"性格中有温和的一面,也有湘西人的强悍的一面"③。后来,他又撰文强调说,"不平和,或者说不安分"是沈从文"性格中重要的一面"④。李辉的这种观点在与沈从文有着"五十九年历史交情"⑤的刘祖春那里得到了呼应。刘祖春认为,沈从文性格中有水的一面,"待人总是一脸微笑,说话声音不大,平易近人";同时也有山的一面,他"从凤凰和湘西的高山崇

---

① 黄永玉:《太阳下的风景——沈从文与我》,《花城》1980年第5期。
② 萧离:《沈从文先生二三事》,《文汇月刊》1980年第7期。
③ 李辉:《与巴金谈沈从文》,张新颖编:《生命流转,长河不尽:沈从文纪念集》,北岳文艺出版社2015年版,第17页。
④ 李辉:《平和,或者不安分——沈从文印象素描》,孙冰编:《沈从文印象》,学林出版社1997年版,第149页。
⑤ 陈明:《澄清几件事——关于刘祖春同志〈忧伤的遐思〉涉及丁玲的几段文字》,《新文学史料》1991年第3辑。

岭学到了坚硬、肃穆的力量,就是沉默。沉默是超越一切的一种伟大力量"①。

为什么要强调沈从文的性格以及他性格中的这种矛盾性呢?因为沈从文的这种性格在很大程度上影响了他一生的命运。他生活中的很多方面都可以从这种看似矛盾的性格中找到解释。平和冲淡让他疏于交游,陷于寂寞;"不安分"的性格又让他不安于这种寂寞,喜欢写信、与青年作家交往甚至卷入三四十年代的各种论争都可以视为他摆脱这种寂寞的努力。"抗战前他在上海《大公报》发表过批评海派的文章,引起强烈反感。在昆明他的某些文章又得罪了不少的人。因此常有对他不友好的文章和议论出现。他可能感到一点寂寞,偶尔也发发牢骚。"②1949年后,外在的社会形势让他不得不长时间地陷入更加深重的寂寞,这种寂寞既然不只是个人性格导致的,也就一时之间很难摆脱。"北平解放前后当地报纸上刊载了一些批评他的署名文章,有的还是在香港报上发表过的,十分尖锐。他在围城里,已感到很孤寂,对形势和政策也不理解,只希望有一两个文艺界熟人见见他,同他谈谈。他当时战战兢兢,如履薄冰,仿佛就要掉进水里,多么需要人来拉他一把。"③但他也不是完全没有做过努力。我们看《沈从文全集》的书信部分,在这个很长的历史时期内,他频繁地给张兆和、沈云麓甚至龙朱、虎雏兄弟写信,在中国历史博物馆自愿给人做说明员,这些都

---

① 刘祖春:《忧伤的遐思》,田伏隆主编:《星斗其文 赤子其人——忆沈从文》,岳麓书社1998年版,第90页。
② 巴金:《怀念从文》,吉首大学沈从文研究室编:《长河不尽流——怀念从文》,湖南文艺出版社2018年版,第21页。
③ 巴金:《怀念从文》,吉首大学沈从文研究室编:《长河不尽流——怀念从文》,湖南文艺出版社2018年版,第23页。

可以视为他努力的一部分。甚至当条件稍微允许的时候,他还曾经试图重返文坛,只不过后来因为外在形势和自己的主观条件相差较远而不得不选择放弃。

到了晚年,这种矛盾依然纠缠着他。一方面,几十年的历史教训让他不得不继续低调行事,反复告诫自己"血气既衰,戒之在得",阻止各种宣传自己的活动。在写给友人的书信中,他反复陈说:"一切赞许,不免转成一种不祥的负担。……世事倏忽多变,持静守常,在人事的风风雨雨中,或可少些麻烦"①,"我今年已七十过七,势宜牢牢记住孔子说的'血气既衰,戒之在得'的名言。和老子'为而不有'的训诫,今后在什么新的运动中,得免意外灾星,即是大大幸运"②,"至于年来国内外的'沈从文热',可绝不宜信以为真,'虚名过实',不祥之至。从个人言,只希望极力把自己缩小一些,到无力再小地步,免得损害别的作家的尊严,近于'绊脚石'而发生意外灾殃"③。即便是身后的百年大事,他也交代家人,"处理他的后事,不发消息,不发讣告,不开追悼会,不写悼词,只通知一些亲近友好送别,火化后骨灰不放在八宝山"④。

但是另一方面,为了摆脱人生的寂寞,即便是在中风之后,家门上贴有"谢绝来访"的条幅,他依然对各种各样的访客来者不拒,一谈就是好几个小时。"1986年以后,他身体愈来愈差,我去他们家,见到门上贴有字条,大意是他宜多静养盼访问者谅解。后

---

① 沈从文:《复荒芜》,《沈从文全集》第25卷,北岳文艺出版社2002年版,第384页。
② 沈从文:《复韩宗树》,《沈从文全集》第25卷,北岳文艺出版社2002年版,第409页。
③ 沈从文:《致程应镠》,《沈从文全集》第26卷,北岳文艺出版社2002年版,第381页。
④ 向成国:《他静静地走了》,《吉首大学学报》1992年第3—4期。

来他对我说:'门口禁条对你例外,我很喜欢和你谈'。其实也并不是仅仅对我例外。……曾经有过不少的登门求教的人仍去敲门,舅妈和表弟开门解说,但他却在房里叫喊起来,'行,行,我能见,我能见。'弄得舅妈与表弟们十分尴尬。"①类似的场景在不少回忆录中都曾经出现,从沈从文盼望接见来客那急切的声音中,我们仿佛更加能够理解他心中的寂寞。1982年5月他曾经在火车上与助手王亚蓉有过一番谈话,其中有不少地方让人感到很不合适,他不仅对丁玲评价太过刻薄——可能说刻薄都是轻的,还无端涉及他人,比如茅盾、王瑶,甚至国家领导人彭德怀②。从他的这次谈话中,仿佛可以想见他在三四十年代参与文学论争时那种"不安分"的情形。

(二)关心培养青年作家

在关心培养青年作家方面,沈从文得到了很多人的尊敬和怀念。在相关的回忆录中,称赞他这方面成绩的不仅有他当年的学生,而且有他同辈的朋友。他在西南联大时的学生萧望卿回忆说:"像从文先生那样热情地、孜孜不倦地培养文学青年,在老作家中是很少见的。他的房间里常聚集着一些年轻人,不管他多么忙,总是细心地和他们谈论学习和创作问题,鼓励他们写作,日日夜夜地为他们修改文稿,用很清秀的小行书写下些批语。"③同样是他西南联大时的学生袁可嘉总结说:"可以不夸张地说,沈老通过刊物

---

① 田纪伦:《我眼中的舅父》,《吉首大学学报》1992年第3—4期。
② 见王亚蓉编著《沈从文晚年口述》(增订本)中的《在火车上的谈话——王亚蓉访沈从文先生》,商务印书馆2014年版,第222—239页。
③ 萧望卿:《永远地拥抱自己的工作不放》,吉首大学沈从文研究室编:《长河不尽流——怀念从文》,湖南文艺出版社2018年版,第233页。

和个人交往栽培了40年代开拓文学新风的一批作家群。"①对于他这方面的贡献,他的朋友卞之琳回忆说:"在当时孳孳不辍地培育青年作家的老一代作家之中,就我所知道的来说,从文是很突出的一位。他日日夜夜地替青年作家改稿子,家里经常聚集着远近来访的青年,座谈学习和创作问题。不管他有多么忙,他总是有求必应,循循善诱。"②他一生的好友巴金对他的这项工作也很是嘉许:"他对年轻人、对朋友,都乐于帮忙。他自己掏钱给卞之琳出版诗集,萧乾也是他帮忙走上文坛的。他为许多青年作家改稿子,介绍刊物。"③

  沈从文为什么如此喜欢与青年学生交往呢?不可否认,作为老师的责任心、推动文学发展的事业心以及他热心助人的性格都是很重要的原因。但是,除此之外,还有一个因素也不能不考虑,那就是,他很可能是以此作为摆脱寂寞的一种努力。据他西南联大时的学生易梦虹回忆说:"沈先生书生气较重,平素很少交游,淡泊处世,不慕虚荣,不知世间上最讲'关系学',或者也知道,却不以为然。再加上他自己没有煊赫的学历,因而他在西南联大中文系里的处境,听说多少有些尴尬。"④如果联系一下沈从文与刘文典的典故,可知易梦红的回忆基本属实。在这种环境下,沈从文的寂寞是难免的,不甘于寂寞的沈从文与青年学生加强联系也就是顺理成章的事了。这种分析也可以在沈从文回忆录的作者那里得到印证。在给沈从文撰写回忆录的晚辈中,他在西南联大时的学

---

① 袁可嘉:《四十年代末的沈从文》,《光明日报》1988年12月25日。
② 朱光潜:《从沈从文先生的人格看他的文艺风格》,《花城》1980年第5期。
③ 李辉:《与巴金谈沈从文》,张新颖编:《生命流转,长河不尽:沈从文纪念集》,北岳文艺出版社2015年版,第20页。
④ 易梦虹:《怀念沈从文老师》,《散文》1988年第8期。

生占了很大一部分。或许可以说,他与青年学生接触最多的时期是他在西南联大任教的八年,而这八年或许也是他相对比较寂寞的一个时期①。

虽然大家都承认沈从文在关心培养青年作家方面有着特殊的贡献,但是在课堂上他却很难说是一个多么出色的老师。在不少学生的回忆录中,都提到他"声音很低,湘西乡音又重,有的话听不见,有的听不懂","到教室听他的课,甚感吃力。似乎学生听得吃力,他也讲得吃力"②。一向被认为是沈从文文学衣钵传承人的汪曾祺评价说:"他的湘西口音很重,声音又低,有些学生听了一堂课,往往觉得不知道听了一些什么",而且说"沈先生的讲课,可以说是毫无系统"③。所以,让青年学生感念不已的主要不是他在课堂上的教学,而是他在课外时间给予学生的指导和帮助。他不仅给青年作家提供发表出版文学作品的机会,而且还给他们在文学创作上提供了很多切实的指导。虽然对沈从文讲课的能力不以为然,但是,杜运燮却不得不承认,沈从文"是一位善于个别辅导和实施身教的难得好老师"④。对于老师在文学创作上指导的方法,汪曾祺有更多的总结。比如,"教创作靠'讲'不成","不赞成命题作文","要贴着人物来写","常常在学生的作业后面写很长的读后

---

① 1949年以后的很长一段时间内,沈从文当然更加寂寞,但此时他已没有了广泛接触青年学生的机会,也就失去了借此排遣寂寞的途径。此时,他排遣寂寞的方法,除了频繁地给张兆和、沈云麓写信以外,还主动在历史博物馆当说明员,借助编写《中国古代服饰研究》的机会,培养了王㐨、王亚蓉、武敏、黄能馥等几位青年助手,他们也是撰写沈从文回忆录一个很重要的作者群体。
② 杜运燮:《可亲可敬的"乡下人"》,吉首大学沈从文研究室编:《长河不尽流——怀念从文》,湖南文艺出版社2018年版,第238、239页。
③ 汪曾祺:《沈从文先生在西南联大》,张新颖编:《生命流转,长河不尽:沈从文纪念集》,北岳文艺出版社2015年版,第116页。
④ 杜运燮:《可亲可敬的"乡下人"》,吉首大学沈从文研究室编:《长河不尽流——怀念从文》,湖南文艺出版社2018年版,第238页。

感","介绍你看一些与你这个作品写法相近似的中外名家的作品"。最后,汪曾祺也认为,"沈先生对学生的影响,课外比课堂上要大得多"①。如果沈从文是一位文学史的教授,他的这种讲课方法或许很难奏效;但是,作家兼编辑的身份,使他不仅有了指导学生文学创作的切身经验,而且有着一般作家很难拥有的推荐发表的便利。这不仅是青年作家对他感念不已的重要原因,也可以视为当下创意写作教学的一个成功案例。

(三)文学论争

根据凌宇的梳理,沈从文参与的论争主要有:京派海派论争,涉及鲁迅;禁书政策论争,引起施蛰存与鲁迅论争;"差不多"问题论争,涉及茅盾;作家从政与反对作家从政;自由主义文艺观和战争观的论争;"民族自杀的悲剧"论②。这些论争不仅在当时给沈从文带来很多争议,还在1949年后的很长一段时间内加剧了他的糟糕处境③,甚至在八十年代前半期依然是比较敏感、比较棘手的问题。所以,出于意识形态、人事纠葛乃至为尊者讳等因素的考虑,包括沈从文本人在内,关于他的回忆录要么尽量回避这些论争,要么否认问题的存在④。

沈从文生前反复强调他不是"京派""现代评论派"和"新月派":"现在人们把我拉作现代评论派、新月派,这是没有资格的。

---

① 汪曾祺:《沈从文先生在西南联大》,张新颖编:《生命流转,长河不尽:沈从文纪念集》,北岳文艺出版社2015年版,第116—118页。
② 凌宇:《在首届沈从文学术研究座谈会上的发言》,凤凰县政协文史资料研究委员会编:《凤凰文史资料第二辑·怀念沈从文》,1989年12月,第203页。
③ 夏衍认为,沈从文没能参加第一次文代会,主要问题是《战国策》。"这就不是一个简单的问题了。那个时候,刊物宣扬法西斯,就不得了。再加上他自杀,这就复杂了。"——李辉《和老人聊天·关于周扬的漫谈》,大象出版社2003年版,第27页。
④ 岳麓书社1986年版《我所认识的沈从文》中几乎没有一篇涉及沈从文参与的文学论争。

我当时只是投稿,有个名字"①,"有很多人讲我是现代评论派,或者新月派,都是不太知道实际情况。我这几个关系都是读书的……我哪里够'派'啦,不够派"②。沈从文的这种强调在一定程度上误导了金介甫对他的研究。金介甫认为,"最没来由的是这个事实,沈从文长期被人批评为是一个'京派'(北京的派系)或一个'学院派'(学院的派系)的一个关键人物"③。金介甫之所以产生这样的误解,一方面可能与文化背景有关——他曾经质疑有没有"京派"这样一个组织,另一方面也可能与他从沈从文那里得到的信息有关。

如果我们忽略了沈从文性格中"不安分"的一面,而一味强调他冲淡平和的一面,那么很可能会对沈从文不愿意也很少介入各种文学论争这样的回忆信以为真。而实际上,沈从文不仅参与了20世纪三四十年代的一系列文学论争,甚至还是一些论争的发起者。关于这些论争,沈从文去世后的一些回忆录有比较充分的体现。

施蛰存回忆说:"1933年,他忽然发表了一篇《文学者的态度》,把南北作家分为'海派'和'京派',赞扬京派而菲薄海派。他自居于京派之列。这篇文章,暴露了他思想认识上的倾向性","从文在文章和书信中,有过一些讥讽左翼作家的话。话都说得很委婉,但显然暴露了他对某些左翼作家的不满"④。王西彦的回忆

---

① 沈从文:《社会变化太快了,我就落后了——与美国学者金介甫对话》(1980年6月22—26日),王亚蓉编著:《沈从文晚年口述》(增订本),商务印书馆2014年版,第161页。
② 沈从文:《我有机会看到许多朋友没机会看到的东西——在湖南省文联座谈会上的讲话》(1981年4月11日),王亚蓉编著:《沈从文晚年口述》(增订本),商务印书馆2014年版,第117页。
③ 金介甫:《沈从文论》,荒芜编:《我所认识的沈从文》,岳麓书社1986年版,第120页。
④ 施蛰存:《滇云浦雨话从文》,吉首大学沈从文研究室编:《长河不尽流——怀念从文》,湖南文艺出版社2018年版,第71页。

与施蛰存大体相似:"'京派'和'海派'之争原是由从文先生发表在《大公报》《文艺》副刊上题为《文学者的态度》一文引起的,他颂扬了'京派'文人'五四'以来诚朴治学的好风尚,批评了'海派'文人为攫取名利而迎合小市民趣味、粗制滥造的现象","在'京派'和'海派'以后,在关于'私骂'(从文先生以'炯之'的笔名所写《谈谈上海的刊物》一文中指摘彼此互骂现象)问题和关于'差不多'(从文先生在《作家间需要一种新运动》和《再谈差不多》两文中指摘青年作家的作品所表现的观念差不多和'随风气压力自己总忽左忽右')问题上,都招致了鲁迅的批评和左翼文艺运动方面的不满。再加上他的经历和交往,就不免给人一种与左翼文艺运动相对立的印象。"①

关于沈从文参与这些论争的评价,大体上可以分为两类。稍早一些的回忆录一般是站在沈从文的立场上,替他开解辩护。马蹄声在解释沈从文所谓的"民族自杀悲剧论"时认为,"沈从文的本意则是真诚希望广大人民不再受战争的折磨和对和平安宁的呼唤",而后来逐渐升级的政治误解则将沈从文批评成了"'罪不容诛'的'反革命'"。② 在梳理完沈从文参与的文学论争之后,凌宇分析说:"这些论争有这样两个基本特征:一是沈从文的观点没有得到全面的理解,而是断章取义,主观加以延伸,随意转移话题;二是政治上的批评不断升级,从京派景观到反对抗战、反对作家从政到等待日本帝国主义的奴役,甘当亡国奴。直到解放战争时期的

---

① 王西彦:《宽厚的人,并非孤寂的作家——关于沈从文的为人和作品》,吉首大学沈从文研究室编:《长河不尽流——怀念从文》,湖南文艺出版社2018年版,第109、110页。

② 马蹄声:《怀念沈从文》,凤凰县政协文史资料研究委员会编:《凤凰文史资料第二辑·怀念沈从文》,1989年12月,第74页。

作为反动派活着,是地主阶级弄臣的桃红色作家。解放前正是从这个角度进行批评的。"①

另一些回忆录总体上也对沈从文持肯定态度,认为,"从文不是政治上的反革命"②,"跟反动文人有着本质的区别,不能说他是一个反动派"③。而且,更重要的是,"对一个作家来说,无论他所属的派别也好,他所发表的议论也好,毕竟比不上他的作品更重要。因此,对一个作家的评判,首先应该看看他在写作实践上的表现"④。但是,在整体上的肯定之后,就沈从文参与的一些文学论争,他们也提出了批评意见。巴金认为,"京派、海派的提法是他的偏见,他不太了解情况"⑤。施蛰存说他"是思想上的不革命","受了胡适改良主义的影响"。同时指出,"从文一生最大的错误,我以为是他在40年代初期和林同济一起办《战国策》。……当时大后方各地都有人提出严厉的批评,认为这是一个宣扬法西斯政治,为蒋介石制造独裁理论的刊物"⑥。作为晚辈,王西彦对沈从文参与这些文学论争也颇不以为然,"我还觉得,当时他的种种意见,多

---

① 凌宇:《在首届沈从文学术研究座谈会上的发言》,凤凰县政协文史资料研究委员会编:《凤凰文史资料第二辑·怀念沈从文》,1989年12月,第203页。
② 施蛰存:《滇云浦雨话从文》,吉首大学沈从文研究室编:《长河不尽流——怀念从文》,湖南文艺出版社2018年版,第71页。
③ 刘祖春:《忧伤的遐思》,田伏隆主编:《星斗其文 赤子其人——忆沈从文》,岳麓书社1998年版,第84页。
④ 王西彦:《宽厚的人,并非孤寂的作家——关于沈从文的为人和作品》,吉首大学沈从文研究室编:《长河不尽流——怀念从文》,湖南文艺出版社2018年版,第111页。
⑤ 李辉:《与巴金谈沈从文》,张新颖编:《生命流转,长河不尽:沈从文纪念集》,北岳文艺出版社2015年版,第17页。
⑥ 施蛰存:《滇云浦雨话从文》,吉首大学沈从文研究室编:《长河不尽流——怀念从文》,湖南文艺出版社2018年版,第71—72页。对于将沈从文归入"战国策派"的观点,张新颖在进行了较为详细的辨析之后指出:"事实上沈从文从未认同过'战国策派'的时政言论,并且在杂志初期即公开批驳陈铨的《论英雄崇拜》。"张新颖:《沈从文的前半生:1902—1948》,上海三联书店2018年版,第246页。

系从个人对文学艺术的特性的认识出发,却未能从政治斗争的形势和要求上着眼,未免有些迂泥"①。

李辉在解释沈从文的复杂性格时认为:"他似乎仍然保持着湘西人的倔劲,自由地随意地挥洒着他的思想,对所有他所不习惯的文坛现象发表议论,并不顾及其准确性和可能招致的结果。在他的眼中,没有尊贵之分,没有壁垒之分,他只是按照自己对文学的理解,即他的文学观来议论文坛。……在文学之外,他对许多政治问题、社会问题,也时常随意地发表见解,不管其是否正确。"②其实,这已经不仅仅是性格的问题了。除了性格上的"不安分""倔强"之外,沈从文之所以不顾利害和是否准确而发起或参与一些文学论争,恰恰反映了一个具有深切的责任感和赤诚之心的作家、知识分子所应该具有的勇气和担当。他不可能没有意识到这些论争会给他带来什么,但是,出于一个知识分子对时势的观察和一个作家对文学发展的忧虑,他"深忧痛感郁结于心,迫不得已,不吐不快,乃至一说再说"③。如果说在沈从文留给我们的遗产中什么东西最值得珍视,除了那些优秀的文学作品之外,他的这种饱含着中国传统文人和五四知识分子精神气质的责任与担当也是很值得我们深思和探讨的。

三、转行的原因及其评价

1949 年以后,沈从文从文学创作转向了古代服饰研究。在

---

① 王西彦:《宽厚的人,并非孤寂的作家——关于沈从文的为人和作品》,吉首大学沈从文研究室编:《长河不尽流——怀念从文》,湖南文艺出版社 2018 年版,第 111 页。
② 李辉:《平和,或者不安分——沈从文印象素描》,孙冰编:《沈从文印象》,学林出版社 1997 年版,第 149 页。
③ 张新颖:《沈从文的前半生:1902—1948》,上海三联书店 2018 年版,第 249 页。

以后的40年中,他几乎没有再从事文学创作。面对这样一个巨大的转折,几乎每一个为沈从文撰写回忆录的人都尝试做出自己的理解和评价。从八十年代初到九十年代,回忆者的理解和评价发生了很大的变化。变化产生的原因与其说是个体之间理解的差异,倒不如说是时代环境的变化给这种理解与表达提供了不同的契机。

(一) 转行的原因

1. 对文物的兴趣

沈从文对文物产生兴趣的时间几乎与他开始文学创作一样早,而且他对文物的收藏与研究一直没有中断,只不过在1949年之前,文物之于他主要是一种业余的兴趣与爱好,他主要的精力和时间都花在了文学创作上,文学创作的光芒遮掩了他在文物方面的才情。1949年以后,对于古代服饰的研究则成了他安身立命的唯一职业。关于转行,在稍早一些的回忆录中,主要强调的是他对文物的兴趣由来已久,却基本上不解释他放弃文学创作的原因。对沈从文的转行,张允和似乎颇有些庆幸的味道,"他说他不想再写小说,实际上他哪有工夫去写!有人说不写小说,太可惜!我认为他如不写文物考古方面,那才可惜!"①金介甫不仅认同沈从文由文学创作转向文物研究的"兴趣说"解释,而且还天真地拿他的这种转行与鲁迅、闻一多、陈梦家等人作比较:"沈从文早在解放前就为一生致力于中国艺术史和文物史的研究有了基础。……在二十年代初,在他还给陈渠珍的古董编目的时候,就开始了他在这些方面的自学","有趣的是,沈从文从创作转到现在的领域,令人想

---

① 张允和:《三姐夫沈二哥》,荒芜编:《我所认识的沈从文》,岳麓书社1986年版,第11页。

起类似的转变,如闻一多和陈梦家(两位都是他的密友),而鲁迅在日本初期的翻译西方小说及文学评论得不到读者以后,也曾在北京绍兴会馆搞过古代拓碑。"①如果说张允和的解释是出于亲人对亲人的爱护(作为亲人,在因文学创作而很可能获罪和研究文物而退隐避世之间,她宁愿沈从文选择后者)和她对意识形态的理解和自觉(她不仅明白沈从文放弃文学创作的政治因素,而且明白她在回忆录中不能这样解释的时代因素),那么,金介甫对这一问题的理解就不仅让人看到了文化隔阂给学术研究带来的障碍,而且还似乎能感觉到金介甫身上的那种多少有些学究气的天真与可爱。

2. 外在形势和环境的要求

当社会环境变得稍微宽松了一些之后,对沈从文放弃文学创作的解释开始发生变化,大家开始把沈从文转行的原因归结为外在形势的要求:"沈先生对自己搁笔的原因分析得再清楚不过了。不断挨骂,是客观原因,不能适应,有主观成分,也有客观因素。"②一方面,相关的批判使他心有余悸,担心文学创作会给自己带来灾难。"沈先生的改行,是'逼上梁山',是他多年挨骂的结果。左、右都骂他。"③另一方面,文学创作的要求发生了变化,这种要求与他之前的创作经验有较大的冲突,使他无法适应。"人近中年,情绪凝固,又或因性情内向,缺少社交适应能力,用笔方式,二十年三

---

① 金介甫:《访问沈从文之后的感想》,荒芜编:《我所认识的沈从文》,岳麓书社1986年版,第128、89页。
② 汪曾祺:《沈从文转业之谜》,吉首大学沈从文研究室编:《长河不尽流——怀念从文》,湖南文艺出版社2018年版,第163页。
③ 汪曾祺:《沈从文转业之谜》,吉首大学沈从文研究室编:《长河不尽流——怀念从文》,湖南文艺出版社2018年版,第161页。

十年统统由一个'思'字出发,此时却必须用'信'字起步,或不容易扭转,过不多久,即未被迫搁笔,亦终得把笔搁下。这是我们一代若干人必然结果。"①在这两个原因之间,前者似乎更多一些政治上的批判与倾诉,后者则主要是对文学创作规律的分析,同时也有对一代作家文学命运的慨叹。

即便是批判与倾诉,早期与后期所发出的声音也是不一样的。从最初的"如所周知"到后来的"历史的误解""北京大学批判"直到最后极"左"势力的"压迫""鼠目寸光之辈"的"嫉妒"和"压抑",批判的指向越来越明朗、具体,批判的锋芒也越来越尖锐、锋利。沈从文一生的挚友萧离在解释他转行的原因时说:"解放初期,如所周知,主客观条件都使得这位老作家不得不来一个'三十年河东三十年河西'的巨大转向,不言而喻,这样的'转向'当然是经历过一个十分痛苦的过程的。从从文先生的某些自白里,看得出来其中包含的有少一半的谦虚和多一半的难言之隐,这里就不多去说它了。"②写于1980年的这篇回忆录在解释其中的原因时依然相当隐晦。郑笑枫的解释是:"由于历史的误解,沈老在五十年代初,就中断了文学创作,辞去了北京大学教授职务,来到中国历史博物馆,改行从事古代文物研究。"③所谓"历史误解"的说法,与这篇文章发表的媒体有很大关系。相比较而言,《羊城晚报》的解释就直接得多:"四十年代末期,北京大学批判了他,……为此,他烧过自己的书,也寻过短见。直到五十年代初,他被安排在历史

---

① 沈从文:《致吉六——给一个写文章的青年》,《沈从文全集》第18卷,北岳文艺出版社2002年版,第519页。
② 萧离:《沈从文先生二三事》,《文汇月刊》1980年第7期。
③ 郑笑枫:《坚实地站在中华大地上——访著名老作家沈从文》,《光明日报》1985年12月9日。

博物馆工作，他的生活才有转机，决意挖掘悠久灿烂的文化宝库，继续为社会做出贡献。"①北京大学的批判虽然说是导致沈从文自杀的一个直接原因，但却很难说是沈从文转行的根本原因。发表于香港《文汇报》的《天末怀沈从文先生》的解释要直接、尖锐得多，它认为"是极'左'的势力加予他的压迫，剥夺了他文学创作的权利"，并从道德上加以谴责，说"只有那些鼠目寸光之辈，才嫉妒他的成就，才压抑他的才华"②。其实，就外在批判带来的心理阴影而言，上面的解释都很难说有多么准确，也谈不上全面。在晚年的一次谈话中，沈从文直言，"说良心话，没有强迫我不写"③。批判的声音是有的，甚至还比较严厉，但是，的确没有人下命令说不准沈从文从事创作。就这一方面的原因来说，导致沈从文放弃文学创作的因素包括：一直没有停止的批判的声音、批判者在文学界所处的高位、沈从文在三四十年代与左翼文学产生的冲突以及由这些因素导致的沈从文内心的恐惧。

  与历史环境的影响相比，创作习惯的不适应似乎是沈从文以及他同时代作家放弃文学创作的一个更重要的原因。对于这一点，沈从文很早就有了十分清醒的认识。上文引用的他关于"思"与"信"的思考就是他在1948年12月7日写给文学青年吉六的一封信中的预言。就1949年以后很长一段时间的文学实际来看，不能不佩服沈从文的预见性。在1957年人民文学出版社出版的《沈

---

① 林湄：《美丽总是愁人的——访著名文学家、古文物学家沈从文》，《羊城晚报》1986年2月20日。
② 曾敏之：《天末怀沈从文先生》，荒芜编：《我所认识的沈从文》，岳麓书社1986年版，第181、183页。
③ [美]韩秀：《沈从文先生印象》，吉首大学沈从文研究室编：《长河不尽流——怀念从文》，湖南文艺出版社2018年版，第471页。

从文小说选集》的《题记》中,沈从文又一次表达了相似的看法,只不过说得相对委婉罢了,"当更大的社会变动来临,全国人民解放时,我这个和现社会要求脱了节的工作,自然难以为继,这分未竟全功的工作必然停顿下来了"①。到了八十年代,沈从文对这一方面的影响解释得更为清楚具体:"我还有一个重要的,是不能够让命令来写,你得让我自己脑子里的命令来写,才能写出来。你当命令来写,就变成一道命令了,恐怕假了。"②他在跟别人的对话中甚至略有夸张地说:"我有自己的原则,不能放弃。"③当自己以往的创作方法与当下的文学要求不相符合的时候,要么改变自己,要么放弃写作。从沈从文这一代作家在 1949 年以后的创作情况来看,改变的努力不是没有,但似乎收效甚微,于是,他们中的大多数人自觉地放弃了继续创作。

(二) 创作的可能

之所以说沈从文"不能放弃原则"的说法略显夸张,乃是因为他的这种说法不合实际,有自我表扬的成分。实际上,在"十七年"时期沈从文不仅有了继续创作的可能,而且也做出了改变自己以适应新的要求的努力。据沈虎雏回忆,"他内心深处觉得离开文学很可惜,总梦想在文学上健步如飞。50 年代末就曾思考是否归队,一些好心人也劝他应该拿起笔。50 年代,胡乔木曾给父亲去信,希望为他归队创造条件。父亲没有回信。第二次

---

① 沈从文:《〈沈从文小说选集〉题记》,《沈从文全集》第 16 卷,北岳文艺出版社 2009 年版,第 376 页。
② 沈从文:《自己来支配自己的命运——在〈湘江文艺〉座谈会上的讲话》,王亚蓉编著:《沈从文晚年口述》(增订本),商务印书馆 2014 年版,第 103 页。
③ [美] 韩秀:《沈从文先生印象》,吉首大学沈从文研究室编:《长河不尽流——怀念从文》,湖南文艺出版社 2018 年版,第 471 页。

文代会时，毛泽东、周恩来接见十二位作家代表，主席对父亲说：'可以再写吧……'他对外不说，但在暗暗使劲，看看自己能否找回重新创作的能力。这是他长期摆脱不掉的念头，时常勾起联想，内心矛盾反复出现。不过，批《武训传》、批胡风、批胡适，很吓人，他写作的政治方面顾虑也就越来越重"①。这些情况在有关他的回忆录中也都有所透露，只不过这方面的回忆录出现得相对较晚，主要是在他去世之后，甚至2000年前后才发表出来。这可能有两方面的原因，一是八十年代的文学氛围使然。在八十年代，强调文学创作的独立性比较符合当时的文学风尚。另外，也与相关史料的发掘有关。因为沈从文在"十七年"期间的作品大多没有完成，也就没有发表的可能，即便是发表了的，也很难进入八十年代文学的主流视域。但是，随着《沈从文全集》的整理出版，相关的史料逐渐浮出水面，对沈从文也就有了重新审视的可能。

在有关的回忆录中，金介甫对相关情况披露得相对较早："解放后，虽然毛泽东和周恩来两人都曾在文学会议休息时与十二位作家聚谈时敦促沈老，请他再写小说，但他的创作中只有一些论文和旧诗"，"尽管他原为能写一部长篇小说于一九六一年到井冈山去静居强迫自己创作，发现自己根本无法去写过去的卅年，这也是事实。"②但更详细的回忆录是后来出现的一些。"沈先生对于写作也不是一下就死了心"，"直到1961年写给我的长信上还说"，"他想用一年时间'写本故事'（一个长篇）写三姐家堂兄三代闹革

---

① 陈徒手：《人有病 天知否：1949年后中国文坛纪实》，生活·读书·新知三联书店2013年版，第48页。
② 金介甫：《访问沈从文之后的感想》，荒芜编：《我所认识的沈从文》，岳麓书社1986年版，第90页。

命","想重新提笔,反反复复,经过多次。终于没有实现。"①1957年3月他曾给中国作协递交过一份《创作计划》,没有完成;1958年,他在十三陵水库写了一篇报道型散文《管木料厂的几个青年》,却被评论为"一个工地的通讯员写这类文章比他还顺溜","平心而论,这篇遵命作品水平很差,他不会写这种东西"②。1961年,中国作协给了他到青岛、井冈山休假、体验生活的时间,计划中的作品还是没能写出来。当然,这不仅有创作习惯的问题,同时也有外在社会形势的考量。

(三) 对转行的评价

就沈从文转行这一历史事件,回忆录的作者们大体上有两种不同的评价。一部分人从爱护沈从文的立场出发,认为沈从文当年的转行是明智之举,持这种态度的主要是她的亲人。张兆和在1990年12月7日回忆此事时说:"幸好他转了,转的时候有痛苦,有斗争。他确实觉得创作不好写了,难得很。"③他在西南联大时的学生马逢华认为:"将近40年前,他坚守自己的原则,作了一个明智的选择,决定了自己后半生的命运,也维持了自己做人的尊严。"④从前面的论述来看,所谓"坚守原则""维持尊严"的说法显然是拔高了,在很大程度上沈从文不是不愿意改变自己的创作习惯,按照新的创作原则进行创作,而是多年的创作习惯难以改变,

---

① 汪曾祺:《沈从文转业之谜》,吉首大学沈从文研究室编:《长河不尽流——怀念从文》,湖南文艺出版社2018年版,第165—166页。
② 陈徒手:《人有病 天知否:1949年后中国文坛纪实》,生活·读书·新知三联书店2013年版,第43页。
③ 陈徒手:《人有病 天知否:1949年后中国文坛纪实》,生活·读书·新知三联书店2013年版,第29页。
④ 马逢华:《敬悼沈从文教授》,吉首大学沈从文研究室编:《长河不尽流——怀念从文》,湖南文艺出版社2018年版,第219页。

多次尝试也并不成功。这不是他一个人的境况,他们那一代作家都是如此。他的后辈同乡刘一友假设说:"我想,真在文坛,1955年就难于过关,1957年更难漏网,1966年命运不会比老舍这位'人民艺术家'更强。什么《长河》,早就是'短活'了。"①他们的这种理解在一定程度上也暗合了沈从文自己的态度。1979年10月17日,在写给同乡韩宗树的信中,沈从文就此事表达了自己的意见,"三十年中在人事风风雨雨倏忽来去的变故中,比起多数旧同事老同行来,日子虽过得相当寂寞,倒也比较平安,这也算得够幸运了"②。看沈从文的话,大有劫后余生的意思,但转行毕竟不是苟活,如果要肯定转行的意义,则必须强调沈从文在文物研究方面的价值。他的挚友萧离先是引用了沈从文自己的陈述:"放弃文学创作,对个人兴趣而言,也许是损失。但因此而有机会在中国古代文物的整理方面,为祖国填补了一个难得有人过问的空白点,这未尝不是塞翁失马——对祖国却是有益的事。"而后,他就此事表达了自己的意见:"如果第一本大书和第二本大书对从文先生来说,一个是鱼、一个是熊掌的话,他却采取了兼而得之的态度。只是有时这个是'正业',那个是'副业'。如今是'东隅'未失,'桑榆'已收,我们该向老人庆贺的。"③

但是,也有不少人从他的文学创作实绩出发,对他在年富力强的时候被迫停止文学创作表达了深沉的悲叹。"1949年以后,沈

---

① 刘一友:《沈从文现象》,吉首大学沈从文研究室编:《长河不尽流——怀念从文》,湖南文艺出版社2018年版,第420页。
② 沈从文:《复韩宗树》,《沈从文全集》第25卷,北岳文艺出版社2002年版,第408页。
③ 萧离:《他生活、劳动在"两本大书"之间——侧写老作家、物质文化史家沈从文》,《文艺报》1985年第4期。

从文先生能够专门从事古文物的研究,可以说在三十年代就打下了基础,但我不相信他当时已经立意以后要专门研究中国古代服饰。命运逼迫他在年富力强的时候就离开文学创作,只差完全放下笔杆,总令人感到可悲。"①"在阅读这类文章时,我总觉得对作为一个作家的从文先生来说,他的放下写小说的笔去改行探究古文物,把自己晚年的生命消耗在故宫的文物库里,实在是一个令人痛心的悲剧。"②卞之琳先生从科学研究与文学创作的不同特点出发,认为并不能因为沈从文在中国古代服饰研究上取得了不俗的成绩,就可以弥补他停止文学创作的遗憾。他引用伽利略的话说,"没有一部科学著作只有一个人能写",即使他不写,迟早也会有人写。但是,"文学作品总特别具有个人特色,不是另一个作家可以代写,从文没有能再写出文学作品,总是不可弥补的损失(虽然写出来也不见得不待以时日,就立即得到大家一致肯定的评价)"③。

虽然在回忆起这一至关重要的人生转折时,沈从文往往会给人以庆幸之感,但是,作为一个杰出的作家,在创作逐渐进入佳境的时候突然因为外在的力量被迫放弃文学创作,他不可能没有深深的遗憾。王西彦回忆说:"我记得有一次我到社科院宿舍去看望他时,他从书橱里取出有几位美国学者研究他作品的书刊给我看,叹息着说自己恐将再也不能写小说了,表情充满凄凉。"④从事理

---

① 严文井:《谁也抹煞不了他的存在》,吉首大学沈从文研究室编:《长河不尽流——怀念从文》,湖南文艺出版社2018年版,第133页。
② 王西彦:《宽厚的人,并非孤寂的作家——关于沈从文的为人和作品》,吉首大学沈从文研究室编:《长河不尽流——怀念从文》,湖南文艺出版社2018年版,第129页。
③ 卞之琳:《还是且讲一点他》,吉首大学沈从文研究室编:《长河不尽流——怀念从文》,湖南文艺出版社2018年版,第88页。
④ 王西彦:《宽厚的人,并非孤寂的作家——关于沈从文的为人和作品》,吉首大学沈从文研究室编:《长河不尽流——怀念从文》,湖南文艺出版社2018年版,第129页。

推断，王西彦的回忆应该是可信的。所以，在人生的晚年，当沈从文回忆起40年前的这一重大转折时，他的内心应该是十分复杂的。一方面，他庆幸当年的"明智"选择，使自己的后半生得以平安度过；另一方面，当国内外逐渐兴起"沈从文热"，尤其是传言他有可能获得诺贝尔文学奖时，他不可能不对自己当年被迫放弃创作而充满遗憾。

四、文学史地位及其争议

进入新时期以后，随着社会环境的逐渐宽松和中外文化交流的逐渐深入，沈从文逐渐从文学史的幕后走向了文学史的前台。人们对他的作品有了较为全面的了解之后，这位在中国文坛消失了三十余年的优秀作家逐渐受到人们的认可和肯定。虽然文学史上批判的声音还没有完全消除，但是他的作品已经被越来越多地出版发行，也有越来越多的学者开始肯定他的文学史价值。一时之间，不仅出现了"沈从文热"的文学现象，而且出现了呼吁重新评定其文学史地位的声音。

（一）"沈从文热"与重评的倡议

由于文学史书写的相对稳定性或称滞后性，在八十年代的前半叶，沈从文在文学史上依然处于被批判者的地位。"1976年'文革'结束出版的《中国现代文艺思想斗争史》，沈老的一篇文章就是以'反面教材'的面貌，附录在郭沫若的漫骂之后，来做批判材料的。这种情形要到80年代中期左右才开始改变。1984年出版的《中国现代小说史》（田仲济等编写），对沈从文小说形式和语言方面的探索，都相当肯定，但还是要批判说：'对黑暗现实正视不够,也未在艺术概括上下功夫.'不过,1985年中国人民大学出版的两大册的《中国现代小说史》,反而开倒车,基本上沿袭'文革'前的官方评价,以鲁迅、巴金和老舍等作为发展主线,而忽略沈从文。杨义在1986年的《中国现代小说史》第一卷(人民文学出版社)也没有提到沈老。"①但是,不同的声音已经开始出现:"虽然'文革'刚刚结束,思想禁锢仍然极严,即便'平反''翻案',优先权也属于丁玲、周扬、冯雪峰一类作家,一时还轮不到沈从文头上,但在我辈身上,已开始了对文学史上已成定论的反思。"②

  对文学史上的所谓"定论"进行反思的,并不只有凌宇、严家炎等人。应该说,这是因为时代变迁而逐渐兴起的一种学术思潮。也就是说,"沈从文热"的兴起是处于八十年代重写文学史的学术背景之中的③。沈从文研究专家凌宇在回忆录中叙述了他在八十年代所经历的"沈从文热":"我的第一篇论文写成不久,得知消息的《中国现代文学研究丛刊》的编辑即来索稿;出版界也开始了沈从文著作的出版热。先是湘潭大学来人找我,要与我合作选编两册以湘西为题材的沈从文作品集;接着是花城出版社,提出印行《沈从文文集》,沈先生推荐我与邵华强承担这份选编工作;再是人民文学出版社,要我选编三本沈从文作品集,又有四川人民出版社,约我编选一套五卷本的《沈从文选集》。"④在八十年代,沈从文

---

  ① 郑树森:《沈从文先生的历史地位》,吉首大学沈从文研究室编:《长河不尽流——怀念从文》,湖南文艺出版社2018年版,第333页。
  ② 凌宇:《风雨十载忘年游——沈从文与我的沈从文研究》,吉首大学沈从文研究室编:《长河不尽流——怀念从文》,湖南文艺出版社2018年版,第359页。
  ③ 关于80年代"沈从文热"兴起的具体情况,可以参考谢尚发的《80年代初的"沈从文热"》(《当代作家评论》2016年第4期),本文仅叙述与沈从文回忆录相关的部分。
  ④ 凌宇:《风雨十载忘年游——沈从文与我的沈从文研究》,吉首大学沈从文研究室编:《长河不尽流——怀念从文》,湖南文艺出版社2018年版,第366页。

的作品还陆续被选入其他一些作品选中。"第二个十年(1927—1937)《新文学大系》由巴金同志作序的小说集,已于1984年在上海文艺出版社出版,选了从文的短篇《丈夫》和《贵生》。几年前中国社会科学院文学研究所现代文学研究室编的《中国现代短篇小说集》选了从文的《萧萧》《丈夫》《顾问官》。《中国现代散文选》也选了他的《西山的月》等8篇散文。1986年北大出版社出版严家炎编的《中国现代各流派小说选》把从文列入京派,选了他的《柏子》等6个短篇和中篇《边城》(存目)。"①在这样的背景下,沈从文有可能获得诺贝尔文学奖的传闻一时之间也不胫而走,甚至连一些沈从文研究专家也为此推波助澜。"1982年,一个国际汉学家委员会提名沈从文为诺贝尔文学奖候选人。……他最终未能获奖,但很显然,他的候选人身份一直是被认真考虑着的。"②"据小道传说,瑞典曾提名授给沈先生诺贝尔文学奖,但在中国文联(或是作协)的讨论中被丁玲极力否决了云云。"③"近几年,有人似乎预感了什么,早在报刊角落里撰文,说人家鲁迅就看不起诺贝尔文学奖。有时又转载洋人的牢骚,说诺贝尔文学奖是有政治偏见的等等,我想,沈老失去这个机会也好,落得耳根清净。"④

在"沈从文热"风起云涌的时候,同时也是在八十年代重写文学史的学术背景下,学术界重新评价沈从文文学史地位的倡议与

---

① 塞先艾:《回忆老友沈从文》,吉首大学沈从文研究室编:《长河不尽流——怀念从文》,湖南文艺出版社2018年版,第57—58页。
② 金介甫:《絮然瞬间迟迟去 一生沉浮长相忆》,吉首大学沈从文研究室编:《长河不尽流——怀念从文》,湖南文艺出版社2018年版,第357页。
③ 周绍易:《斯人独风流》,田伏隆主编:《星斗其文 赤子其人——忆沈从文》,岳麓书社1998年版,第408—409页。
④ 刘一友:《沈从文现象》,吉首大学沈从文研究室编:《长河不尽流——怀念从文》,湖南文艺出版社2018年版,第434页。

尝试开始出现。早在1982年,汪曾祺就认为,"沈先生是一个热情的爱国主义者,一个不老的抒情诗人,一个顽强的不知疲倦的语言文字的工艺大师"①。就在沈从文去世后不久,汪曾祺又在《人民日报》发表文章,重提沈从文文学史地位的问题。"沈先生已经去世,现在是时候了,应该对他的作品作出公正的评价,在中国现代文学史里给他一个正确的位置。"文章在驳斥了社会上流行的几种对沈从文的误解——"不革命""没有表现劳动人民""美化了旧社会的农村,冲淡了尖锐的阶级矛盾"之后,提出了对沈从文的一个历史定位:"假如用一句话对沈先生加以概括,我以为他是一个极其真诚的爱国主义作家。"②也是在这一年,同样作为沈从文西南联大时的学生袁可嘉提出了他对沈从文文学史价值的更为全面的理解:"我个人认为,沈先生作为当时北方国统区文学界的一面旗帜,抵制了泛滥一时的庸俗社会学的创作和批评思潮,以及标语口号式的概念化倾向,坚持了文学表现丰富人性、表现美的道路,栽培了一批诗人、作家、批评家和翻译家,有的(如九叶派中的西南联大诗人)当时已在开拓新风中崭露头角,后经40年的掩埋,在80年代才重以出土文物问世。这一段的文学史显然有待重写。"③还是在这一年,沈从文移居美国的学生马逢华甚至略显极端地说:"目前仍然存在的一个比较使人关心的问题,是沈先生在国内的历史定位","如果国内坚持不肯承认文学本身的价值,一个可能的后果,就是中国现代文学史和沈从文的历史地位,最后将在海外写

---

① 汪曾祺:《沈从文的寂寞——浅谈他的散文》,《读书》1984年第8期。该文作于1982年11月3日。
② 汪曾祺:《一个爱国的作家——怀念沈从文老师》,《人民日报》1988年5月20日。
③ 袁可嘉:《四十年代末的沈从文》,《光明日报》1988年12月25日。

成,在海外决定。"①这种略显极端化的表达虽然在一定程度上拔高了海外学术研究的作用,而且还可能给反对者提供"被外国人牵着鼻子走"的口实,但是,它也的确真诚有力地表达了重评沈从文历史地位的强烈呼声。

(二)对"沈从文热"的反对意见

面对社会上热闹非凡的"沈从文热"和重评的呼声,有着三十余年历史教训的沈从文却显得要清醒得多。还是在那封写给韩宗树的回信中,沈从文就此事表达了自己的看法:"所有作品,既已毁尽,哪还别有办法,把业已毁去的材料重新研究、重作鉴定?更何况照多年来习惯,作家多已排班定位,中国只有一个鲁迅算得是代表中国新文学最高成就,算是世界的第一流人物。其次,则郭沫若、沈雁冰、老舍、巴金、冰心、曹禺……此外还有万千少壮新起第一流新作家,在党的培养下进行写作,各自已取得历史上无以伦比的不同成就,十分现实。哪还有我插足余地?"②在这段满含牢骚的回信中,沈从文预感到了历史重评的困难。

而现实也的确像他预感的那样,困难重重。"大多数情形是,一些对卅年代争论难免还心存芥蒂的老一辈人还是批评沈。"③"有名家在报上发表文章,对国内兴起的'沈从文热'冷嘲热讽,还毫无根据地指责国内的沈从文研究者是被外国人牵着鼻子走;接着是丁玲在《诗刊》《文艺报》上著文,指沈从文是'市侩''胆小

---

① 马逢华:《敬悼沈从文教授》,吉首大学沈从文研究室编:《长河不尽流——怀念从文》,湖南文艺出版社2018年版,第227页。
② 沈从文:《复韩宗树》,《沈从文全集》第25卷,北岳文艺出版社2002年版,第409页。
③ 金介甫:《访问沈从文之后的感想》,荒芜编:《我所认识的沈从文》,岳麓书社1986年版,第96页。

鬼'，说沈从文在《记丁玲》一书中，歪曲了胡也频与丁玲当年参加革命的动机。"①

在清除精神污染、反对资产阶级自由化的运动中，沈从文及其研究者遭遇了历史上的又一次寒潮。"给我印象最深刻的，是1982年夏天正是在批电影《苦恋》、批文艺资产阶级自由化的高潮中，亦有人趁机指责'国内外现在的一股"沈从文热"是要否定左翼文艺运动的功绩'。"②1983年，朱光潜因为给沈从文的一个作品选写了一篇序言，不曾想给自己招来了麻烦。"工作组进驻北京大学，有几个系被确定为重点。又有列为重点的'问题'，其中之一，便是朱光潜先生写的《关于沈从文同志的文学成就历史将会重新评价》一文。""在当时，某些颇有地位者，在一次会议上，振振有辞地历数沈从文'罪状'，并且照例不加证明。……曾听古华当面谈起《芙蓉镇》评奖事：一位举足轻重的评委，在评委会上谈她对《芙蓉镇》的看法：'还不是沈从文那一套！'……仿佛沈从文是罪恶之源。别人的创作，别人的研究，只要沾上'沈从文'三个字，便立即成了一种罪过。"③

对沈从文文学史地位的这种争议一直持续到他去世之后。不少回忆录都对沈从文去世后的新闻报道和追悼会的情景表示不解、提出质疑。巴金回忆说："一连几天，我翻看上海和北京的报纸，我很想知道一点从文最后的情况。可是日报上我找不到这个

---

① 凌宇：《风雨十载忘年游——沈从文与我的沈从文研究》，吉首大学沈从文研究室编：《长河不尽流——怀念从文》，湖南文艺出版社2018年版，第367页。
② 古华：《一代宗师沈从文》，吉首大学沈从文研究室编：《长河不尽流——怀念从文》，湖南文艺出版社2018年版，第437页。
③ 凌宇：《风雨十载忘年游——沈从文与我的沈从文研究》，吉首大学沈从文研究室编：《长河不尽流——怀念从文》，湖南文艺出版社2018年版，第374、377—378页。

敬爱的名字。后来才读到新华社郭玲春同志简短的报道。……可是连这短短的报道多数报刊也没有采用。"在解释这种尴尬局面的原因时,巴金推测:"可能因为领导不曾表态,人们不知道用什么规格发表讣告、刊载消息。"①对此,王西彦也提供了相似的回忆,"从文先生是今年5月10日晚与世长辞的,但到6天后才由上海一家晚报刊登了一则从港、台报纸上转载的简讯,这不能不说是对死者出奇的冷漠"②。如果说新闻报道表现出来的是"出奇的冷漠",那么追悼会的场景就可以说是"尴尬的冷清"了。"沈从文先生的遗体告别仪式是我这些年参加过的同类活动中最简单不过的。没有要员,文艺馆员也少见,都是他的学生和亲友。"③代表巴金参加追悼会的李小林说:"她从未参加过这样感动人的告别仪式。她说没有达官贵人,告别的只是些亲朋好友","小林说不出这是一种什么规格的告别仪式,她只感觉到庄严和真诚。"④

区别对待的情况还延续到《沈从文全集》的整理与出版。"一九八一年《鲁迅全集》出版,一九八二年《郭沫若全集》开始面世,一九八四年《茅盾全集》开始出版,一九八六年《巴金全集》开始出版。这些'文学大师'的全集,都由官方组成阵容庞大的编辑委员会。比如为了出版《郭沫若全集》,就由周扬领衔,由三十四位委员组成了身份不一般的'郭沫若著作编辑出版委员会'。尽管这

---

① 巴金:《怀念从文》,吉首大学沈从文研究室编:《长河不尽流——怀念从文》,湖南文艺出版社2018年版,第12页。
② 王西彦:《宽厚的人,并非孤寂的作家——关于沈从文的为人和作品》,吉首大学沈从文研究室编:《长河不尽流——怀念从文》,湖南文艺出版社2018年版,第130页。
③ 吴泰昌:《紧含眼中的泪》,吉首大学沈从文研究室编:《长河不尽流——怀念从文》,湖南文艺出版社2018年版,第395页。
④ 巴金:《怀念从文》,吉首大学沈从文研究室编:《长河不尽流——怀念从文》,湖南文艺出版社2018年版,第12、13页。

些委员可能不直接参与编辑工作,但是,他们的身份表明了《郭沫若全集》的国家意志。"①虽然在八十年代出现了"沈从文热",甚至传闻他有可能获得诺贝尔文学奖,但是,沈从文始终未能享受到这样的待遇。直到2002年,32卷的《沈从文全集》才由北岳文艺出版社出版发行②。而且,《沈从文全集》的编辑委员会成员没有一位位高权重的权威人物,他们是沈从文的家人——张兆和、沈虎雏,学生——江曾祺,助手——王孖、王亚蓉,研究专家——凌宇、刘一友、向成国、王继志、谢中一。但是,青山遮不住,毕竟东流去。随着文学史研究的逐步深入,沈从文在文学史中的地位也逐渐得到了越来越客观公正的评价。

五、古文物研究及其困难

沈从文在文物研究方面的情况,按说不属于其文学史形象考察的范畴。但是,1949年以后,沈从文的主要工作就是文物研究。所以,出于完整考察沈从文历史形象的目的,还是有必要对有关沈从文文物研究方面的回忆录做一个简要的梳理。通过对相关回忆录的研读可以发现,这一方面的回忆录主要集中在三个问题上:条件的艰苦与工作的热情、周总理的嘱托与郭沫若为《中国古代服饰研究》作序。

(一)条件的艰苦与工作的热情

1957年,在呈报给中国作协的《创作计划》中,沈从文反映了自己的工作条件,"照目前情况说,'研究'条件也十分差,哪像个

---

① 刘红庆:《沈从文家事》,新星出版社2012年版,第286页。
② 《鲁迅全集》《郭沫若全集》《茅盾全集》《巴金全集》全部是由人民文学出版社出版发行的。

研究办法,我在历博办公处连一个固定桌位也没有了,书也没法使用,应当在手边的资料通(统)不能在手边,不让有用生命和重要材料好好结合起来,这方面浪费才真大!"①很多回忆录在描述他1949年之后的工作状态时,也都着意强调了他在逆境中的坦然,甚至超然,他对工作的热情以及他工作条件的艰苦。"几乎没有人不认为他干的不是一件'傻事',对此他除了用微笑作回答之外,从来不加声辩。""为了抢时间,照我们家乡话讲,这位古古板板的、山区农民型的老专家、老知识分子,正把他有生之年,无保留地投入无限的工作中。"②根据王亚蓉《先生带我走进充实难忘的人生》一文的回忆,沈从文晚年研究文物的困难主要在于:一是工作环境狭小;二是材料缺乏,他之前收藏的文物都捐给了博物馆,再借时反而困难重重,之前收藏的书籍也都在"文革"期间当废品卖了;三是没有助手,他的侄女沈朝慧不愿做,新疆的武敏调不过来,王㐨、王亚蓉也都是后来通过很多办法才调到身边的③。

在所有的困难中,住房条件差是一个突出的问题,这也是很多回忆录反复提到的。在1949年之后的很长一段时间内,沈从文一家的居住条件一直都不太好。1947年,沈从文回到北大后,他们一家住在中老胡同32号,有七间住房,比较宽裕。1951年,沈从文到四川内江参加土改后,张兆和在交道口租了三间房。1953年,中国历史博物馆给沈从文在东堂子胡同分了宿舍,是三间北房。据沈从文的老乡刘祖春回忆,这三间房已经不太好了:"不知

---

① 陈徒手:《人有病 天知否:1949年后中国文坛纪实》,生活·读书·新知三联书店2013年版,第38页。
② 萧离:《不倒的独轮车——沈从文侧面像》,《新苑》1980年第4期。
③ 王亚蓉编著:《沈从文晚年口述》(增订本),商务印书馆2014年版,第247—275页。

为什么,我一走进这个小得可怜的家,总使我联想到他二十年代刚进北京那个'窄而霉斋'。"①在这三间房里,人数最多的时候曾经住过老少三代七口人。即便如此,在回忆起当时的住宿条件时,沈龙朱觉得还比较满意:"历史博物馆时期,三间房子的时候应该说还是可以的,因为当时大家都这样,很少有大房子。"②"文革"期间,因为沈从文夫妇在湖北干校,沈龙朱住在学校宿舍,沈虎雏夫妇在四川工作,沈朝慧被赶回湖南老家,三间住房被收走两间。沈从文收藏的古代家具无处存放只能送人,他购买的图书资料被堆在院子里风吹日晒不成样子,最终被张兆和以7分钱一斤的价格作为废品卖了。夫妇两人先后回到北京之后,沈从文蜷居在剩下的那间宿舍中,张兆和则被安置在离东堂子胡同二里路远的另一条胡同的一间宿舍里。"文革"结束以后,经过长期争取,沈从文甚至不惜调离已经工作了将近三十年的中国历史博物馆,一家人的居住条件才逐渐得到改善,但此时他已经很难真正有效地开展文物研究工作了。

之所以在这里事无巨细地叙述沈从文一家居住条件的变化,一方面是想通过其居住条件的变化,从一个侧面反映其历史地位的变迁;另一方面,也希望通过这一方面历史文献的呈现,反映在一定历史时期内,中国一代知识分子的生存状况。当时,有相似居住环境的知识分子远不止沈从文一人。据胡乔木在1977年12月2日为了给顾颉刚、翁独健、蔡仪三人解决住房问题而写给时任国家副主席李先念的信件,84岁的顾颉刚和他一家人加上4万册藏书只有3间住房,71岁的翁独健一家10口加上藏书只有4间住

---

① 刘祖春:《忧伤的遐思》,田伏隆主编:《星斗其文 赤子其人——忆沈从文》,岳麓书社1998年版,第70页。
② 刘红庆:《沈从文家事》,新星出版社2012年版,第190页。

房,71岁的蔡仪一家4口加上1.5万册藏书只有25平米的两间住房①。

(二)周总理的嘱托与郭沫若作序

在回忆沈从文编著《中国古代服饰研究》的缘起时,很多回忆录都说是沈从文受到周恩来总理的嘱托。"一九六四年沈先生接受周恩来总理的嘱托,开始了《中国古代服饰研究》一书的编写工作。"②有的还描述了具体的细节:"周总理出访发现外国有历代服饰陈列,而中国没有,问文化部副部长齐燕铭谁在研究古代服饰?齐答沈从文,'总理当即决定,把这个任务交给沈先生,给他配七八位研究人员当助手,给他充分的工作条件,编出一部中国历代服饰的书来。'"③其实细细想来,这样的说法很难经得起推敲,按照政府的一般工作程序,周总理应该不会这样安排工作。这些回忆录之所以这样叙述,有可能是作者掌握的信息不够准确,也有可能是他们在感情倾向上更愿意拔高沈从文的历史形象。

相似的情况还出现在《中国古代服饰研究》的序言上。这部著作的序言是由郭沫若撰写的。以沈从文与郭沫若的历史纠葛来看,实在让人难以理解沈从文的著作怎么可能会让郭沫若写序!对于这一难以理解的问题,不少回忆录也有各自的说法。"据说周总理得知这件事情后,非常关心特别指示此书一定要出版,还请郭沫若写一篇序。"④"沈先生讲,在书未成稿之前,有次宴会沈先生

---

① 胡乔木传编写组:《胡乔木传》(下),当代中国出版社、人民出版社2015年版,第539—540页。
② 王亚蓉、王㐨:《沈从文和他的服装研究》,《中国建设》1980年第11期。
③ 郑笑枫:《坚实地站在中华大地上——访著名老作家沈从文》,《光明日报》1985年12月9日。
④ 高华:《我所认识的沈从文先生》,荒芜编:《我所认识的沈从文先生》,岳麓书社1986年版,第139页。

与郭沫若先生邻座,谈到这本书,郭老主动说:'我给你写个序言吧!'并很快就送过来了,序言成于书稿之前,郭老未看过书稿。许多人不明就里,总是问为什么序言和内容不符,这就是原因。沈先生理解郭老是用这个方式表示点歉意吧!"[1]根据第一种说法,序言似乎是周总理请郭沫若写的。如果说周总理特意安排沈从文撰写《中国古代服饰研究》不太符合政府的工作程序,那么,周总理特意邀请郭沫若给沈从文的这部著作写序就更加难以理解了。第二种说法其实更像是坊间的附会演绎,更加不可信。

关于沈从文编著《中国古代服饰研究》的缘起和郭沫若撰写序言的原因,原中国历史博物馆李之檀的回忆相对要全面客观得多。根据他的回忆,沈从文早在1961年"就曾写信给文化部副部长齐燕铭及历史博物馆领导,呼吁编写《中国古代服饰》,请求领导给予支持"。1963年,齐燕铭在文化部党组会议上正式传达周总理的指示,"并责成由中国历史博物馆负责《中国古代服饰资料》的编辑工作","历史博物馆决定由副馆长陈乔主持这项工作,由馆长业务秘书陈鹏程和陈列部主任王镜如拟定工作计划,由沈从文先生主编,由陈列部美术组陈大章、李之檀、范曾、边宝华负责形象材料的临摹绘图工作,由陈列部副主任耿宗仁、美术组组长章毅然协助工作"。1964年"六月二十四日郭沫若为此书题字"。后因工作人员大多下乡参加"四清"工作,"《中国古代服饰研究》一书的编辑工作实际上停顿了下来"。而后是沈从文凭着个人的力量坚持编写工作。"一九八一年九月,被延搁了十七年的《中国古代服饰研究》一书,以沈从文编著的名义,由商务印书馆香港分馆

---

[1] 王亚蓉:《先生带我走进充实难忘的人生》,王亚蓉编著:《沈从文晚年口述》(增订本),商务印书馆2014年版,第258页。

正式出版,终于完成了周恩来总理的嘱托。"①

按照这个回忆,沈从文之前就有编著《中国古代服饰研究》的想法,但是领导不支持,迟迟没有实现。1964年周总理因出访发现了该项工作的意义,把任务交给了文化部,文化部又责成中国历史博物馆完成。中国历史博物馆成立了领导班子,配备了工作人员,沈从文是具体负责这一工作的主编。后来因为社会运动,集体工作被迫停止,沈从文以个人的力量继续坚持,最终在中国社会科学院完成了这项工作。这样的回忆才符合政府工作的一般程序,也更加真实可信。根据这一回忆,郭沫若为这部著作撰写序言也就相对容易理解,因为在1964年的时候,这还不能算作沈从文个人的著作,郭沫若也就不是为沈从文的著作写序。

那么,到1981年香港商务印书馆出版这部著作时,沈从文为什么还要带上这篇既"文不对题",自己心里又未必舒服的序言呢?对此,刘祖春的回忆相对比较可信。他认为"是出自出版社的请求,沈从文根本没有这个意思"②。从一个商业社会以盈利为目的的出版机构来讲,出版社坚持选用郭沫若的这篇序言实在是一个明智之举。首先,郭沫若在海内外的华人社会享有很高的声誉;其次,沈从文与郭沫若之间还曾经有过一段富有谈资的历史纠葛;最后,这篇序言的背后还包含着这部著作为期17年的编著过程。有这么多充足的理由,任哪一个高明的出版商也不会放弃这么一篇富有历史内涵的序言。

---

① 李之檀:《沈从文先生在历史博物馆》,张新颖编:《生命流转,长河不尽:沈从文纪念集》,北岳文艺出版社2014年版,第185—198页。
② 刘祖春:《忧伤的遐思》,田伏隆主编:《星斗其文 赤子其人——忆沈从文》,岳麓书社1998年版,第88—89页。

江晓天在中国当代文学史上的位置

"1972年12月26日傍晚,我正在'五七'干校的牛棚里抱草喂牛,连里干部来通知说:'要你回北京去参加出版社复业准备工作,抓几部长篇小说稿子,马上收拾行李,尽快动身。'从1969年4月17日下放干校劳动改造以来,与烂泥、粪水、苍蝇、蚊子打了三年零八个月的交道,自然愿意离开。"①江晓天一辈子从事文字工作,长期担任出版社领导,但是,他撰写发表的文章实在不能算多。结集出版的,迄今为止只有《文林察辨》②和《江晓天近作选》③,其中还有一部分文章是重复收录的。江晓天的文章少,回忆共青团中央"五七干校"的文字更少。除了上面这段回忆《李自成》第二卷出版过程的文字外,与黄湖农场有关的,就只剩下两个段落和一篇散文了。两个段落,一个是回忆萧也牧去世,一个是回忆他女儿

---

① 江晓天:《虽有御批 还遭磨难——〈李自成〉第二卷稿的编辑工作》,《江晓天近作选》,大众文艺出版社1999年版,第27页。

② 列入陈荒煤、冯牧主编的"文学评论家丛书",1995年由人民文学出版社出版。丛书中的其他作者也都是二十世纪八十年代的著名评论家:陈荒煤、冯牧、洁泯、朱寨、王春元、唐达成、顾骧、陈丹晨、谢永旺、廖俊杰、何西来、何镇邦、秦晋、冯立三、雷达。

③ 在《江晓天近作选》的《后记》中,作者说,1951年,香港求实出版社曾将他10多万字的思想评论文章结集为《青年思想修养漫话》出版。

靳虹参军;一篇散文,是回忆一条狗和一头牛的《干校二友》①。即便如此,当我们回首50年前共青团中央"五七干校"的那段历史时,依然不应该忘记江晓天这颗闪耀在黄湖农场历史天空中的耀眼明星。

本章呈现的是江晓天在中国当代文学史上的位置。但是,对于很多从事中国当代文学研究的学者来说,江晓天这个名字,可能并不是那么熟悉。他既不是著名作家,在文学批评领域的地位也并不显著。但是,既然要讨论他的位置,自然有可以被认可的理由。"十七年"时期,他领导中国青年出版社文学编辑室编辑出版了几乎占据当时半壁江山的红色文学经典,中国青年出版社文学编辑室在当代文学作品的出版上几乎达到了让人民文学出版社倍感压力的程度:"在上个世纪五六十年代,一个面对青年的综合性出版社的文学编辑室,在当代文学的出版上,在外界看来,竟敢与专业的、号称'皇家出版社'的人民文学出版社争雄,不可思议。"②二十世纪八十年代,他参与、领导了文学领域的"拨乱反正",通过中国文联理论研究室的批评家队伍以及他自己亲自参与的文学批评、文学评奖等活动,有力推动了新时期之初的文学繁荣。

---

① 这种现象其实也不止发生在江晓天身上。在搜集整理团中央"五七干校"的历史文献时,我们发现,除了当时保留下来的一些书信和工作日记以外,在人生的晚年,即便是撰写回忆文章,团中央"五七干校"的下放干部也极少回忆他们在干校的生活。倒是跟随他们下放的子女为我们留下了更多的史料。这是一个颇为值得注意的现象。就江晓天而言,不仅他自己回忆干校生活的文字极少,别人回忆他在团中央"五七干校"的文章也不多。目前所见,丁众撰写的不足千字的纪念文章《永远的忘年交》(收入《为你骄傲——忆江晓天》)可能是目前唯一一篇专门回忆江晓天干校生活的文章了。

② 王立道:《大善必有善终——缅怀江晓天同志》,刘锡诚、冯立三主编:《为你骄傲:忆江晓天》,作家出版社2009年版,第122页。

一、文学编辑室的掌门人

研究中国当代文学的学者可能不熟悉江晓天,但是,却不会不熟悉"十七年"时期的红色文学经典"三红一创,青山保林"。这八部经典的前四部"三红一创"即《红日》《红岩》《红旗谱》《创业史》都是由中国青年出版社出版的,而江晓天正是此时文学编辑室的主任。在江晓天担任文学编辑室领导期间,他们编辑出版了当代文学名著《红日》《红岩》《红旗谱》《创业史》《李自成》《烈火金钢》《阿诗玛》《白洋淀纪事》《风雷》《草原烽火》等;翻译出版了外国文学名著《牛虻》《卓娅与舒拉的故事》《凡尔纳科幻小说系列》等;此外还出版了曾经产生过重大影响的《革命烈士诗抄》,专门发表革命回忆录的丛刊《红旗飘飘》,普及中国古典文学知识的《中国古代小说选》《诗词选》《诗词例话》等。可以说,此时的文学编辑室创造了中国青年出版社文学作品出版的一个黄金时代。"从中国青年出版社50年代出版的书目看,从文学编辑室二十来位编辑的经历看,中国当代文学的第一次繁荣,他们是起了推波助澜的作用的。"[1]也因此,包括当代文学学者在内的读者不应该忘记为读者提供了这么多优秀文学作品的著名编辑家江晓天[2]。

可是谁又能想到,这位给中国青年出版社带来了巨大辉煌、出

---

[1] 王立道:《烛照篇——黄伊和当代作家》,青海人民出版社1995年版,第8页。
[2] 奇怪的是,2005年河南大学出版社出版的《20世纪中国著名编辑出版家研究资料汇辑》10卷,收录54位著名编辑出版家的研究资料,其中有江晓天文学编辑室的同事周振甫、萧也牧,但没有江晓天。2016、2017年,该出版社又出版了这套丛书的第11、12辑,补收著名编辑出版家10位,其中有中国青年出版社原社长、总编边春光,接替江晓天担任文学编辑室主任的阙道隆,依然没有江晓天。

版了大量文学名著的编辑竟然只是一个连初中都没有毕业的人，他甚至"从未想过自己会改行当编辑"①。江晓天，原名靳家保，1926年出生于安徽省定远县朱湾镇下靳家村。1941年辍学参加革命，在根据地当小学教员。1948年起，参与创办《新潍坊日报》、《青年文化》报、《山东青年》报，开始从事编辑工作。1951年调共青团中央出版委员会，参与创建青年出版社。青年出版社与开明书店合并后，担任中国青年出版社文学编辑室主任，时年27岁。

初创时期的文学编辑室面临着不少困难。首先是队伍的问题。二十世纪五十年代，中国青年出版社的编辑队伍主要是两部分人，"一是从青年团系统抽调来的干部，年轻，边干边学；一是由开明书店合并过来的，比我们年长些，有编辑工作经验"②。文学编辑室中从开明来的老编辑并不多，周振甫是最有影响的了，但他主要负责古代文学，使中国青年出版社在当代文学作品出版方面名声大振的主要是一些年轻的编辑，如萧也牧、黄伊、张羽、王扶、陈碧芳等。除萧也牧以外，这些编辑要么是刚刚参加工作的年轻大学生，要么是从青年团抽调上来的革命干部，普遍缺乏编辑经验。其次是资源问题。因为这些编辑之前大多不是从事文学工作的，因此与作家之间缺乏必要的联系和信任，作家们自然也不会想到把自己的作品交给他们出版。最后，还有一个比较重要的问题，即当时人们普遍认为中国青年出版社主要是以出版青年读物为主的综合性机构，其文学编辑室出版的也大多是青年英雄传记，"中

---

① 江晓天：《我是怎样开始当编辑的》，《江晓天近作选》，大众文艺出版社1999年版，第1页。
② 章学新：《振甫先生——永远的怀念》，张世林主编：《想念周振甫》，新世界出版社2011年版，第61页。

青社是靠青年文学读物起家的,主调是英雄主义和爱国主义"①。同时,"五十年代初,文学界曾有过一种'传记'非文学正宗之说②。"在这种背景下,中青社的文学编辑室自然很难组到高质量的文学作品。

为了打破这种局面,江晓天和他的同事们做出了很大的努力,也取得了十分明显的成效。首先是创建培养编辑队伍。对于一个出版社来说,作家作品自然重要,没有了作品,出版社的存在也就失去了意义。但是,工欲善其事,必先利其器。一个出版社,要想联系优秀的作家,出版优秀的作品,一个首要的条件是要有优秀的编辑。没有优秀的编辑,自然很难出版优秀的作品。为了建立一支优秀的编辑队伍,中青社领导为文学编辑室调进了当时已经受到严厉批判的作家萧也牧,刚从中山大学毕业的大学生黄伊,华东青年出版社的张羽,高中毕业生王扶,总政文化部的陈碧芳,开明书店的周振甫,俄文翻译陈斯庸、韦钟秀,印度归国华侨、英文翻译严绍端、施竹筠,法文翻译、震旦大学毕业生李震羽等。

有了人才,还要懂得培养和使用。担任编辑室主任期间,江晓天和萧也牧,"手把手地带出了张羽(《红岩》责编)、黄伊、毕方③(《创业史》第一卷责编)、王扶(后任《人民文学》副主编)等一批优秀编辑,形成了一个精诚合作的集体,在抓稿、编稿方面自有一

---

① 江晓天接受石湾采访时的说法。石湾:《红火与悲凉——萧也牧和他的同事们》,上海锦绣文章出版社2010年版,第161页。
② 江晓天:《愿传记文学之花盛开》,《文林察辩》,人民文学出版社1995年版,第213页。
③ 毕方:原名陈碧芳,在中国青年出版社期间任《红旗飘飘》编辑。1962年《红旗飘飘》停刊以后,转业到黑龙江作家协会任专业作家。1974年,与钟涛合作出版著名长篇小说《千重浪》。

套非凡的功夫"①。作为业务领导,江晓天对编辑们可谓是知人善任。"他之所以选择陶国鉴来当《红日》的责任编辑,是因为陶国鉴也曾是新四军,既熟悉这段历史,也怀有深情。"②"选择张羽做《红岩》的责任编辑,和他曾经编辑过作者们同一题材的回忆录有关,也和他刚刚编辑了反映狱中斗争的《王若飞在狱中》有关,但也与张羽的革命经历尤其是曾经参加过上海的地下斗争有关。"③《红旗谱》最初由张羽、萧也牧共同约稿,但最后做责任编辑的是"经历过晋察冀革命斗争、对梁斌所描写的冀中地区的斗争生活有所体会的萧也牧"④。《创业史》前期约稿、签订出版合同的工作是由黄伊担任的,因为"他热情、腿勤、能张罗,有一种奉献精神。当年文学编辑室外出约稿、团结作家的活儿,基本上是他干的"⑤。责任编辑则是由曾经从事过编辑工作、对文学作品也有着较高鉴赏水平的陈碧芳担任的。

虽然是编辑室主任,对业务也有着较高的理解,但是在编辑出版工作上,江晓天并不独断专行,而是充分支持编辑们的首创精神。中国青年出版社是以青年文学读物起家的,二十世纪五十年代初期,文学编辑室出版了不少在青年中引起了强烈反响的作品,如《刘胡兰小传》《董存瑞的故事》《高玉宝》《在烈火中永生》等。

---

① 石湾:《红火与悲凉——萧也牧和他的同事们》,上海锦绣文章出版社 2010 年版,第 186 页。
② 石湾:《红火与悲凉——萧也牧和他的同事们》,上海锦绣文章出版社 2010 年版,第 252 页。
③ 钱振文:《革命文学的加工厂:中青社对〈红岩〉的加工和修改》,郝振省主编:《名著的故事》,中国书籍出版社 2009 年版,第 45 页。
④ 钱振文:《革命文学的加工厂:中青社对〈红岩〉的加工和修改》,郝振省主编:《名著的故事》,中国书籍出版社 2009 年版,第 45 页。
⑤ 江晓天接受石湾访谈时对黄伊的评价。石湾:《红火与悲凉——萧也牧和他的同事们》,上海锦绣文章出版社 2010 年版,第 164 页。

但是后来,能够出版单行本的英雄传记或革命回忆录越来越少。这时候,黄伊、张羽、王扶、萧也牧等人策划出版革命回忆录丛刊《红旗飘飘》,江晓天知道后立即表示赞同。结果一炮打响。1962年停刊前出版16辑,1979年复刊以后又出版15辑,总印数达到450万册,在全国引起了巨大反响,成为几代青年人的思想启蒙读物。

人都是有感情的。作为领导,江晓天不仅在业务上对编辑们着力培养、妥善任用,而且在生活上也对他们关心照顾、满怀深情。江晓天回京参与中国青年出版社恢复工作的同时,王扶也从黄湖回到北京参加中国少年儿童出版社的复社工作。由于家人都在外地,王扶不仅要正常工作,还要一个人照看两个孩子。江晓天知道后,就每天下午把她的小女儿带回自己家替她照看。等到团中央大多数人回京以后,王扶又被要求到河北固安再把没有完整下放的时间补回来。得到这个消息以后,已经调离中国青年出版社的江晓天又设法把她调回北京,安排她在《人民文学》杂志社工作。在得知《草原烽火》的责编唐微风去世的消息以后,江晓天专门撰写了一篇文章纪念这位"无名英雄":"如果说'编辑是无名英雄',唐微风的名字应该无愧地列在其中,他是位不该被历史遗忘的人。"[①]

由于以上原因,江晓天获得了同事们的普遍认可,在文学编辑室具有很高的威望。在同事们眼里,江晓天"具有较强的政治敏感和洞察力,有精密细致的组织能力,以干练的作风,团结友爱的精神,领导了这一战斗的集体,和大家一起,同甘共苦,苦心经营,爱护集体的荣誉,在漫长的战斗岁月中,十年如一日,勤勤恳恳,默默无闻地使这个编辑室变成了团结作家的中心"[②]。由于江晓天强

---

① 江晓天:《不该被遗忘的人》,《出版史料》2003年第1期,第55页。
② 黄伊:《作嫁篇》,山西人民出版社1986年版,第252页。

烈的凝聚力与亲和力，同时也由于二十世纪五十年代中国社会蓬勃向上的进取风尚，整个文学编辑室形成了一种十分浓厚的团队精神。"作为面向青年的综合性出版社，在文学作品出版方面能创造这样丰硕的成果，不能不归功于青年团中央的重视，归功于中国青年出版社有个既精通业务又有责任心的领导班子，尤其在文学编辑室，兵精将练，团结一心，充满朝气，有十分强烈的敬业精神。"①这种团结敬业的精神后来一直让他们感到骄傲。"编辑室是一个团结融洽的集体，真是全心全意为作家服务，把出的每一本好书，都当成每个编辑的职责和荣誉"②，"至今还有一些老同志非常赞赏当年的那种团队精神"③。

有了过硬的编辑队伍以后，接下来的任务就是团结作家、出版作品。在这一方面，江晓天提出了"发现一流作家，编辑出版一流作品"的"大一流"方针。所谓"发现一流作家"，主要是发现、培养新人。因为大家普遍认为中国青年出版社主要以出版青年文学读物为主，那些已经成名的作家大都不太愿意把自己的作品交给他们出版。要改变这种状况，就必须把主要精力集中到发现和培养青年新作者上。发现新人的第一次行动开始于1956年3月召开的第一届全国青年文学创作会议。为了迎接这次会议，江晓天和萧也牧、陈碧芳三人到全国各地了解青年作家的创作动态，努力开辟稿源。同时，江晓天选派善于交际、活动能力较强的黄伊和张

---

① 王立道：《烛照篇——黄伊和当代作家》，青海人民出版社1995年版，第37—38页。
② 毕方接受石湾采访时的感叹。石湾：《红火与悲凉——萧也牧和他的同事们》，上海锦绣文章出版社2010年版，第173页。
③ 王久安：《编辑大家 出版功臣——痛悼江晓天同志》，刘锡诚、冯立三主编：《为你骄傲：忆江晓天》，作家出版社2009年版，第117页。

羽,作为大会的工作人员,一方面参加大会的工作,一方面加强与青年作家的联系,争取组稿。经过两人的不懈努力,他们和与会青年作家签订了数十份约稿合同,并借鉴苏联经验向作家预付了定金。青创会结束以后,中国青年出版社当年就出版了一套10卷本《青年文学创作选集》,包括:小说选辑《粮食》《一年》《一心入社》《在冬天的牧场上》,诗歌选辑《我们爱我们的土地》,散文报告选辑《枫》,戏剧选辑《草原民兵》《挡不住的洪流》,儿童文学选辑《海滨的孩子》,说唱文学选辑《江边游》。由于两位编辑在这次会议上的出色表现,中国青年出版社团结了一大批青年作家,出版了一大批优秀文学作品,实现了文学编辑室工作重点从出版翻译作品到出版原创文学作品的转变。

为了团结作家,出版一流作品,江晓天采取了很多办法。第一,凭借自己对作家创作水平的判断及其创作动态的了解,提前与作家联系,预定作品。1952年,著名作家柳青辞去《中国青年报》文艺部主任的职务,到陕西省长安县落户。江晓天得知这一消息以后,预感到一部重要的作品将从柳青笔下问世。他马上派善于交际的黄伊到长安县向柳青组稿,临行之前还叮嘱黄伊,其他工作都可以不做,只要把这部作品约到手,就是大功一件。黄伊果然不负重托,最终成功与柳青签订了约稿合同。1955年,江晓天、萧也牧、陈碧芳到湖北组稿时,专门拜访了姚雪垠。在得知姚雪垠正在工厂深入生活时,就与他签下合同,计划出版一部反映公私合营纺织厂女工生活的长篇小说。虽然因为各种原因,这部作品后来未能问世,但是,江晓天及中国青年出版社却由此与姚雪垠结下了深厚的友谊,为此后长篇小说《李自成》的出版以及中国青年出版社的复业奠定了基础。第二,借鉴苏联经验,预支定金,甚至预支稿费。第一次青创会上,黄伊、张羽预支定金的做法,让作家们感到很是新鲜,一致称赞中国青年出版社组稿的真诚。1956年,姚雪垠患病,急需用钱,经臧克家转告,中国青年出版社随即寄去500元。"当时物价低,这笔钱颇能济燃眉之急。这是对作家雪里送炭的工作,青年出版社做得好,根本不问我什么时候有稿子给他们。"①1961年,柳青所在的皇甫村要架高压线、装变压器、立电线杆,因为村里没钱,柳青向中国青年出版社预支了《创业史》第二部5500元的稿费。这些事现在都成了文学史上的美谈。第三,"在抓'大一流'中又特别注意抓大题材的长篇小说,也就是抓深刻生动地反映社会、着力塑造概括时代精神的艺术人物形象,表现手法有创新的作品,叫'抓大盘'"②。对于这些重点作品,文学编辑室往往投入大量的人力和工本。邀请作家进京,给他们提供专门的空间以便他们集中精力进行创作和改稿,有时候还会专门派出编辑帮助作家进行修改。修改《李自成》第二卷时,姚雪垠带着夫人王梅彩住在幸福一村中国青年出版社的宿舍,就在江晓天家隔壁。在作品的修改与定稿过程中,姚雪垠与江晓天断断续续进行了长达一年多的反复讨论。在《红岩》的创作、修改过程中,中国青年出版社也多次邀请罗广斌、刘德斌、杨益言进京改稿。

中国青年出版社文学编辑室在"十七年"时期之所以能够取得突出的成就,除了编辑们的认真工作、团结奋进,江晓天的领导有方、个人魅力,还有一个更为根本的原因是,他们的工作方案和努力方向与那个时代取得了高度契合。在江晓天的工作思路中,

---

① 姚雪垠:《学习追求五十年》,《新文学史料》1982年第4辑,第81页。
② 王一地:《风雨中的关照——怀念晓天大哥》,刘锡诚、冯立三主编:《为你骄傲:忆江晓天》,作家出版社2009年版,第112页。

最核心的两点是重视文学新人、出版重大题材的长篇小说。这两点可以说与"十七年"时期的文学主流意识形态十分合拍。就作家队伍而言,"来自解放区的作家(包括进入解放区和在解放区成长的两部分)和四五十年代之交开始写作的青年作家,是这一时期作家的主要构成"。在题材方面,"'题材'被认为是关系到对社会生活本质'反映'的'真实'程度,也关系到'文学方向'的确立的重要因素","在小说体裁上,这一时期趋向于关注它的'两极',即短篇小说和长篇小说","对于长篇,把握生活素材的规模和容量,是受到重视的一个主要因素"①。从洪子诚对"十七年"时期文学意识形态的分析来看,中国青年出版社重点出版青年作家关于重大红色题材的长篇小说,可以说是准确把握住了当时的意识形态追求。这与江晓天从15岁起就参加新四军的革命经历密不可分。

二、新时期文学评论的参与者

1975年11月,因为不同意当时出版社领导的一些做法,江晓天被迫离开中国青年出版社,调入中国外文出版发行事业局下属的《中国文学》杂志社,但其还是被中国青年出版社借调参加姚雪垠的长篇小说《李自成》第二卷的修改、定稿、出版工作。《李自成》第二卷出版以后,1977年江晓天被调入文化部政策研究室任主任。1982年,经中共中央书记处批准,江晓天担任中国文联书记处书记兼文艺理论研究室主任。在此期间,他团结带领自己周围的文学评论家,同时自己也身体力行,积极推动新时期中国文学的恢复和繁荣。

---

① 洪子诚:《中国当代文学史》,北京大学出版社1999年版,第30、81、84页。

在团结批评家方面,他率领的中国文联理论室,涌现出了顾骧、郑伯农、刘梦溪、林涵表等著名文艺评论家。他们与中国作协的季红真、曾镇南、唐达成、陈丹晨、刘锡诚、雷达,中国社科院文学研究所的朱寨、张炯、何西来、刘再复等,形成了二十世纪八十年代前期中国文学批评界的三大重镇。在具体的文艺评论方面,他出版了《文林察辩》等文艺评论著作;作为评委,他多次参与茅盾文学奖、全国优秀中篇小说奖的评奖工作;主编《中国新文艺大系(1976—1982)·中篇小说卷》并撰写了长篇导言。无论是担任评委评选作品,还是担任主编编选作品,显示的都是一个人对文学作品的分析评判能力。所以下文重点对江晓天这一时期的文学批评做一简要概述。

　　他是主流意识形态的引导者。从江晓天在新时期评论的作品、他所征用的理论资源、发表文章的主要报刊及其文章的主要内容等四个方面可以看出,江晓天在新时期的主要角色与其说是一个批评家,不如更准确地说是主流意识形态在文学领域的一个引导者。他评论或关注过的作品中,后来在文学史上还经常被人们提到的有:《创业史》《李自成》《冬天里的春天》《将军吟》《许茂和他的女儿们》《芙蓉镇》《犯人李铜钟的故事》《开拓者》《赤橙黄绿青蓝紫》《人到中年》《高山下的花环》《那五》《黑骏马》《人生》《乔厂长上任记》《乡场上》《花园街五号》《今夜有暴风雪》《我的遥远的清平湾》等。在这些作品中,他真正专篇评论过的只有《李自成》和《创业史》。他专篇评论的其他作品,如《战争和人》《无定河》《戊戌喋血记》《长江三部曲》《枫香树》《春江风雨》《沙陀情暖》等,现在恐怕连名字都已经无人记起了。这里面可能有人情的成分。他不是一个专业的评论家,一般不会专门花时间去评论一部作品,他撰写评论文章,除了意识形态工作的需要,大概就是受人之托了。虽然如此,我们还是能够从这些作品中看到他的倾向性：他所关注评论的主要是那些书写重大题材，与主流意识形态保持一致的现实主义作品。

在评论这些作品时，江晓天所使用的理论资源主要来自马克思、恩格斯、列宁、毛泽东等无产阶级革命领袖和鲁迅这位在中国现代文学史上被主流意识形态和知识分子普遍接受的著名作家。我们统计论文集《文林察辨》，他在文中共征引文献21次，其中，引用《马克思恩格斯选集》10次、《鲁迅全集》4次、《毛泽东选集》3次、《列宁选集》2次。在发表文章时，江晓天显然是对刊物有所要求的，除了个别篇目（因为人情关系）外，他的文章主要发表在《人民日报》《光明日报》《文艺报》等主流刊物上。这些刊物可以最大范围地扩大文章的影响，但江晓天更为看重的恐怕还是它们在意识形态领域中的主导地位。在论文的主要内容上，除了对作品本身进行思想艺术的评论以外，他还试图在文学创作和评论方面有所倡导，如《"争鸣"应是一种探讨》《进一步解放"艺术生产力"》《把最好的精神食粮贡献给人民》《文艺方向需要有立法上的保证》《评论应面向大众，有所倡导》等。

他长于形势判断，疏于艺术分析。实事求是地说，江晓天是一个优秀的文学艺术领域的组织者、领导者，同时也是一个优秀的文学编辑，但是，从他的批评文章来看，他并不是一个优秀的文学批评家。这样说，并非是对江晓天的不尊重。一方面，人的能力是有限的，很难有所谓的全才；另一方面，江晓天的绝大部分精力都用在了行政领导和文学编辑上，对他来说，"写点评论文章，或是工作需要，或是受小说家朋友之托，总之是业余为之"[①]。

---

① 江晓天：《后记》，《文林察辨》，人民文学出版社1995年版，第238页。

对文学思潮、文学现象的宏观理解与分析是江晓天的优势。为《中国新文艺大系(1976—1982)·中篇小说卷》撰写的序言十分突出地表现了这一点。在这篇很长的序言里,他首先对1976—1982年间中篇小说的成绩做出了判断:"我们将新时期以来中篇小说的迅猛发展称做'中篇小说的崛起'",而后又指出了"崛起"的四个原因。首先是新时期的历史条件。"新的时代思想和新的社会生活""为新时期以来中篇小说的崛起和繁荣提供了最根本、最深厚、最坚实的思想、生活和艺术条件"。其次是中篇小说的体裁与新时期读者的阅读需求相契合。短篇小说能够迅速反映生活,但生活容量不够丰厚;长篇小说能够较为深广地反映生活,思想内容丰厚宏大,但创作时间较长,不能及时提供给读者;中篇小说则兼有两者之长,"既能迅速及时地反映现实生活,又能包容较广阔的生活内容和较深厚的思想内容"。再次,一些比较活跃的中年作家已经积累了较为深厚的生活素材,短篇小说已经难以容纳,作者又不想将其分散到多个短篇小说中,完整而有分量的中篇小说成了一些作家的优先选择。最后是文学刊物的支持。"众多的大型文学刊物为中篇小说创作提供了适时的发表园地。"①江晓天的这一分析在40年后的今天看来,依然站得住脚。最著名的中国当代文学史著作之一、洪子诚著《中国当代文学史》对这一时期中篇小说崛起原因的分析也基本上沿用了江晓天的这种判断。

以现在文学批评的水平来看,江晓天撰写的评论文章的确比较粗疏。《新时期长篇小说创作的新发展》大体上体现了他评论文章的总体风格和思维模式。这篇文章分为四个部分,分别论述了六部

---

① 江晓天:《新时期中篇小说的崛起》,《文林察辨》,人民文学出版社1995年版,第19—25页。

首届茅盾文学奖获奖作品的思想内容、人物塑造、艺术技巧和作家修养。在思想内容上强调生活面的阔大和时代感的浓厚,在人物形象上强调以"人是社会关系的总和"为标准塑造典型的人物形象,在艺术技巧方面主要分析小说的结构剪裁、环境描写、语言水平、细节处理等内容,在作家的修养上突出作家的思想认识水平和现实生活积累。如果把这些内容作为一般性的文学理论,去分析一个时期的文学现象,它的概括性和理论洞察力是不可否认的。但是,如果这样去分析某一部具体的文学作品,尤其是反复使用这种思路去分析不同的文学作品时,就会让人产生粗疏甚至机械的印象。

如果我们对江晓天的文学观进行一个简单的总结,可以将其称之为包容而又正统的现实主义文学观。他在文学观念上的包容,一方面与他的个性有关。在他去世后,中国文联对他的评价是:"为人低调,待人真诚,平易近人,淡泊名利,廉洁奉公,耿直坦率,作风正派。"[①]另一方面也与他的人生经历有关。从参加革命开始,他一直从事文化教育工作,先做教师,后做编辑,对文化艺术的规律比较了解。同时,二十世纪六七十年代因言获罪、女儿去世的遭遇也让他对极"左"的做法比较抵触。他文学观念上的包容,表现在很多方面,这里仅举两个例子。《桑树坪纪事》在对社会问题的揭示方面是比较尖锐的,但是他依然在《人民日报》上发表评论文章,称它为"艺术上有特色、思想上有深度的现实主义的成功之作"[②]。在文学观念上,他是主张现实主义的,但是对西方的一些艺术方法也并非完全排斥,在编选《中国新文艺大系(1976—1982)·中篇小

[①] 郑伯农:《怀念江晓天同志》,刘锡诚、冯立三主编:《为你骄傲:忆江晓天》,作家出版社2009年版,第65页。
[②] 江晓天:《喜读〈桑树坪纪事〉》,《文林察辨》,人民文学出版社1995年版,第238页。

说卷》时,就选入了王蒙的意识流短篇小说《蝴蝶》和《布礼》。

但他毕竟是一个正统的现实主义文学事业的组织者和领导者,所坚持的依然是正统的现实主义文学观。这不仅表现在他所评论的文学作品上、征用的理论资源上,而且表现在他所讨论的理论问题和他所坚持的理论姿态上。比如,他经常思考的一个问题是历史真实与艺术真实的问题。在历史真实性的问题上,他允许细节的虚构,但是坚持历史的真实,并且要求作家以历史唯物主义把握本质真实,最后达到历史真实与艺术真实的和谐统一。他所讨论的另一个理论问题也是现实主义文学经常面临的问题——普及与提高。他认为,普及与提高的问题是毛泽东对马克思主义文艺理论的一个创造性发展,普及与提高不可分割,一方面要注重精品,同时又不能排斥普及。当八十年代出现否定《创业史》和《李自成》的声音时,他毫不犹豫地站出来为这两部作品同时也为两位作者进行辩护,发表了《也谈柳青和〈创业史〉》和《历史将继续证明——谈姚雪垠和〈李自成〉》。他所辩护的不仅是他当年所从事的事业,同时也是现实主义的文学道路。

综观江晓天一生所从事的文学工作,他始终以主流意识形态的要求规范自己,努力以自己的工作服务自己所处的时代,在"十七年"时期和二十世纪八十年代为中国当代文学的发展和繁荣做出了自己的贡献。所以,当我们纪念江晓天的时候,不仅是把他作为曾经闪耀在黄湖夜空的一颗明星来纪念,同时更是"把他当作一个尚未被人们所完全认识的、有功业作支持的文学编辑出版家、文学评论家、文学活动组织家,一个道德高尚、为多事的文坛提供了团结范例的人来纪念的"[①]。

[①] 冯立三:《我得兄事之,幸也——晓天逝世周年祭》,刘锡诚、冯立三主编:《为你骄傲:忆江晓天》,作家出版社2009年版,第164页。

白桦研究的意义、现状与可能

一、文学史影响与创作状况

在新时期的中国文学史上,白桦是一个十分重要的存在。这种说法可以从以下几个方面得到印证。

第一,在文学史上具有重要影响。

当我们提到白桦的时候,首先想到的可能就是他的电影文学剧本《苦恋》在二十世纪八十年代初受到批判。"从剧本发表的1979年9月到1981年10月,围绕这部电影持续了两年的争论,并在文坛上激起了一场轩然大波。"①"《苦恋》风波"以及同时期的一些文学事件一起构成了八十年代文学思潮跌宕起伏的朵朵浪花,让我们看到中国文学在八十年代的发展不仅有"黄金时代"的辉煌与高峰,同时还有充满争议的暗影与低谷。这对于理解八十年代文学而言显然具有重要的意义。

其实,白桦具有影响力的作品并不只有《苦恋》,也并非从《苦

---

① 徐庆全:《〈苦恋〉风波始末》,《南方文坛》2005年第5期。

恋》开端。其中篇小说《山间铃响马帮来》在《人民文学》1953年第3期发表以后,就引起了很大反响。这篇小说后来被电影导演王为一改编成了电影,1954年由上海电影制片厂摄制完成,影响更加扩大;2010年又由浙江博纳影视制作有限公司改编为电视剧,可见影响的深远。

白桦创作于1981年的话剧剧本《吴王金戈越王剑》,1983年由著名话剧表演艺术家蓝天野执导,于北京人民艺术剧院正式公演,"观众反映很好,演艺界也反应热烈"[①]。但是,由于该作品被一部分人视为存在"映射现实"的嫌疑,再加上"《苦恋》风波"的影响,在当时还是产生了较大的争议,白桦甚至还因此在武汉军区受到大半年的批判。2014年,该剧又一次由北京人民艺术剧院搬上舞台,2015年还参演了上海国际艺术节。

从以上三部作品及其影响来看,说白桦是新时期文学史上具有重要影响的作家,当非过誉。

第二,创作时间长,创作体裁多,作品数量大。

根据陶广学《白桦研究》提供的史料,白桦的第一部文学作品应该是1946年发表于信阳《中州日报》[②]上的诗歌《织工》。从这首诗算起,到发表于《上海文学》2014年第3期上的组诗《鲜花一束》,白桦的文学创作持续了将近七十年的漫长历程。从这个意义上说,白桦的文学创作史几乎就是一部中国当代文学史。

[①] 蓝天野:《〈吴王金戈越王剑〉是怎么搬上舞台的》《北京晚报》2014年6月27日。

[②] 关于第一部作品发表的时间和报刊,白桦自己的说法是"我十五岁开始写作,那是抗战刚刚胜利之后,在《豫南日报》上发了第一首诗,名字记得很清楚,叫《织工》"。白桦、陈仓:《"田野白桦静悄悄"(访谈)》,《西部》2015年第11期。

白桦的重要性不仅体现在他创作历史的长久上,更体现在他创作体裁的多样和作品数量的丰富上。现代文学的四种主要体裁诗歌、散文、小说、戏剧,白桦都有所涉猎,而且表现不俗。2010年上海文艺出版社出版的四卷本《白桦文集》,收录了作家的诗歌、散文、小说、戏剧作品共计240余首(篇、部),四卷本文集厚达2 564页,总字数多达142万字。这还不包括没有收录到文集中的不少作品以及2010年以后的新作,这其中就有《小鸟听不懂大树的歌》《爱,凝固在心里》《溪水,泪水》《哀莫大于心死》《流水无归程》《苦悟》《每一颗星都照亮过黑夜》《一首情歌的来历》等8部长篇小说。

　　第三,很多作品在创作的当时并没有发表。

　　虽然白桦的创作数量很大,但是,他的很多作品在创作的当时并没有发表。也是由于这样的原因,我们现在还不清楚白桦到底创作了多少作品,不知道将来有没有可能把他的所有作品都整理出来,为作家出版一套全集。由于其很多作品尚未发表,从严格的意义上说,对于中国当代文学史而言,他的这些作品也就可以归为"潜在写作"。这种现象在新时期的中国文学史上似乎并不多见。所以,白桦研究对于中国当代文学史研究而言,不仅意味着史料的增加,同时也意味着研究视野的开拓。

二、白桦创作的研究现状

　　对于这样一位创作时间很长、作品数量巨大,而且在文学史上具有重要影响的作家,学术界的反应又是怎样的呢? 根据陶广学《白桦研究》提供的资料以及笔者在中国知网上查阅的数据,截至

2016年6月12日,以白桦及其作品为主题的研究论文不足70篇,其中高质量的论文更少,而且这些论文的写作几乎全部集中在八十年代。这样的研究现状与作家几乎贯穿一生的创作经历和数量惊人的创作成果,以及作家在新时期文学史上的重要影响相比,是严重不相称的。

这不足70篇的研究论文,主要集中在以下几个方面:

第一,八十年代对《苦恋》的批判以及九十年代后期以来对"《苦恋》风波"的历史梳理,如《解放军报》特约评论员文章《四项基本原则不容违反——评电影文学剧本〈苦恋〉》,唐因、唐达成《论〈苦恋〉的错误倾向》,张光年《1981年批判〈苦恋〉的前前后后》,徐庆全《〈苦恋〉风波始末》等。在"《苦恋》风波"中,公开表态的文章主要是批判性的,《解放军报》的文章认为,《苦恋》"散布了一种背离社会主义祖国的情绪",是"借批评党曾经犯过的错误以否定党领导下的社会主义国家,否定四项基本原则","它的锋芒是指向党,指向四项基本原则的"[①]。唐因、唐达成的文章虽然对《苦恋》也持一种批判态度,但是措辞上显然要严谨、委婉一些,认为《苦恋》"在一系列重大原则问题上,表现出严重的错误;而最根本的,是对党、对社会主义采取了完全错误的态度"[②]。张光年的文章其实是他当时的日记,是对这一事件的原始记录。徐庆全的文章通过大量的史料,梳理了从1979年9月到1981年10月两年间整个事件的发展过程,以及在此过程中各方力量的角力。

第二,八十年代对《曙光》《今夜星光灿烂》《吴王金戈越王剑》

---

① 特约评论员:《四项基本原则不容违反——评电影文学剧本〈苦恋〉》,《解放军报》1981年4月20日。

② 唐因、唐达成:《论〈苦恋〉的错误倾向》《文艺报》1981年第19期。

等剧本的评论,如读者来稿《戏剧创作反映两条路线斗争的探讨——对话剧〈曙光〉的不同意见》、冯牧《让灿烂的星光照亮人们的心——和青年朋友谈〈今夜星光灿烂〉》、顾骧《史笔·哲理·诗情——〈吴王金戈越王剑〉散论》等。对于《曙光》,当时的评论主要探讨的是它在路线斗争书写、人物形象塑造等几个方面取得的成就。《今夜星光灿烂》的评论文章关注的主要是情节的真实性、剧本的艺术特色等内容。《吴王金戈越王剑》在当时曾经引起了一定程度的争议,争议的焦点是这出戏的后两场存在着"映射现实"的嫌疑。

第三,九十年代中后期以来对白桦单篇具体作品的解读,如李清霞《浓缩的历史 神光的蕴藉——重读白桦的〈呦呦鹿鸣〉》、蓝芒《文学呼唤激情和想象力——读白桦〈蓝铃姑娘〉小说二题》、国家玮《摩古拉隐喻的嬗变:从〈召树屯〉到〈孔雀公主〉》、沈栖《中国知识分子的思想宣言——读白桦长诗〈从秋瑾到林昭〉随感》、陶广学《问世间,情为何物——论白桦〈一首情歌的来历〉》、刘千秋《文明人的"野蛮"与野蛮人的"文明"——试析〈远方有个女儿国〉的反乌托邦叙事》等。在白桦研究中,具体文学作品的解读和研究是一项基础性的工作,只有在对具体的文学作品进行研究的基础上,白桦研究才能得以扎实地推进。但是,这些解读性文章,关注的主要是新时期以来白桦发表或出版的一些具体作品,大多层次不高,也不成体系,因而也没有产生多大的学术影响。

第四,关于白桦文学创作的整体研究,这一类研究的文章数量极少,目前所见只有谢冕《孔雀已经归来:论白桦的诗》,陶广学《白桦先生主要文学创作活动系年》《试论白桦小说的"讲故事"叙事艺术》《白桦的飞鸟情结》,梁维东《论新时期白桦小说的文化反思品格》《白桦小说审美内涵浅探》等几篇。这些文章或者梳理白桦的文学创作历程，或者评论白桦五十年代和新时期之初的诗歌，或者研究其作品的思想内容，或者评价其作品的艺术特点。研究功夫都相当扎实，但是数量太少。

通过对白桦研究相关成果的分析可以知道，关于白桦的研究几乎可以说是始终没有真正展开。值得深思的一个问题是：面对一位有着重要的文学史影响，创作历程几乎贯穿一生，文学创作体裁多样、数量惊人的作家，评论界、学术界何至于如此沉默呢？这里面的确存在着我们需要回避的一些问题，但是，何至于因为一些"莫须有"的问题而集体性地退避三舍、敬而远之呢？

三、进一步研究的几个方向

但是，如果真的要实质性地开展白桦研究，又应该从哪些方面着手呢？通过长期对《白桦文集》的阅读和相关问题的思考，我们提出以下这些问题和研究方向。

第一，白桦文集的搜集与整理。

现在白桦文集已经出过两个版本，分别是长江文艺出版社1999年版和上海文艺出版社2010年版。后者在前者的基础上又增收了不少作品，但是很显然，依然有很多作品没能收录进去。这里面自然有现实的一些考虑，但是，似乎也并非完全如此。举例来说，在大陆出版的7部长篇小说中上海文艺版只收录了《妈妈呀，妈妈》《远方有个女儿国》两部；第二卷的中短篇小说集也只收录了18篇作品，这恐怕还不到他中短篇小说总量的三分之一；根据陶广学《白桦研究》提供的资料，白桦创作了近三十部各类文学剧本(包括与人合作),而第四卷的文学剧本则只收录了8部;第三卷诗歌散文随笔集共收录短诗149首、长诗6首、散文随笔51篇,而根据陶广学《白桦研究》的数据,他在大陆公开出版发行的诗歌散文随笔创作谈数量达到了330余首(篇),也就是说,至少还有三分之一的这类作品没有被收录进来。

综上所述,现在收录作品最全的白桦文集也大约只收录了白桦文学作品总数的一半不到。文献整理的现状对于白桦研究的进一步推进显然是远远不够的。如果考虑到有些作品白桦可能从来没有发表过,而作家本人也已进入暮年,那么,抓紧时间整理出一套尽可能全面的白桦文集来可能是一项十分重要而又紧迫的工作。

第二,白桦具体文学作品研究。

照理这方面的研究应该不存在问题,这些作品都已经在大陆公开发表或出版了,评论和研究还会有什么问题呢?但从目前的情况来看,这方面的成果不仅数量很少,而且论文发表的刊物也普遍层次不高。这一状况让人感到费解。

白桦的10部长篇小说中,在大陆已经发表或出版的有:《妈妈呀,妈妈》(《收获》1984年第4期)、《小鸟听不懂大树的歌》(《清明》1985年第1期)、《爱,凝固在心里》(中国青年出版社1986年版)、《远方有个女儿国》(人民文学出版社1988年版)、《苦悟》(作家出版社1996年版)、《每一颗流星都照亮过黑夜》(中国青年出版社1998年版)、《一首情歌的来历》(上海文艺出版社2005年版)等7部。在其中短篇小说中,《山间铃响马帮来》《一个无铃的马帮》《一束信札》《啊!古老的航道》《一个渔把式之死》《遥远的故乡》《五个少女和一条河》《呦呦鹿鸣》《标枪》及《蓝铃姑娘》等"边地系列小说"也是值得关注和研究的。长诗《鹰群》《孔雀》《壮丽的凋谢》《颂歌,唱给一只小鸟》《追赶太阳的人》《从秋瑾到林昭》,组诗《二重奏》《江上雨中行》《十四行短诗 11 首》《蓝海中的绿岛》《鲜花一束》以及他的一些富有特色的短诗也值得引起注意。对于其数量丰富、质量上乘的各种剧本,除了八十年代的那些评论文章之外,几乎见不到任何评论和研究的文字。除了这些之外,白桦的散文和杂文也值得重视。

第三,白桦的文学观。

上文说过,白桦是一位创作时间很长、作品数量巨大,而且在文学史上具有重要影响的作家。对于这样一个作家而言,自然会有一套属于自己的相对成熟的文学观念作为文学创作的支撑。所以,如果要对白桦进行较为深入的研究,文学观的梳理与探讨自然是一个较为基础也较为重要的工作。然而,就目前所见,这似乎仍是一个空白。根据陶广学《白桦研究》中的"白桦作品年表",白桦本人至少发表过六十多篇文学评论和创作谈。通过对这些文献的梳理与解读审视他的一些代表性文学作品,再参考他波澜壮阔的人生经历,可以对白桦的文学观予以一个基本的描述。

第四,白桦文学创作中的启蒙意识。

通过对《白桦文集》中一些文学作品和相关文献的阅读,大体上可以认为白桦是一个启蒙意识比较浓厚的作家。相关的作品和文献很多,略举几例:《苦恋》《吴王金戈越王剑》《妈妈呀,妈妈》《远方有个女儿国》《鲁迅五十周年祭》《被放逐到鲁迅先生身边的时候》《我和胡风短暂而又长久的因缘》《没有突破就没有文学》《文学在思想解放运动中的作用》《文艺管理体制要改革:时代在呼唤作家》《文学创作必须自由》等。白桦的启蒙意识是如何形成的?经过了怎样的发展变化？这种启蒙意识有何特点？对他的文学创作和文学生命产生了怎样的影响？这一系列问题，都值得深入探讨。

第五，新时期以来白桦的创作心态。

在阅读白桦1984年的诗歌创作时，有一个特别突出的感受：诗中充满了一种孤独的人生体验，当这种体验通过诗歌的形式表达出来的时候，这种诗歌在形式上就突出地表现为"独语体"和现代主义色彩。由1984年的诗歌向前回溯，读其长篇小说《妈妈呀，妈妈》，向后看了他1985、1986、1987年的诗歌，我们想了解的是：自新时期以来，经历了八十年代初期对"文革"极"左"思潮的批判和新启蒙思潮的影响，体验了《苦恋》《吴王金戈越王剑》引发的争议和批判，直到后来风平浪静，却又遭遇了更加长久的边缘与孤独，在此过程中，白桦的创作心态发生了怎样的变化、这种变化对他的创作产生了怎样的影响？

第六，白桦与新时期文学思潮。

在新时期之初，白桦与中国重要的文学思潮之间基本上还保持着比较紧密的关联，其创作也不断引起关注和争议。然而，进入九十年代之后，虽然他依然保持着较为强劲的创作态势，但是，关于其作品的评论基本上是一个空白，这大概也是他反复陈说"孤独"的一个原因。这样一种只有创作而没有相关评论的现象，从文学史的角度来看，我们应该如何理解？如果撰写新时期以来的文学史，应该给予白桦及其创作一个什么样的历史定位？现在的文学史叙述基本上是不提白桦的文学创作的，这样的文学史对于白桦而言是否公平？这样的文学史是不是一个全面合理的文学史叙述？如果将白桦及其创作放入新时期以来的文学史叙述中来，是否有可能给文学史研究提供一种新的视野？

自我形象的文学塑造
——白桦八十年代诗歌释读

对于一些自我主体性较强的诗人而言，其诗歌创作在一定程度上可以视为诗人对自我历史形象的塑造。中国文学史上的屈原形象在很大程度上就来源于他的《离骚》。因为一些特殊的原因，我们对新时期以来诗人白桦的内心世界了解并不太多，学术界的研究也乏善可陈。就作家研究而言，通过诠释其特殊时期的文学作品以构建作家的文学史形象，应该是文学史研究中的一项基本工作。在本文中，通过解读白桦八十年代的诗歌创作，并结合相关的历史文献，勾勒并辨析白桦在八十年代对自我形象的一种塑造，以此纪念这位具有特殊历史意义的作家。

一、创伤

因为众所周知的原因，白桦在八十年代初期遭受了一次较为严重的心理创伤。这一创伤性心理事件成为白桦在八十年代乃至晚年所有文学创作的一个心理背景。我们在解读其八十年代的诗歌创作时自然应该由此开始。

在整个八十年代,这个创伤仿佛一个魔咒,一直紧紧地追随着白桦,白桦也一直对这个创伤念念不忘。在白桦八十年代的诗歌中,最早以这一事件为表达主题的是他创作于1980年的《船》。在这首诗中,他以一种形象化的语言表达了这件事带给他的猛烈冲击:"我有过多次这样的奇遇/从天堂到地狱只在瞬息之间。"①"天堂""地狱""瞬息"这样的词汇十分形象地表达了这一事件给诗人带来的心灵震撼。1985年,日本女演员中野良子陪同诗人到云南旅游,对诗人进行了劝说。面对友人真诚善意的劝慰,白桦写了一首《送别》的诗给中野良子,其中有这样的诗句:"谁都会劝说他人不要忧伤/但谁也不能给他人以快乐。"这两句诗似乎给人一种不听劝说的意思,但也正是因为如此,它才更真实地表达了这件事在诗人生命中的位置:它似乎成了诗人在很长一段时间内都无法迈过去的一个坎儿,它横在那里,成了诗人心中难以拔除的一根刺。这一点在白桦创作于1986年的《箱根鸟笛》中表现得更为突出。在这首诗的前半部分,诗人营造了一种十分温馨的氛围,勾勒了一个十分清新的画面:"披着芦之湖诗一般的秋色/箱根的卖笛人在呼唤我/木雕的鸟笛蹲在他的手上/高唱着《北国之春》。"但是,就在这样一个温馨而又清新的氛围中,诗人却猛然插入了一个十分不和谐的音符。外婆用慈祥的声音告诉"我":"千万不要跟着卖笛儿的人走/他会把你拐到荒野把你杀死。"这个音符可以视为一个象征:诗人在多么温馨的环境中都难以忘记心中的创伤。然

---

① 白桦:《白桦文集》卷三《船》,上海文艺出版社2009年版,第251页。本文所引用的白桦诗歌作品均来自上海文艺出版社2009年版《白桦文集》卷三,文中仅列篇名,不再另注。

而,更加令人奇怪的是,尽管有"外婆"那令人战栗的警告,儿童却依然不相信卖笛人会是凶手。于是,"我像梦游者那样迎着笛声走去/身不由己地踏着歌儿的节拍"。从诗人的人生经历来看,这显然也是一个寓言:在人生的旅途中,自己忘记了智者的忠告,不小心卷进了历史的漩涡。1987年4月,诗人再一次来到自己心灵的故乡——云南。这一个月里,他每天写一首诗,并以当天的日期命名。在前面十几天的创作中,诗歌的基调都是轻松快乐的,甚至有一瞬间让人怀疑他是不是已经走出了当年的心理创伤。比如《四月·九日》中的这样一段:"一夜之间,仅仅是一夜之间/我就发芽并挺立于万木之上了/舒展开无数双手臂/去捕捉每一线洞穿黑暗的阳光/一夜之间,仅仅是一夜之间/我就结蕾、含苞、开花了/十万朵怒放的鲜花迎着长空/去吮吸每一颗从晨星上溶滴的朝露。"然而越往后读越是发现,诗人并没有把它忘记,它已经深深地在诗人心中生根发芽了。当诗人发现"我正在走向四月的尽头"时,他"骤然冷凝的心境一片云水茫茫"。面对这种心理的变化,诗人自己似乎也无可奈何,"身后彩色空气里的甜蜜的花粉/为什么这么快就在记忆中结成了苦果呢?"(《四月·二十九日》)

  那么,这样巨大的心理创伤又是如何产生的呢?对此,80年代的白桦似乎并不理解。在创作于1984年的《心灵上的天空》这首诗中,他十分坦率地说:"郁闷,百思而不可解。"因为,"我从来都不想做一个胜利者/只愿做一个爱和被爱的人/……/我只不过总是和众多的沉默者站在一起/身不由己地哼几句歌。"(《叹息也有回声》)在整个晚年,白桦始终认为自己当年遭受的创伤是一个巨大的误会。按理说,遭受了这样难以理解的巨大心理创伤,诗人应该十分痛苦才对。大多数时候,诗人的体验似乎的确如此,否则他也不会在整个八十年代如此念兹在兹地诉说自己的创伤了。但是,在文化和审美的层面上,他又对这种痛苦"无限眷恋":"幸好还有郁闷/还有不解的思索/还有引起我郁闷和思索的爱/他牢牢地拴住我的灵魂/和这块土地上的一切拴在一起/我不挣脱,也不想挣脱/像奴隶般活着,并无限眷恋。"(《心灵上的天空》)

其实这中间存在着一个矛盾。在现实生活的层面上,他希望能够走出心理创伤的阴影,过上平静而正常的生活。对于这一点,无须查找过多的史料,单就他收录在《白桦文集》第三卷中八十年代诗歌的创作地点来看,他"散心"的意图就很明显。他这些八十年代的诗歌主要创作于云南(38首)、武汉(24首)、上海(14首)、北京(11首)、西欧(10首)、成都(7首)、新疆(6首)、苏联(6首)、日本(6首)、汉—沪舟中(6首)。武汉、上海、北京是他长期生活、工作的地方,相当一部分诗歌创作于这些地方是很自然的。云南、成都、新疆、西欧、苏联、日本,这些地方要么是诗人心灵的故乡,要么是远离中国政治文化中心的偏远之地,到这些地方旅行带有明显的放松心灵的意味。由此可见,在现实生活中,他并不希望自己沉溺于创伤的心理阴影之中。但是,在审美的意义上,他又对当年的创伤念念不忘,甚至"无限眷恋"、反复咀嚼。在他收入《白桦文集》第三卷的148首八十年代的诗歌中,几乎找不到与创伤无关的诗歌。这里面有两种可能,一种是他在八十年代创作的大部分诗歌都与创伤有关;另一种是,诗人在八十年代也创作了一些其他题材的诗歌,但是在后来出版文集的时候,他选取的主要是与创伤有关的部分。无论哪种情况,都不难得出这样一个结论:八十年代以后,白桦在文学艺术的世界中一直都在有意保持着对创伤的铭记与反思。

为什么会出现这种矛盾呢?我们认为,诗人一方面希望在现实生活中忘记创伤,获得内心的平静;另一方面又在文学艺术的世界中保持着一种高度的敏感与省思,他把这种体验与反思视为一个真正知识分子的特殊品质。由此也就可以理解,当儿子问他"您能换一种方式来生活吗?"这样的问题时,他为什么会十分坚定地回答:"不能。"①

二、孤独

对于八十年代的白桦而言,创伤不仅意味着惩戒,同时也意味着一种长久的孤独。在新时期的文学史上,人们一谈到白桦,首先想到的恐怕就是他的孤独。有人甚至认为"白桦是20世纪下半页中国作家的孤独代表"。"长江文艺出版社周百义策划的《白桦文集》四卷,书里都透着那么一种强烈的孤独感。"②这种"强烈的孤独感"一方面是作家自己文本选择的结果——在整理出版这部文集时,他大概是希望给读者留下这样一种阅读的感受;另一方面也首先是作家当时心理状态的一种反映。

这种孤独的感受在他八十年代的诗歌创作中表现得尤其突出。在创作于1985年的《惆怅》一诗中,诗人以一种象征的手法描绘了他在遭受创伤之后所面临的处境:"日落,欢宴散去,候鸟飞尽……/古亦有之的、永无休止的惆怅/我的诗都淤积在咽喉里/没有回声,哪会有歌手?/和我相伴的只有回忆/这是别离的长长的余音。"在最初的"欢宴"之后,诗人迎来的是巨大的创伤,面对诗人的这种处境,人们纷纷敬而远之。那局面大概让诗人想到了《红楼梦》里

---

① 白桦、郑丽虹:《白桦:文学对人性的解剖最深刻》,《深圳特区报》2010年6月21日。
② 朱健国:《白桦珠海说孤独》,《文学自由谈》2003年第3期。

的名言:"好一似食尽鸟投林,落了片白茫茫大地真干净!"在这样现实的人生遭遇面前,诗人成了"一朵孤独的云",他"绕过山峦","越过""树梢","抚摸""岩石","询问""溪水",但是,"众多的树梢""铁青的岩石""自鸣自唱的溪水""谁也不回答你"(《云》)。于是,诗人陷入了一种空前的孤独。这种孤独是"一个群体对一个个体的疏远孤立",它可以"让人丧失正常的认知力和判断力。它让人没有起码的耐心去了解事实的真相而人云亦云。它甚至让人变得匪夷所思,看到个体在群体力量的压抑之下的无助显得冷漠"[①]。在这样一种严峻的人生际遇中,诗人是多么渴望"雪原"中的"一行脚印"、"电话""喑哑"时的"一串叩门声"啊!为了"两条浅蓝色的虚线向我延伸/我目不转睛地凝视着……",然而,"冷峻的大地无言以对/像为死去的画家铺开的一张白纸"(《期待》)。这首诗读来令人心酸:被孤立于群体之外的诗人,对沟通的渴望几乎到了乞求的地步!为了摆脱这令人窒息的孤独,"我叩问着,我摇撼着,我拍打着/岩石,岩石,全都是喑哑的岩石/永远的不相通逼得我发狂/岩石,岩石,我遇到的全是岩石。"(《风和幽谷百合》)"永远的不相通"令人"发狂",对沟通的渴求让诗人的姿态低到了尘埃里,然而,回应诗人的却依然只有"喑哑的岩石"。

需要予以说明的是,诗人所说的"孤独"并非一般的人际交流的隔绝,他更多的是指向了思想的碰撞和文学创作。这就像诗人自己说的,"我想这个孤独的含义它应该广泛一点,它严格说来不是人际关系,它主要的是思想观念"[②]。这种自白的说法在他八十

---

① Ellena. Dong:《书比人长寿——〈白桦文集〉序》,《白桦文集》卷三,上海文艺出版社2009年版。
② 朱健国:《白桦珠海说孤独》,《文学自由谈》2003年第3期。

年代的诗歌中也有很好的体现。那"众多的树梢""铁青的岩石""自鸣自唱的溪水"为什么"谁也不回答你"？这中间可能有回避的意思,但是在诗人看来,更为深层的原因是,"它们哪里知道你的追求?"(《云》)这是一种思想上的隔膜。由于这种思想上的孤独,诗人的创作也就失去了动力,"我的诗都淤积在咽喉里"(《惆怅》)。因为在白桦看来,"我最大的奖项就是读者的理解"①,"没有回声,哪会有歌手?"(《惆怅》)因为这样的原因,诗人才不惜以一种乞求的态度渴望沟通。

当孤独成为生命中一种无法摆脱的现实存在时,诗人又是如何面对这种孤独的呢？从创作的角度来讲,白桦认为孤独是一个"矛盾体":"它既要求作者是孤独的,但是文学作品又要广泛接触读者。"②作者之所以需要孤独,乃是因为一个作家只有"耐得住寂寞才可能最终走向共鸣"③。他列举的鲁迅如此,徐文长也如此,正如李白所说的那样,"古来圣贤皆寂寞,惟有饮者留其名"。但是,作家经受刻骨的孤独体验创作出来的作品毕竟还是希望有读者能够理解,只有如此,他才能最终走出孤独。在这样的意义上,白桦渴望来自广大读者的理解,"作为一个作家,非常感激评论家和观众、读者能理解我的心灵,没有比心灵相通更令人感到幸福的了"④。

三、未来

遭遇了巨大的心理创伤、经受了刻骨铭心的孤独之后,诗人之

---

① 白桦、张鸿:《白桦座谈创作与人生》,《诗歌月刊》2009 年第 9 期。
② 朱健国:《白桦珠海说孤独》,《文学自由谈》2003 年第 3 期。
③ 朱健国:《白桦珠海说孤独》,《文学自由谈》2003 年第 3 期。
④ 白桦:《文学在思想解放运动中的作用》,《文艺理论研究》1980 年第 3 期。

所以还能够像一棵"越冬的白桦"一样坚定挺拔,除了他那颗与生俱来的赤子之心以外,还与他对未来的信仰与期待有关。一个人越是处于人生的低谷,越是遭受巨大的创伤,就越是要树立强大的自信。否则,如何度过人生的冬季?白桦的晚年之所以能够活得依然富有尊严从而获得人们的普遍尊敬,离不开他那强大的自信心。诗人有一首诗的题目就叫《自信》。在这首诗中,他一方面表现了自己当时的处境,像一颗"压在泥土里的微小的种子";同时又表达了自己坚强的自信心:它"靠被压迫和自信活着","它那更为微小的心灵里/包藏着一个光明的宇宙/它确切地感觉到春天的太阳/终归要属于自己"。

  自信总要有所依凭,否则就是盲目的自信。那么白桦自信的理由又是什么呢?就他创作于八十年代的诗歌来看,一是他自身文学创作的能力,二是对未来的信仰。在创作于1984年的《莫扎特》这首诗中,诗人借莫扎特的艺术才华表达了他对自己文学创作才能的强大自信:"埋葬莫扎特?上帝也办不到。"诗人相信一个人光耀千古的艺术才华是谁也掩埋不了的。在评论过莫扎特之后,诗人笔锋一转,从莫扎特写到了自己:"他乘着旋律的翅膀飞翔/造访过形形色色的宫殿/总是匆匆一瞥就不辞而别/把掌声和喝彩声留在背后/他却久久地站在我那寒冷的斗室里/倾听着正在倾听着他的我。"一个连上帝也埋没不了的艺术天才,连"宫殿""掌声和喝彩声"都不屑一顾,却"久久地站立在我那寒冷的斗室里"。这表达的不仅仅是一种艺术心灵的相知相通,更是对自身文学创作才能的强大自信。

  给诗人以强大精神支柱的,除了他本人杰出的文学创作才华之外,还有他对未来的那种信仰与期待。如果说诗人对于自己文学创作的才华有着充分自信的话,那么,他对未来的态度则时有变化。

有时候,他会对未来充满乐观的憧憬。在创作于1984年的《复一位小读者》(二首)中,诗人首先为我们塑造了一个人类历史上承受苦难的英雄形象,而他承受苦难的所有力量除了"你的和人们的""爱",更有对未来的憧憬和希望。诗人以一种十分坚定的语气告诉我们:"不会的,诗人的才情不会单独衰老/只要这世界还有霞光、小鸟/草叶和众多像你一样的人/只要清晨还会升起一颗太阳。"这种坚定信仰的表达可能与诗人倾诉的对象有关。这首诗毕竟是写给一位小读者的,即便是面对再多的苦难,作为一个富有浓厚启蒙精神的长辈,他还是需要给儿童一种乐观向上的信念。同样,诗人在创作《四月·一日》这首诗时,依然表达了对未来的一种坚定信仰。诗人以一种高昂的激情肯定说:"我们勇敢地接受了最初的撞击/之后就是流水欢歌/我们开始了金溶液的人生/任何一次冷凝都将是一尊杰作。"如果说上一首诗是为了给年轻的读者以乐观的希望,那么在这首诗中,诗人对未来的坚定信念应该可以说是写给自己的了。在八十年代的文艺创作座谈会上,白桦也表达了同样的信仰:"历史是公正的,历史曾经公正地对待过屈原、李白、鲁迅、巴金,尽管他们都经历了过多的苦难、坎坷、误解。历史也会公正地对待我们。"[1]

但是在更多的时候,诗人对未来的态度又显得有些矛盾和犹豫。创作于1984年的《那颗星亮着》可以视为诗人对未来的信仰,这种信仰在诗中被具象化为一颗亮着的星星。只要对于未来的信仰还在,"我"对自己的人生价值就不会动摇。"那颗星亮着,亮晶晶/这就够了,对于我。"但是,从整首诗来看,"我"的信仰似乎并不那么坚定。"如果它忽然熄灭了⋯⋯即使别的星都变成太阳,我

---

[1] 白桦:《作家的使命与文学的未来》,《人民日报》1986年5月12日。

的眼睛将会黯淡无光。"在诗人的理性世界里,这颗"星"是有可能"熄灭"的;而一旦它"熄灭了",诗人的世界就只剩下"黯淡无光"。所以,"我"对这颗星充满期望,甚至祈求。"我的星!你看见了吗?当地上有一双泪眼,不是因为恐惧和悲哀,而是因为你亮着,它们才亮着。你给予我的那束光,笼罩着我,使我久久战栗……"这时候,诗人对未来的态度,与其说是信仰,不如说是渴望!

在《独白》的第二首诗中,诗人向我们倾诉,他只是一个"不仅没有甲胄/简直像个赤裸裸的少女/一览无余的单纯"的诗人。他相信,"在生命的尽头/是一团瞬息即逝的暖色";他相信,"人们会看见那光焰",虽然它终将会被人们"渐渐忘掉"。无疑,这"暖色"、这"光焰"是诗人心中的未来和希望。但是,在相信未来的同时,诗人也保持着清醒的理性,在永恒的意义上它终将会被人忘掉。在《四月·十四日》中,诗人首先历数了自己所遭受过的人生经历,而后又以一颗赤子之心告诉读者,虽然自己的一生历尽苦难,但是他依然愿意"用生命燃起绿色的火焰/为爱自焚,直到焦黄——败落……"对于诗人的这种自我牺牲,"她们却视而不见,匆匆来去"。面对如此残酷的现实,诗人无法不发出人生的悲叹:"啊!五十六次痛苦的单恋。"即便是在这样一种悲观绝望的心境中,诗人依然在期待:"第五十七位春姑娘能给我一颗蓓蕾/让它留在我的枝头上开花结果吗?"这几乎就是绝望中仅有的一点期待了,其间的酸楚和无奈该是何其沉重!

四、自我

从宽泛的意义上说,白桦八十年代的所有诗歌都可以看作是对自我形象的一种建构。这里所要探讨的"自我",特指诗人有意识地回顾反思自己的人生经历,建构一种特有的审美形象。

人在低落失意的时候最容易反思,八十年代的白桦同样如此。在遭受了巨大的心理创伤之后,他也需要回顾反思自己的人生经历,获取前进的力量。在《失落的毽子》中,诗人不仅回顾了自己遭受的创伤,而且表达了"真心"的从未丧失:"啊!还在,毽子上那撮金羽毛,正在风中熊熊燃烧……"《窝巢》的内容与之相似,坎坷曲折的人生经历并没有妨碍"我"坚信"远方肯定有一片海洋",因为"我听到了波涛的欢呼"。如果说上述两首诗是努力用对未来的信仰抚慰心灵的创伤,那么《夜航》这首诗则似乎表达了诗人一闪而过的动摇念头。面对"一团乱麻似的人生路途",诗人很"天真"地说:"如果能重新找到一个线头就好了。"但他马上又对自己的想法表示了怀疑:"即使可能,我会抓得更紧些吗?"这样一来,诗人对自己当年的选择又重新找回了自信。到八十年代后期,诗人对自己的人生经历不仅不再怀疑,甚至感到欣慰与圆满。在《四月·二十四日》这首诗中,诗人回顾自己的人生经历时就明显带有一种欣慰的心态。自己的一生也曾经歌唱过、表达过、遭遇过、痛苦过,经历过这一切之后,诗人可以十分自豪地说:"我生活过了,像你们那样。"创作于1987年的《絮语》二首,其基调就更加高昂一些,虽然也回顾了人生的坎坷,但似乎不再一味地抱怨,而是一方面相信未来的可能性,另一方面认为只有经历了风雨走过了坎坷的人生才是圆满的。

在肯定自己人生经历的同时,诗人又为我们建构了一个为爱而苦苦追寻,一生充满波折与坎坷却又"虽九死其犹未悔"的苦难英雄形象。诗人的一生虽然历尽磨难,也清醒地知道在未来的道路上还会有未知的苦难甚至牺牲,但是"我"却毫不退缩,而是"以命相拼,一往无前!"面对可能的苦难,诗人以一种决绝的口气拒绝"沉沦":"我不会沉沦,决不!"因为他追求的不是此岸的尘世的幸福,而是未来意义上的审美的价值:"未来的诗人会喟然长叹:'这里有一个幸福的灵魂,它曾经是一艘前进着的航船……'"(《船》)他希望自己能够以一个悲剧英雄的形象出现在未来的地平线上。《复一位小读者》的第一首所构建的依然是一个悲剧英雄的形象:"我身上背的是十字架/这一个比两千年前那一个还要重/一直要背到我被钉在这个十字架上/心里涌出的血染红了我的双脚……"诗人以耶稣受难的故事自比,塑造出一个充满了悲剧意味的英雄形象。因为"你的和人们的""爱",诗人相信这个英雄还会"像耶稣那样复活"。

在《我们和你们》这首诗中,诗人首先把"我们"和"你们"分开。"我们"大致可以理解为自屈原以来为民请命、为民声张却屡遭苦难的文人、士大夫、诗人、文学家,而"你们"则可以理解为人民百姓。把"我们"与"你们"分开,主要是强调"我们"的启蒙意义和苦难形象。"两千多年的孤独和寂寞/在无声的天地间追踪惊雷/暴雨是我们的号啕/闪电是我们的狂啸/五千里狂澜梳理着三千丈白发/激昂慷慨而悲歌/为了依恋这芬芳的土地/却陷身于永远的漩涡/这,就是我们/这就是你们的我们。"在前辈先贤那里,白桦找到了归属感,他把自己视为他们中的一分子,时时以"我们"自居。这时候,诗人是把自己放到一个高于人民的位置上了,因为悲剧英雄本来就是一种个人色彩十分浓厚的审美存在。但是,二十世纪的白桦毕竟不是古代的文人,在这首诗的最后,诗人又把"我们"与"你们"合在了一起:"不!压根就没有我们和你们/没有,没有,你们也是我们。"这与其说是指出了人民的英雄属性,不如说是指出了悲剧英雄也是人民的一员。

最能体现诗人自我形象建构的是他在八十年代创作的两首长诗《颂歌，唱给一只小鸟》和《追赶太阳的人》。在这两首诗中，诗人不仅重新塑造了精卫和夸父这两位中国古代神话中的悲剧英雄形象，而且以自身的人生经历赋予了他们新的意义。

在《山海经》中，"炎帝之少女名曰女娃。女娃游于东海，溺而不返，故为精卫。常衔西山之木石，以堙于东海"①。它只交代了精卫溺亡不甘，化身为鸟，衔石填海的梗概。白桦则以精卫填海这种伟大的抗争精神为核心，多层面演绎了现代精卫的悲剧形象。诗歌从精卫复活写起。复活之后，她首先想到的是："面对大地母亲，我无以回报"，"感谢大地母亲没有把我遗弃"，"我感到非常幸福"。这不是一个复仇的精卫，而是一个感恩的精卫，为了回报大地母亲它才以一种决绝悲壮的心态衔石填海。在此过程中，精卫那种悲剧英雄的形象得以凸显："追求——无限缩短了岁月的长度／自信——把自己的力量夸大了万倍。"接下来，诗人描绘了精卫溺亡的经过，一个对大海只有向往而没有设防的女孩遭到了大海的吞噬。精卫的肉体因溺亡而"徐徐下沉"，但是她的灵魂却在"迅速向上"，她知道，"自由意志的伸展就是飞翔"。她以弱小的力量衔起一块块石子，镇定地俯瞰着大海，"她并不是为了复仇"，"不！只有她的爱／她的爱才如死一般坚强"。带着"爱"和她对"未来"的信仰，"精卫在飞，一如既往"，"五千年过去了"，她成了"因追求而永生的英雄"。整首诗不仅包含着白桦人生经历的缩影，更包含着诗人对自我历史形象的期许与塑造。

---

① 袁珂：《山海经全译》，贵州人民出版社1991年版。

《追赶太阳的人》首先营造了夸父出场之前的自然环境：怒放的晚霞凋谢之后，大地失去一切颜色，百鸟进入梦乡，群山一片寂静，江河失去亮光，黑暗笼罩世界，流萤也无法把世界照亮。为了让万物生灵都能够"一直在阳光下呼吸"，夸父从自己的脚上得到了启示——去追赶太阳。接下来，诗人极力描绘了英雄夸父艰苦逐日的过程。一开始，夸父豪情万丈、乐观自信："顶天立地的夸父站起来了"，"他的头撞碎了一大片白云"，"拔起一棵摩天大树当手杖"。随着"步伐越来越快/西风越来越紧"，夸父发现"原来太阳是可以追赶的"。然而，"速度越快阻力越大/时间越久躯体越沉"，"夸父想到过半途而废"，但是很快，"夸父用牙齿咬碎了那些懦弱的念头/不！我偏要做一个不自量力的人"，于是，"夸父疾走如闪电/宁肯向前扑倒也不愿停顿"。但是，最终夸父还是倒在了半途中。"像一把被拧干、烧焦了的苎麻/夸父在大地上渐渐化为灰烬……"夸父虽然失败了，但是，"我"却要"学着夸父最后冲刺的样子"，"也要拄一棵大树去追赶太阳"，"虽然我知道这是一场持久的拼搏"，更清楚"结局是：化为灰烬……"很显然，诗人不仅把夸父塑造成了一个为了天下苍生不惜自我牺牲的悲剧英雄形象，更是以这样一种形象激励自我。

五、结语

在整个八十年代，甚至晚年，白桦对曾经的创伤一直念念不忘。虽然在现实生活中他希望走出心理创伤的阴影，但是在审美的层面上，他却对此反复咀嚼。创伤以及对待创伤的这种矛盾态度成为晚年白桦所有文学创作最根本的推动因素。创伤给白桦带来了空前的孤独。这种孤独不仅是现实生活中"一个群体对一个个体的疏远孤立",更是思想观念和人生理想的相互隔膜。对于这种孤独,诗人一方面选择"享受",希望从寂寞走向共鸣;另一方面又渴望理解,他对沟通的渴望几乎到了乞求的地步。面对巨大的创伤和空前的孤独,诗人需要一种力量支撑自己走过人生的冬季。此时,他选择了对未来的信仰、对自我的重塑。于是,在他八十年代的诗歌中又出现了一个虽然一生充满波折与坎坷,但是依然对未来抱有强烈的信仰和期望的悲剧英雄形象。

或许有人对白桦的这种自我塑造不以为然,认为他有些过其其词。但是,"个人史主要的是由叙述的过程而不是由所叙述的真实事件所揭示的","个人史主要是关于意义而不是关于事实的"[①]。如果从这种叙事心理学的角度来理解白桦80年代的诗歌创作,或许更容易走进白桦当时的心理世界,更容易理解人在特殊历史条件下自我救赎的渴望与努力。叙事心理学认为,人在遭受到巨大的心理创伤之后,如果不能得到及时的疗救,很可能会陷入一种虚无的境地。而要进行疗救,就必须首先让人将心理创伤讲述出来,同时进行理性的反思,而后丰富一个新的故事,借以形成一个积极有力的自我观念。在此意义上说,白桦八十年代的诗歌创作也可以视为一种不自觉的心理疗救的过程。他对创伤、孤独的念念不忘、反复咀嚼,对自己人生经历的回顾与反思,对未来的信仰与渴望,对悲剧英雄人格形象的塑造,完全就是一个比较完整的自我心理疗救的过程。经过这样一个艰苦的过程之后,白桦在一定程度上走出了当年的阴影,获得了他作为一个普通人的幸福,同时也获得了他作为一个诗人的尊严。

---

① 丹尼尔·夏科特:《找寻失去的自我——大脑、心灵和往事的记忆》,高申春译,吉林人民出版社2011年版。

张一弓与八十年代文学

提到张一弓,令人印象最深的应该是他在二十世纪八十年代初连续四次获得国家级文学奖,其作品分别是获得了第一、二、三届全国优秀中篇小说奖的《犯人李铜钟的故事》《张铁匠的罗曼史》《春妞和她的小戛斯》以及获得了1981年全国优秀短篇小说奖的《黑娃照相》。该时期是张一弓创作生涯中最辉煌也最受批评界关注的时期。所以,在探索、总结张一弓文学创作成就并以此为契机检讨八十年代文学的历史价值时,我们十分自然地就将关注的目光首先投向了这一时期。张一弓说他总在提醒自己"要追随时代的步伐,为正在经历着深刻变革的我国农村做一些忠实的'记录'"①。可以说,这四篇获奖小说就是他对那个时代进行"忠实记录"的最好见证。本章通过对这些小说及同时代文学作品的细读式分析,结合八十年代的文学环境及相关评论文章,在反思现代性的视角下考察张一弓与八十年代文学如何对其所属的时代进行了记录,这种记录又对文学创作本身带来了怎样的影响,由此,

---

① 张一弓:《听从时代的召唤——我在习作中的思考》,《文学评论》1983年第3期。

也可以更为清晰地认识张一弓在八十年代文学中的历史意义。

一、契合新时期意识形态需要的作品

首先需要探讨的是：在八十年代初，张一弓的这些作品为什么能够如此密集地获得国家级奖项？结合文本细读、当时领导层面的肯定意见及相关批评文章可以发现，它们之所以能如此密集地受到重视，不仅因为其艺术水平超出了一般的文学作品，更为重要的是它们在反映现实方面高度契合了新时期意识形态的需要。在1981年全国优秀短篇小说评选中，评委会副主任张光年提出："这一次评选，总的方针一如既往……在推动创作深入反映现实的前提下，支持作家更多更好地描写社会主义新人，使文学作品在建设精神文明的战斗中发挥更大效能。"①在领导层看来，"艺术性"应该"强调一下"，否则"不能满足群众需求"，但首要的标准是作品的"思想性"，支持作家"深入反映现实""更多更好地描写社会主义新人"，重视文学作品的社会功能。

在张一弓的这些获奖作品中，评价最高也最受文学史家肯定的是《犯人李铜钟的故事》。当时的评论文章更多关注的是它在批判、反思"十七年"极"左"思潮方面的意义，它也因此被视为开"反思文学"历史先河的作品。这无疑是准确的，但如果站在新时期意识形态构建这一意义上，从"文革"结束后中华民族心理创伤的治疗这一视角重新审视该小说以及由其开创的"反思文学"思

---

① 《人民文学》记者：《喜看百花争妍——记一九八一年全国优秀短篇小说评选活动》，见《人民文学》编辑部编：《一九八一年全国优秀短篇小说获奖作品集》，上海文艺出版社1982年版，第442页。

潮,或许能够发掘出以往所没能得到重视的新的意义。

"'创伤记忆'是意识的否定性因素。它既可以向'情结记忆'固置,也可破坏意识的既与性而敞开某种偏离或越界的可能。与'情结记忆'的准无意识限制不同,'创伤记忆'在意识中,而且带有价值否定的价值倾向性。"①"文革"结束后,经由"伤痕文学",中华民族在历史的阴霾中所遭受的重大心理创伤得到了一定程度的揭示与疗救。但是,"十七年"极"左"思潮给中华民族带来的身心创伤似乎依然是一个无法触及的领域,得不到揭示与治疗。在此意义上,《犯人李铜钟的故事》以及由它开启的"反思文学"就在疗救"十七年"极"左"思潮带来的民族心理创伤方面起到了至关重要的作用。

创伤记忆治疗的首要前提是对创伤的讲述。对创伤的叙述也就是将创伤置于重新审视、考虑和评估之中。这样就可以把自己和创伤分开,把创伤从自身外化出去,从而释放压力与困惑,不再将创伤视为无法摆脱的,并认识到一个人可以与客观化创伤发生关系。在历史转折的关键时期,张一弓与"反思文学"作家公开揭示"十七年"的极"左"思潮,使整个民族在这一时期遭受的创伤得以外化,也就使得这一创伤在传播的过程中从人民的内心深处剥离出来,进而有了疗救和反思的前提。

在对创伤记忆进行审视和反思之后,还需要用一个新的故事来对抗原有的创伤记忆故事,这就需要建构一个新颖丰富而又具有积极意义的故事。如果张一弓们仅仅讲述人民在"十七年"时期遭受的磨难,在"伤痕文学"已经广为传播、历史的眼泪已经反

---

① 张志扬:《创伤记忆——中国现代哲学的门槛》,上海三联书店1999年版,第42页。

复流淌之后,这种叙述就很有可能变成祥林嫂式的历史唠叨,很难引起人们的兴趣,也很难受到官方的肯定。《犯人李铜钟的故事》等"反思文学"作品的成功之处在于它们在讲述历史创伤的同时,还成功塑造了一个个催人奋进的英雄形象——"犯人"李铜钟、《天云山传奇》中的罗群、《大墙下的红玉兰》中的葛翎,等等。他们不仅让人们在历史的阴霾中看到了未来的希望,使人们获得了走出历史创伤的勇气和力量,而且为新时期意识形态的合法性提供了历史依据。这就使得这些作品不仅能在读者中获得广泛共鸣,而且能够受到文学界领导层面的充分肯定。

《犯人李铜钟的故事》的另一个成功之处在于它的叙事结构。小说以曾经亲身经历了那场灾难的地委书记田振山到李家寨参加李铜钟的平反大会开篇,以他的回忆展开对那场大饥荒的创伤性叙述:"田振山打开车窗,让清凉的山风把无声的细雨吹洒在他刻满皱纹的脸庞上,他合上眼睛,想起了那个发生在十九年前的奇异的故事……"最后又以田振山参加完平反大会离开李家寨作结:"吉普车在山路上急驶,田振山的脑海里仍像潮水一样翻腾。""犯人李铜钟的故事"作为小说的主体部分是以田振山的回忆展开的。虽然其中的很多内容都远远超出了田振山的叙事视角,但从叙事心理学来看,作为官方代表的田振山不仅以当事人的角度讲述了当年的历史创伤,使之得以外化,而且代表官方的权威为李铜钟平反,见证了创伤的治愈:"现在,李铜钟、朱老庆终于平反了。"同时还站在历史转折的当口喊出"记住这历史的一课"的呼吁而对未来的发展提出了警示。创伤及其治愈过程的见证对于创伤受害者来说,意义不仅仅在于保存一段过往的苦难历史,还在于对治愈创伤表示一种庆祝,它标志着创伤受害者彻底摆脱了创伤记忆的困扰而走向了新生。同时,这样的历史过程对于未来而言也具有一种警示的意义:它让我们不再重蹈苦难历史的覆辙。

其实,在历史转折的关头,新时期的意识形态对"文革"及"十七年"时期极"左"思潮带来的历史创伤态度比较暧昧。一方面,它希望文学创作对历史创伤的揭示能够在批判极"左"思潮的同时为新时期意识形态的构建提供历史合法性;另一方面,它又不希望这种揭示与批判走得太远,因为这有可能在更为深远的意义上给它的历史合法性带来损伤。因此,新时期文学对创伤记忆的揭示与书写必须有足够的政治自觉。毫无疑问,张一弓的这些小说及其他同样受到肯定的"反思文学"作品在这一点上高度契合了时代的需要,这是张一弓受到高度肯定的第一个原因。

如果仅仅把文学书写的目标定位在对创伤的揭示与疗救上,张一弓的作品很难在五年时间内连续四次获奖。因为在通过对极"左"思潮的批判建立新时期意识形态的历史合法性之后,官方已经不愿再过多地纠缠于创伤的揭示。在官方看来,对创伤的揭示是解放思想、安定团结的需要,是为了"一心一意搞四化,团结一致向前看"[①]。为了实现工作重心的转移,文学创作就不能一直沉浸在对历史创伤的悲痛之中,而需要为中华民族走向未来、走向现代化提供精神动力,勾画出富有新的时代特色的美好前景。恰恰是在这一点上,张一弓的这些创作因为对改革开放文学书写的积极融入,又一次自觉不自觉地契合了意识形态的需要。

小说《黑娃照相》可以视为新时代幸福前景的一篇寓言式书写。它通过"黑娃照相"为新时期的乡土中国勾画了一幅幸福的

---

① 邓小平:《对起草〈关于建国以来党的若干历史问题的决议〉的意见》,《邓小平文选》(第二卷),人民出版社1994年版,第292页。

未来图景:"照片上的黑娃,是那样英俊、富有、容光焕发,庄重的仪态,嘲讽的眼神,动人的微笑,好像是为着某一项重大的外交使命,出现在某一个鸡尾酒会上似的。"在塑造了这样一个社会主义新人的形象之后,作者还充满深情地写道:"这就是本来的黑娃,或者说,这就是未来的黑娃。"这样的前景是幸福的、吸引人的,也是带有新时期的意识形态色彩的,"富有""鸡尾酒会"这样的词汇以及由它们引发的美好想象都是在新时期的意识形态确立之后才有可能出现的。在新时期意识形态的感召下,对未来幸福产生无限憧憬的又何止黑娃一人。陈奂生的"上城""包产""专业""出国",香雪对"自动铅笔盒"的积极追求,董舜敏①对农村幸福前景的无限自信等,无一不是新的时代环境下文学创作对未来幸福的美好想象。

而黑娃之所以能够拥有"照相"这一在八十年代初的农村还颇显奢侈的消费方式,除了摄影师对他的嘲讽引起的自尊意识外,更重要的是他兜里有"一叠八元四角钱的钞票"。"钱"是这篇小说的一个十分关键的物象。《黑娃照相》是当代文学史上较早正面书写金钱的积极意义的一篇小说。因为"资本来到世间,从头到脚,每个毛孔都滴着血和肮脏的东西"②,所以,在当代文学的前30年,金钱很少以正面而积极的形象出现在文学作品中。而在黑娃这里,他却因为有了这"一叠八元四角钱的钞票"而"高腔大嗓地唱着梆子戏","胖乎乎的圆脸"上"漾着笑意",整个人显示出一种"难以掩饰的富有"和"隐藏不住的喜气"。这在"十七年"和"文

---

① 李德才《赔你一只金凤凰》中的女主人公,该小说获1982年全国优秀短篇小说奖。
② 马克思:《资本论》(第一卷),人民出版社1975年版,第829页。

革"时期是无论如何不敢想象的,而在新时期的文学书写中,它却即将在一个普通的青年农民身上成为现实。这正是新时期意识形态希望文学显示出来的社会价值,也正是八十年代初期的文学创作能够引起巨大反响的一个至关重要的社会因素。

如果说在革命的伦理规范中,金钱对人更多的是具有一种腐蚀作用的话,那么在新时期的意识形态中,它不仅能够激起黑娃对美好未来的向往与憧憬,而且能够为人格尊严的获得提供强有力的支撑。当老虎坪山果加工厂厂长李秋桃问春妞为什么要冒那么大风险往葫芦崖上跑运输时,"春妞儿瞥一下她,用微弱而颤抖的声音说:'婶子,俺急着使钱哩!'"钱对于春妞来说至关重要,"她不知道自己是被金钱的魅力吸引着,还是被金钱的鞭子抽打着,已经连续九天,行车四千二百公里;待会儿,还有四百公里险峻的山路等待着她,她必须在今天夜间赶回家里"。春妞之所以如此拼命挣钱,最初是为了挣回因解除婚约而失去的尊严——她认为自己与青梅竹马的恋人解除婚约的根本原因是由社会体制带来的经济地位的差异,因此,"她立志变成一个比二小子能干得多的汽车司机"。而她最终在二小子那里扬眉吐气也是因为自己的经济地位有了显著的提高,"我一年给国家交的税,够国家发给你两年的工资"。金钱的作用不仅可以让春妞在恋人那里赢回尊严,而且也是她赢得人格与自由的关键。因为拒绝了银行营业所吴主任的提媒,她必须在"十天之内连本带利还清五千元的贷款,要不,就要扣下她的戛斯车,收了她的行车证"。当她最终经过连续九天、长达数千公里的长途奔波终于挣够五千元现金的时候,复员兵充满深情也充满寓意地对她说:"以后,这车是你的,你也是你的了!"在这里,金钱的作用是那样重要,那样积极,它简直就是新时期乡土中国通往幸福未来的通行证。因为有了它,春妞和复员兵那"两辆形影相随的汽车""消失在大地的皱褶里"时,才能够留下"新鲜的辙印和欢快的笛声"。

"文革"结束后,中国处于历史转折的关键时期。长期的历史实践证明,极"左"思潮给中华民族带来的只有灾难和创伤。要想带领中国人民走出历史的阴影,走向现代化的未来,一方面需要对历史创伤进行必要的治疗,对极"左"思潮予以理性的批判,为意识形态的转变提供历史合法性;另一方面还需要为人民勾画出一幅符合新时期意识形态需要的幸福图景,为现代化建设提供强有力的精神支撑。此时,官方意识形态对文学的最大要求莫过于此。因为张一弓该时期的创作在很大程度上符合了这种需求,因此他的作品也就十分自然地受到了高度的肯定;也是因为相同的原因,"反思文学"和"改革文学"才有可能一时之间风靡全国。

二、"时代记录式"作品的历史价值

如果说张一弓的这些小说在八十年代初受到充分肯定的主要原因是其对历史创伤的揭示与疗救、对幸福未来的憧憬与描摹,那么,在改革开放三十多年后的今天,当"现代性"的弊端逐渐显露出来的时候,这些现代化追求初期的"时代记录"又会给人们带来怎样的启示呢?

首先,是对现代化追求中功利主义倾向的警惕。在介绍《流泪的红蜡烛》这篇小说的创作经验时,张一弓说它是"迅速变动着的农村现实生活传递给我的一个使我喜悦而怅惘的新的讯息,这是一幅富裕和愚昧掺杂在一起的色彩极不协调的图画,它反映着现实生活中新出现的物质生产有了较大发展而精神生活依然'贫困'的矛盾"①。这篇小说写的是农村青年李麦收以两亩地烟钱为基础的阔绰而又荒谬的婚姻最终以失败而告终的故事,批判了李麦收那种将金钱等同于爱情的庸俗幸福观。三十多年来,这种以金钱为标准来衡量一切价值的思想观念在中国大地上一直存在,甚至愈演愈烈。"今天,几乎人人在谋发展、忙挣钱,可以说已到了不择手段、不顾一切的地步。一个党、一个国家、一个民族除了物质追求以外,没有了精神、理想、信仰、道义的追求,必然腐败堕落、道德沦丧。"②我们虽然不能把这种物质主义观念的源头归结为新时期的意识形态,但是,在改革开放过程中逐渐产生的一种功利主义倾向的确在很大程度上对人们的日常生活产生了深远的影响。在思考这种功利主义产生的原因时,张一弓把它归结为物质生产的较大发展与精神生活的依然贫困之间的矛盾。从反思现代性的角度来看,张一弓的这种思考还是过于简单了,倒是他在《黑娃照相》和《春妞》两篇小说中不自觉地流露出来的忧虑和不安让人觉得更有意义。

当黑娃在中岳庙赶会见到眼花缭乱的各种商品时,作者有好几处写到"他立即感到莫大的惶恐","他从北到南地察看了一遍,又渐渐感到惶恐","他惶惑地停下脚步"。在书写一个八十年代初的农村青年对幸福未来的无限憧憬时,作者为什么反复提到黑娃的这种"惶恐"和"惶惑"呢?在这里,作者似乎感到了黑娃欲望的膨胀带来的不安:"金钱真是恶孽啊!像是故意捉弄黑娃似的,

---

① 张一弓:《听从时代的召唤——我在习作中的思考》,《文学评论》1983年第3期。
② 徐景安:《幸福社会主义论——解读中国梦》,http://www.aisixiang.com/data/67831.html。

它接连不断地引起黑娃的种种欲念,搞得他陀螺般地团团打转,然后又让他陷入金钱唤起的欲念而又无足够的金钱去实现的烦恼之中。"在物质财富相对贫乏时,黑娃的这种欲望还带有改变落后面貌的积极色彩,但作者似乎依然感到了隐隐的不安和担忧。当黑娃对着庙会上鳞次栉比的货棚、饭铺大声喊出"你们——统统地——给俺留着!"时,在改革开放之初人们可能会为他的豪情壮志呐喊助威,但是,面对功利主义倾向的日益膨胀,30年后我们不得不反思,黑娃的这声呐喊包含的不仅是对物质财富的积极追求,而且暗含了一种土豪式的功利主义倾向和价值评判标准。

《春妞》可以视为一篇成长小说。从被迫与二小子解除婚约到贷款买车跑运输再到还清贷款,这个过程既是春妞追求自觉与独立的过程,也是她从"那个挽着裤腿,赶着蚂蚱驴拉的架子车,胆怯地叫卖青菜的""卖菜妞""终于经历了艰难的挣扎",成长为"一只破壳而出的雏燕,就要展翅飞去,搏击风雨"的过程。在这个成长过程中,一个十分关键的因素是对金钱的拥有,和对社会风险的担当。之所以说春妞是一个带有新时期意识形态色彩的社会主义新人,在很大程度上就是因为她能够"搏击风雨"、挣到金钱,保住自己的车,同时也维护了自己的尊严。但是,作者又似乎对春妞的这种成长充满忧虑:从积极的方面说,她的成熟干练是一种成长;从消极的方面看,这是不是也可以视为一种堕落?春妞自己也说:"我大概是从那天开始变坏了!春妞儿在想,心里有些凄伤。也许正是那一天,她开始学会了怎样保卫自己,以牙还牙,以刺儿还刺儿,用机敏对付奸猾,用嘲骂回敬撩拨。"那种对金钱的极力追求使她成为"精于算计的春妞儿!向往金钱的春妞儿!铤而走险的春妞儿!"不要说30年后的今天,即便是改革开放的初期,这样的评价也很难说是正面的。

无论在什么时候,春妞追求金钱的动机都有她正当的理由:她是为了赢得自己的人格与尊严。但是需要反思的是,为什么维护人格尊严的方法只能是追求金钱?而且在追求金钱的过程中还充满了风险与堕落的可能。或许在改革开放之初人们还来不及思考这样的问题,但是在我们反思改革开放三十余年走过的道路时,这样的问题却不能不引起我们的深思,因为它们已经深深地影响到了我们对幸福的理解与追求。

当其他的"改革文学"作品还主要沉浸在对物质富裕的单纯乐观和齐声欢呼时,张一弓这种对现代化追求中功利主义倾向的警惕也就显示出了其可贵的时代价值。

其次,是共同富裕的缺失。在《黑娃照相》和《春妞》中,张一弓为读者描绘了黑娃、春妞们走向物质富裕的幸福前景,这无疑是对新时期意识形态的高度契合。在新的时代语境中,虽然"贫穷不是社会主义",鼓励发家致富,但是,"社会主义财富属于人民,社会主义的致富是全民共同致富"①。这才是社会主义发展生产的最终目的。对新时期意识形态更高程度的契合应该是对共同富裕的描摹与憧憬,这在张一弓该时期的小说中还是一个缺失。或许我们可以说这些创作只是张一弓"忠实记录"改革的开始,谁又可以说他后来的作品没有对共同富裕的出色书写呢?这样的解释是有道理的。但是,从张一弓的创作生涯及整个新时期的农村改革文学来看,对共同富裕的书写始终是一个未能解决好的难题。

周克芹的短篇小说《山月不知心里事》在新时期的历史背景

---

① 邓小平:《答美国记者迈克·华莱士问》,《邓小平文选》(第三卷),人民出版社1993年版,第172页。

下转化了"十七年"时期的社会组织形式,希望能在一种新的社会共同体(农业技术夜校)中把由于家庭联产承包责任制而从原有共同体中分离出来的个人重新组织起来,在这个新的共同体中实现所有成员的"共同富裕"。但是,在原有的社会基础已经丧失、个人价值受到前所未有的肯定与评价、个人发家致富成为社会新时尚的时代环境下,依然希望将寄身于原有社会基础上的共同体形式借用过来,其实也只能是一种美好的想象。贾平凹的《小月前本》《腊月·正月》《鸡窝洼的人家》等小说则是从人际关系的忧虑与调适这样一种更为现实的角度给出了对这一问题的尝试性回答。小说中的"能人"们在富裕起来之后,大多陷入了人际关系的困局:门门(《小月前本》)受到的嘲笑及其与小月的爱情受到阻挠、禾禾(《鸡窝洼的人家》)与烟峰遭遇的难堪、王才(《腊月·正月》)在镇街上的人情冷遇在某种程度上都可作如是观。这些"能人"因为人际关系的紧张不得不在致富的道路上对周围的人提供帮助,让他们在致富之后再次接纳自己融入集体。这种探索不能说没有生活基础,也不能说不符合历史的逻辑,但是,仅靠这种十分脆弱的人际关系的调适就希望实现"共同富裕"的目标,总让人觉得还是过于天真了些。

最后,是对农业问题有意无意的忽视。有个现象值得注意,在《黑娃照相》《春妞》及其他农村改革小说中,"能人"们发家致富的途径几乎全是非农业的:黑娃搞养殖,春妞、门门搞运输,王才、禾禾搞食品加工。由于这些非农业途径能更迅速地使人们发家致富,大家对"能人"的评价也与此前相比发生了很大变化。使黑娃对未来产生无限憧憬的不是给他带来"囤尖尖"的庄稼而是那些给他带来钞票的"长耳朵货";春妞所想到的为自己赢回人格尊严的不是继续去当"卖菜妞",因为那两亩菜园地已经容纳不下她青春的活力,而是变成"开车妞","显示自己超过二小子和那个'营业妞'的聪明才智"。门门对侍弄庄稼毫不在意,庄稼比别人矮一头、长成了甜杆也丝毫没有影响小月对他的积极评价;勤勤恳恳、苦干苦熬,在土地上认真谋生的才才反倒无法赢得姑娘的欢心。禾禾从部队复员后,不愿意踏踏实实务农,一心经营副业,结果搞得家业败落、妻离子散,这非但没有使他被视为"十七年"时期的二流子,反倒成了他发家致富道路上坚韧精神的体现。在这些农村改革小说中,似乎所有与土地相关的东西都与农耕文明和小农意识一起被排除在了新时期的现代化追求之外。也就是说,对于新时期的中国而言,现代化与农业、农村在根本方向上是不一致的,整个社会表现出了一种急于摆脱农业、农村、农民的强烈情绪。这很像是一个刚刚从农村进入城市的年轻人,急切地想摆脱自己身上的那种农民气,生怕别人看出自己是农民。这样一种视农业、农村、农民为"落后"的发展思路和价值观念在后来的历史发展中曾经严重影响到了中国社会的和谐发展,这恐怕是新时期初期的人们在描摹现代化的宏伟蓝图时所没有想到的,但它却早已暗含在了这种发展思路的母体之内。

  作为新时期社会变革的忠实记录,如果说张一弓获奖小说在八十年代初的意义更多的是对历史创伤的揭示与疗救、对幸福未来的憧憬与描摹,在三十余年后,它们留给我们的则是对这场伟大社会变革的深深反思:反思我们对农业的忽视,对共同富裕的失语,对现代化追求中功利主义倾向的默认甚至放纵。

  在八十年代初,张一弓是以"忠实记录"正在经历着深刻变革的农村社会为创作目标的。从某种程度上说,他达到了自己的目的,不仅及时参与了对历史创伤的疗救,为新时期的现代化追求描绘了幸福的前景,而且以其创作内容的复杂性为我们反思改革开放的现代化历程提供了依凭。在此意义上,他的这些作品能够连续获奖当之无愧。但是,作为对一个时代的文学记录,这些获奖小说在艺术创新方面的不足也是显而易见的①。思想内容的敏感甚至超前与文学艺术的不足或者苍白之间形成的差距,为我们思考张一弓的这些获奖小说以及同类作品的文学史意义提供了契机:作为一种艺术性存在,文学如何以其自身特点为自己所属的时代提供忠实的记录?

把张一弓的文学创作放在八十年代的文学环境中,也可以更为清晰地看到它们所具有的历史价值:一方面,它们因为自觉不自觉地加入了当时文学创作的主潮,带有那个时代特有的色彩和局限,因此为反思八十年代的时代思潮和文学创作提供了契机;另一方面,它们又因为作家潜意识中的思想警惕而让这些小说在同时代的文学创作中显示出特异的光彩,呈现出作家的独特存在。

---

① 在人物形象的塑造、叙事结构的布局以至艺术真实性的问题上,张一弓的这些小说在发表之初就受到不同程度的批评。详见刘思谦的《张一弓创作伦》(《文学评论》1983年第3期)、周桐淦的《失去的和缺少的——读〈听从时代的召唤〉致张一弓同志》(《文学评论》1983年第5期)、谢望新的《关于张一弓创作论辩的笔记》(《十月》1984年第4期)等文章。

现代化憧憬的新起点及其阐释的话语权
——重读《哦,香雪》及其批评

作为一种崇高的理想和伟大的目标,现代化在新时期之初备受憧憬。走出了历史的阴霾,沐浴着新时期的春风,憧憬着现代化的美好未来,中国社会的幸福感在此时达到了一个空前的高度。在新中国的历史上,这样的幸福感或许只有五十年代的前半叶才可比拟。"在当时和后来的许多文章、论著中,'大转折'、'新纪元'、'新时期'等语词,是怀着乐观主义想象的人们对于正在展开的历史时期的概括。"①依然与社会保持着紧密同构关系的文学创作此时也十分自觉地加入到了现代化憧憬和对现代化实践的呼应与书写之中。在八十年代的文学史上,最能代表新时期文学对现代化的憧憬与向往的,无疑是获得了1982年全国优秀短篇小说奖的《哦,香雪》,在一定程度上甚至可以说它代表了八十年代文学对现代化憧憬的新起点。在以后的文学史叙述中,这篇小说曾经被学者们从不同角度反复阐释,而它之所以能够经得起这样的反

---

① 洪子诚:《中国当代文学史》,北京大学出版社1999年版,第225页。

复检验,不仅在于它的诗化色彩与浪漫风格,更在于它充分体现了那个时代对现代化想象的广阔空间。批评界对它的解读不仅开拓了文学研究的阐释空间,也显示了不同时期文学话语权的嬗变。其实,从小说的文本自身以及近四十年来批评界对它的反复阐释来看,香雪对现代化的追求不仅包含着对知识文明的向往、对城乡平等的憧憬以及自身主体性的觉醒,同时,作为所有这些之基础的物质性追求不仅具有时代的合理性,而且作为现代化憧憬的新起点也暗含着走向自身反面的功利性,这恰恰是今天的批评家在强调普通民众公平合理的物质追求权力时所忽略的。本章希望以现代性反思为视角,结合新时期以来的相关作品,通过对《哦,香雪》批评文章的梳理,全面探讨这篇小说的现代化想象,以及新时期文学批评在未来憧憬新起点上的"见"与"不见",进一步彰显文学研究的"同时代感"和它同样应该具有的"当下感"。

一、《香雪》批评史及其阐释限度

批评界对《哦,香雪》的评价和阐释大致经历了四个阶段。这篇小说在《青年文学》1982年第5期发表后并未引起太多关注。在1982年度的全国优秀短篇小说评选中,它甚至没有进入第一批提供给评委的备选篇目。这一现象在当时也很好理解,虽然评奖的精神是"政治标准和艺术标准的统一"[①],但是,由于时代环境的影响,在两个标准中人们首先考虑的还是"政治标准",最为关注的依然是那些表现重大题材的作品。

---

① 周扬:《按照人民的意志和艺术科学的标准来评奖作品》,《文艺报》1981年第12期。

这篇小说真正被批评界接受并逐渐受到好评是从孙犁写给铁凝的一封回信开始的。在这封后来以《谈铁凝的〈哦,香雪〉》为题收入《孙犁全集》的信件中,孙犁表达了对这篇小说的由衷赞赏。在孙犁看来,"这篇小说,从头到尾都是诗,它是一泻千里的、始终一致的。这是一首纯净的诗,即是清泉。它所经过的地方,也都是纯净的境界"①。据参与了1982年度全国优秀短篇小说评奖的崔道怡回忆,孙犁的这封信后来先是在报纸上发表,引起巨大反响。1983年1月为推荐佳作参与评奖而创办的《小说选刊》转载了《哦,香雪》和孙犁的这封信。经过这样的社会反响,《哦,香雪》才最终进入1982年度全国优秀短篇小说奖的名单。这篇小说之所以原来不被重视,其实与当时大家对它的认识有关。在当时,不仅孙犁认为这篇小说是一首诗,参与评奖的沙汀、冯牧、王蒙等人也表达了对这篇小说的偏爱。一开始大家之所以不敢给予它更高的评价,与传统文学观念的影响有关。当时的很多批评家或许并没有看到这篇小说的"政治性",甚至没有看透这篇小说"真正的内涵"②,而主要是将它的意义界定为纯净的诗情和隽永的意境。如果《哦,香雪》中现代化憧憬的内涵在当时就被发掘出来,它的被认识过程很可能要比我们现在所看到的顺利得多。

受八十年代新启蒙思潮的影响,批评家很快又从这篇小说中发掘出现代化憧憬的内涵。在《哦,香雪》中,王蒙相信"希望就在

---

① 孙犁:《谈铁凝的〈哦,香雪〉》,《孙犁全集》(第七卷),人民文学出版社2004年版,第91页。
② 当时参与将《哦,香雪》改编为电影的导演谢晓晶曾经致信铁凝说:"这篇小说真正的内涵到底是什么?它所反映的思想内容、社会内容到底是什么?看来很多人并没有弄清楚,或者说有不同看法。"转引自宫立:《铁凝关于剧本〈哦,香雪〉的通信》,《传记文学》2019年第2期。

前头"①。陈丹晨认为"现代化"的来临"为台儿沟的人们打开了一个神奇广大的世界,激起了人们心理上的巨大波澜"②。雷达也乐观地宣称,香雪追求的是"每一个不同于昨天的新的'明天',那也是对不断变化的新生活的全部憧憬、信心和神往"③。这种带有知识分子精英意识的文本解读一直持续到二十世纪末。进入新世纪以后,由于认知装置的改变以及社会底层意识的加入,批评家们从这篇小说中又延伸出对城乡二元结构的批判、对"劳动人民意识"的重视以及对知识分子精英意识压抑农民基本物质追求的反思。罗岗、刘丽认为,香雪在八十年代所追求的并非当年的知识分子构建出来的"现代文明",她们不过是解决"三顿饭"与"两顿饭"的困境,通过"发卡""纱巾"尤其是"铅笔盒"而在生活境遇上努力接近"城里人"而已④。程光炜认为,香雪的"铅笔盒"里有两个"1980年代",一个是知识精英的启蒙话语,一个是香雪的物质追求,但是,"知识精英意识"压抑了香雪们的"劳动人民意识"⑤。金理也认为,香雪对"现代自我"的追求,理所当然地包括物质充实和精神丰富两个方面⑥。可以说,三十多年来批评界对《哦,香雪》的解读在一定程度上体现了新时期以来中国作家、批评家的认知装置、思想意识的嬗变。这些批评既丰富了《哦,香雪》的阐释空间,但

---

① 王蒙:《漫话几个青年作者和他们的作品》,《作品与争鸣》1983 年第 8 期。
② 陈丹晨:《天真的、单纯的、真诚的……——记铁凝的创作》,《萌芽》1984 年第 1 期。
③ 雷达:《铁凝和她的女朋友们》,《花溪》1984 年第 2 期。
④ 罗岗、刘丽:《历史开裂处的个人叙述——城乡间的"女性"与当代文学中"个人意识"的悖论》,《文学评论》2008 年第 5 期。
⑤ 程光炜:《香雪们的"1980 年代"——从小说〈哦,香雪〉和文学批评中折射的当时农村之一角》,《上海文学》2011 年第 2 期。
⑥ 金理:《"青春"遭遇"远方的世界"——〈哦,香雪〉与〈妙妙〉的对读》,《中国现代文学研究丛刊》2012 年第 7 期。

同时也因为时代思潮的影响和认知装置的局限在不同程度上遮蔽了我们全面解读这篇小说的可能。

二、现代化憧憬及其多重面向

在这篇小说中,铅笔盒,准确地说是自动铅笔盒,是一个核心意象,在表达作家的现代化憧憬时起着至关重要的作用。为了突出铅笔盒的象征意味,小说反复强调了香雪追求铅笔盒时的心理状态。在学校,她为自动铅笔盒的"哒哒声"所吸引;在车站,她为自动铅笔盒的出现而激动;得到自动铅笔盒之后,她又为对"幸福"的拥有而陶醉。在这里,自动铅笔盒的象征意味、香雪对未来幸福的浪漫想象得到了相当充分的表达。那么,这个被批评家反复陈说的铅笔盒到底包含着哪些意涵呢?

首先是对现代化的向往。虽然八十年代文学批评中的启蒙主义有可能"压抑"了那个时代对香雪合理物质追求的解读,但是,这却不能成为完全否定将铅笔盒解读为香雪现代化想象之象征的理由。对历史的解读不仅需要反思性的批判,还需要历史之同情。在八十年代启蒙主义的强大精神感召下,将铅笔盒解读为现代化想象的一个象征其实不难理解,而且在文学作品中也可以很好地予以落实。所以,将铅笔盒理解为现代化的象征既是文学批评"同时代感"的要求,也是文本细读的自然结果。这里所说的现代化至少包含着以下三种内涵。

其一是对知识、文明的追求。如果在这样的层面上将铅笔盒、书包与发卡、尼龙袜等物品区分开来,是有其合理性的。毕竟,对知识的追求是"上世纪80年代初现代化运动兴起的时代背景上最响亮的话语"①。现代化的实现需要依靠知识作为依托,个人幸福的获得也更多地需要以知识作为基础。其实在八十年代初期,很多文学作品都不同程度地表现了对知识的重视,这样的作品不仅包括改革文学,如蒋子龙的"开拓者家族"系列、贾平凹的"农村改革三部曲"等,同时还包括如周克芹的《许茂和他的女儿们》,路遥的《人生》《平凡的世界》等更多的作品。这其实表达了八十年代人们对现代化实现方式的一种想象。"四个现代化,关键是科学技术的现代化。没有现代科学技术,就不可能建设现代农业、现代工业、现代国防。没有科学技术的高速度发展,也就不可能有国民经济的高速度发展。"②

其二是对城乡平等关系的追求。有学者指出,在这篇小说中,"城市是文明的,乡村是淳朴的,二者处于一种友好的交流状态"③。的确,那代表着城市的火车乘务员"北京话"对香雪们并不显得居高临下,在陷入姑娘们的包围时,他甚至显得有些不知所措。在火车上,当香雪红着脸告诉女学生,想用鸡蛋和她换铅笔盒时,女学生不知怎么的竟也红了脸,她一定要把铅笔盒送给香雪。当香雪坐火车到达西山口时,旅客们还劝她在这里住上一夜。这似乎都在表明,八十年代初期的城市与乡村的确处于一种"初次接触"的"美好"状态。但是,与其将这一切视为一种现实主义的书写,倒不如将其视为一种充满浪漫情怀的乐观想象更为合适。

---

① 毕光明:《文明落差间的心灵风景——重读铁凝〈哦,香雪〉》,《名作欣赏》2008年第10期。
② 邓小平:《在全国科学技术大会开幕式上的讲话》,《邓小平文选》(第二卷),人民出版社1994年版,第86页。
③ 梁波:《新时期以来"城乡关系"书写的嬗变——〈哦,香雪〉、〈九月还乡〉和〈明惠的圣诞〉的并置解读》,《当代文坛》2010年第6期。

在同样发表于1982年的中篇小说《人生》中,高加林就有着完全不同的体验。当他与巧珍一起跟随德顺爷到县城拉粪的时候,由于担粪时让院子里乘凉的人闻到了臭味,就被这些"城里人"反复骂作"讨厌的乡巴佬"。"高加林这下不能忍受了!他鼻根一酸,在心里想:乡里人就这么受气啊!一年辛辛苦苦,把日头从东山背到西山,打下粮食,晒干簸净,拣最好的送到城里,让这些人吃。他们吃了,屁股一撅就屙就尿,又是乡里人来给他们拾掇,给他们打扫卫生,他们还这样欺负乡下人!"①同样是对八十年代初期中国城乡关系的描写,《哦,香雪》与《人生》呈现出了两种完全不同的面貌。在这里,并不想对两者谁更真实的问题进行探究,但值得注意的是,《哦,香雪》的叙事视角是站在一个城里人的位置上的,而《人生》的叙述者则站在"乡下人"的位置上,视角不同,观察到的城乡关系也自然有别。不仅站在不同位置上的叙述者对同一时期的城乡关系给出了截然不同的描述,即便是同一个叙述者在不同的历史时期对中国城乡关系的描述也会发生巨大的变化。在铁凝发表于2002年的短篇小说《谁能让我害羞》②中,送水少年就是"乡下人"的象征。他的内心充满自卑,希望能在"城里人"面前找到自信与尊严。那个高贵的、冷漠的、对送水少年充满厌恶之情的女人则代表着"乡下人"心中的城市。送水少年在女人面前做出的所有看似可笑的举动,仅仅是想证明自己的价值,卑微的"乡下人"想向他心目中高贵的"城里人"证明他自己的价值。但是他失败了,他无法向"城里人"证明自己的价值,他无法在"城里人"面前找到自信与尊严。"乡下人愿意认同城里人的价值标准,

---

① 路遥:《人生》,中国青年出版社1982年版,第109页。
② 发表于《长城》2002年第3期。

却遭遇阿Q不准姓赵的厄运。"①极力希望融入城市的"乡下人"最终还是被城市残酷地拒绝了。在城乡关系的意义上,"《香雪》就是《害羞》的前传,《害羞》则是《香雪》的今生"②,它们凝聚着、彰显着铁凝在改革开放的初期和深入期对城乡关系的不同评判。

即便是在《哦,香雪》中,城乡关系也并不像想象中的那样美好。当女学生一定要把铅笔盒送给香雪时,香雪想的是,"台儿沟再穷,她也从没白拿过别人的东西"。当"北京话"告诉她可以到他在西山口车站的亲戚家过夜时,"香雪并没有住,更不打算去找'北京话'的什么亲戚。他的话倒使她感到了委屈,她替凤娇委屈,替台儿沟委屈"。香雪的这些行为与其被简单地解读为"乡下人"淳朴品德的表现,倒不如说更像是"乡下人"在"城里人"面前的一种维护自我尊严的行为。

香雪这种对城乡差距的敏感和对城乡平等的追求更表现在她对铅笔盒的追求上。香雪为什么如此希望得到一个自动铅笔盒呢?那个皮书包为什么就没有引起她如此强烈的冲动呢?这里面恐怕不仅仅是对知识的渴望,还包括对城乡平等尊严的追求。"只要能拥有这种铅笔盒,她就能理直气壮地生活在同一种文明里,失去的自尊就能找回,再也不会被人看不起。所以得到新型铅笔盒,首先是香雪的个人需要,是获得尊严、实现自我的需要,……香雪的情结就是洗雪文明的落差带给她的屈辱。……这个铅笔盒将改变她的身份,使她进入文明的行列,与山外的同学平起平坐。"③所

---

① 徐德明:《"乡下人进城"的文学叙述》,《文学评论》2005年第1期。
② 翟业军:《谁让谁害羞?——从〈哦,香雪〉到〈谁能让我害羞〉》,《上海文化》2011年第6期。
③ 毕光明:《文明落差间的心灵风景——重读铁凝〈哦,香雪〉》,《名作欣赏》2008年第10期。

以,香雪对铅笔盒的追求也就完全可以解读为一个"乡下人"为了获得与"城里人"同样的尊严而付出的行动。在获得了那个具有浓厚象征意义的铅笔盒之后,香雪想到的不仅包括"上大学""坐上火车到处跑""要什么有什么"的个人幸福,而且包括作为农村的台儿沟拥有与城市平等待遇的社会幸福:

  那时台儿沟的姑娘不再央求别人,也用不着回答人家的再三盘问。火车上的漂亮小伙子都会求上门来,火车也会停得久一些,也许三分、四分,也许十分、八分。它会向台儿沟打开所有的门窗,要是再碰上今晚这种情况,谁都能从从容容地下车。

  这是得到铅笔盒之后,香雪对台儿沟幸福未来的想象,这也是在获得人的主体性的觉醒之后,香雪才"发现"了的新的"风景",而香雪之所以能够"发现"这样的"风景"则完全得益于其主体性的获得,"只有在对周围外部的东西没有关心的'内在的人'(inner man)那里,风景才能得以发现。风景乃是被无视'外部'的人发现的"①。也就是说"风景"是被获得了人的主体性的"现代人""发现"的,也只有获得了人的主体性的"现代人"才有可能对未来的幸福产生如此的想象。这也就是铅笔盒所包含的现代化追求的第三个方面的内涵:人的主体性的觉醒。

  如果八十年代的香雪能够对现代化的未来产生憧憬与想象,以上三点应该是她能够达到的最高极限了:获取追求现代化未来的文化知识、努力打破城乡之间的不平等关系并在此过程中获得

---

  ① 柄谷行人:《日本现代文学的起源》,生活·读书·新知三联书店2003年版,第15页。

个体意识的觉醒。但是，这一切都应该建立在一定条件的物质基础之上，用《哦，香雪》中的话来讲，就是首先解决"三顿饭"与"两顿饭"的问题，或许这才是八十年代的香雪们最初的追求。

三、物质性追求及其未来隐忧

小说中有这样一个细节：当凤娇指着一个妇女头上的"一排排金圈圈"要香雪快看的时候，香雪却说："我怎么看不见？"等她终于看到了的时候，却很快又发现了"皮书包"。或许在铁凝以及当时的知识分子那里，书包和自动铅笔盒可以被视为"现代化"的象征，而金圈圈、手表、玻璃发卡、丝巾和尼龙袜则被看成了"物欲"的代表。这在一定程度上显示了八十年代初期知识分子对现代化的一种浪漫主义想象。这种想象一方面没有注意到香雪的追求中其实不仅包括所谓的现代化的"明天"，同时也包括着与发卡、手表、丝巾、尼龙袜等在小说中被"压抑"为"物欲"的东西同样的物质追求：追求知识的工具并非只有自动铅笔盒，木质铅笔盒不也是一样的吗？香雪在拥有了木质铅笔盒之后为什么还如此希望拥有一个自动铅笔盒呢？而且，在终于得到心仪已久的自动铅笔盒之后，她往里面放的第一件东西不是铅笔等文具，而是"一只盛擦脸油的小盒"。这一细节或许也在暗示着，在更深广的意义上，这一铅笔盒并不具有八十年代的文学批评所宣称的那样伟大的"现代性"意义。如果说自动铅笔盒象征着对现代化的追求，那么，手表就不能象征吗？对时间的强调难道不是现代性的一个同样重要的标志吗？所以，铅笔盒与其他事物大体上应该具有相似的意义：一方面，它们象征着闭塞落后的农村对现代化美好未来的憧憬;但另一方面,它们首先更是象征着长期陷于贫困状态的农村对物质幸福的向往。即便是认为香雪的确有追求知识的渴望,但是,香雪心目中的知识与作家批评家心目中的知识恐怕也不在同一个层面上。如果说作家批评家的知识预示着一种浪漫主义的现代化前景的话,那么,香雪心目中的知识则更可能是通往物质富裕的一座桥梁。不必指责凤娇们对发卡、丝巾的追求,在八十年代初期,经历了长期的物资匮乏之后,处于青春期的爱美女孩表现出一种对物质的追求是十分自然的事情。只不过在后来,这种对物质的追求出现了疯狂的功利主义倾向和日益增长的物质化倾向,此时我们才可以批判膨胀的物质欲望给人们追求幸福的道路产生的负面影响。

就八十年代初期人们对现代化前景的向往而言,中国社会可能存在着三种并不相同的情况:官方所追求的"现代化"可能是指,在充分实现物质层面上的西方化的同时,保持精神领域中的社会主义化;人文知识分子设想的"现代化"可能不仅包括物质层面的富足,同时也意味着人的主体性的充分张扬;而就普通老百姓而言,尤其是长期陷于贫困状态的广大农民而言,所谓的"现代化"可能更多体现在物质生活的逐渐富裕方面。

在有关《哦,香雪》的批评与解读中,现在已经能够十分清晰地看出当时知识分子与普通民众在现代化想象方面的不小差异,也同样可以看出知识分子话语权在八十年代占据主体地位进而压抑与淹没普通民众话语权的历史现实。在八十年代启蒙思潮的影响下,知识分子在铅笔盒中看到的只是"现代化"的"美好明天",而严重忽略了香雪们对物质幸福的向往与追求。其实香雪们的"现代化"可能"再也直接和简朴不过了:解决'三顿饭'与'两顿饭'的困境,通过'发卡'、'纱巾'尤其是'铅笔盒'而在生活境遇上努力接近于'城里人'。这就是她的'1980年代'的'全部'"①。虽然"1980年代新启蒙思潮在高扬人道主义旗帜时","压抑了农民和工人等劳动阶级物质欲望和权力要求的问题"②,"然而,'欲望'可以'压抑'却不能'消灭','物欲'注定要在不久的将来以'另一种形式'重新返回"③。其实被"压抑"的与其说是人们的"物欲",倒不如说是人们有关"物欲"的话语权。启蒙主义精神在八十年代时代思潮中的崇高地位的确在一定程度上"压抑"了人们有关物质追求的思考与表达,但是,文学领域中对启蒙的追求无论如何也不可能"压抑"到现实生活中人们对物质幸福的真正追求。虽然八十年代初期的中国文学依然与社会之间存在着紧密的同构关系,但是今天的批评家显然还是高估了文学对劳动人民物质生活的影响。在40年后的今天,当我们反观改革开放以来人们的物质追求时可以十分清晰地看到,即便是在改革开放初期启蒙主义精神高扬的时候,人们的"物欲"也始终未被真正地"压抑",党和政府也一直在十分高调地鼓励人们去追求物质财富的满足。在此意义上,与八十年代的官方意识形态取得高度契合的恐怕并非当时的知识精英,而是普通的劳动人民。因此,香雪们在八十年代的物质追求虽然在文学作品中受到了启蒙主义文化思潮的"压抑",但是,因为与官方意识形态之间存在着更多的契合,在现实的

---

① 程光炜:《香雪们的"1980年代"——从小说〈哦,香雪〉和文学批评中折射的当时农村之一角》,《上海文学》2011年第2期。
② 程光炜:《香雪们的"1980年代"——从小说〈哦,香雪〉和文学批评中折射的当时农村之一角》,《上海文学》2011年第2期。
③ 陈丹晨:《天真的、单纯的、真诚的……——记铁凝的创作》,《萌芽》1984年第1期。

层面上这种追求从来没有被淹没过,而且,与知识精英的现代化憧憬相比反而具有更加强劲的生命力,以至于在后来的某段时间内我们不得不对这种已经染上了异化色彩的现代化追求提出警惕。所以,在改革开放日益深化的今天,如果我们再去反思八十年代的现代化追求的话,值得注意的恐怕不再是知识分子精英意识对工人、农民物质追求的有意无意的"压抑",而是那种日益浓厚的"物欲"追求。

如果说八十年代的作家、批评家在强调启蒙的同时忽略了香雪们的物质追求的重要性的话,那么,今天的学者则有可能在强调普通民众公平合理的物质追求权力时,忽略了后来很长一段时期整个社会在物质追求方面愈演愈烈的功利主义及"物化"倾向。就社会幸福而言,只强调人精神领域的自主、自由与独立,有可能会忽略社会底层群体最基本的物质幸福的实现,但是在强调物质追求合理性的同时,如果不能注意到"物欲"的消极膨胀,现代化的另一面也同样可能降临到香雪们的头上。这时候,对现代化的追求本身带来的可能并不仅仅是他们梦寐以求的幸福,还极有可能包括他们所不愿面对的痛苦,这些不仅是现代化前夜的人们所无法预见的,同样也可能是正生活于现代化今天的我们所忽略的。

田中禾文学年谱[1]

田中禾,中国当代著名作家,生于1941年,河南省唐河县人。历任河南省文联副主席、河南省作家协会主席,第五、第六届中国作协全委会委员。代表作有长篇小说《匪首》《父亲和她们》《十七岁》《模糊》,短篇小说集《落叶溪》,中短篇小说《五月》《明天的太阳》等。《五月》曾获第八届全国优秀短篇小说奖,《明天的太阳》曾获第四届上海文学奖,此外获得《天津文学》奖、《莽原》文学奖、《奔流》文学奖、《山西文学》奖、《世界文学》征文奖、首届杜甫文学奖,第一、二、三届河南省文学艺术优秀成果奖等多种奖项。

1941年,1岁

田中禾,原名张其华,1941年2月5日(农历辛巳年正月初十)[2]

---

[1] 在年谱编制过程中,田中禾先生为笔者提供了不少第一手资料,并先后五次对年谱进行了审阅、订正。特向先生表示感谢!

[2] 该日期是笔者向田中禾先生本人确认的。在一些官方介绍及履历表中,田中禾的出生日期显示为1941年12月15日。据田中禾介绍,该错误的出现是由当年统计户口的两个年轻工作人员的工作疏忽造成的。等田中禾发现这个错误要求更改时,却发现更改户口信息并非想象中那么容易。因为不是特别紧要的错误,田中禾索性将错就错,一直沿用了下来。

出生于河南省唐河县城牌坊街一个小商人家庭,祖居城东三里文峰塔下的侉子营(大张庄)。田中禾的曾祖父①张凤吾是唐河县最后一次乡试的秀才。关于这一点,田中禾在《十七岁》等自传体小说中曾不止一次提到,但是这个颇可以引以为豪的书香文脉在田中禾父亲那里似乎并未得到传承。

"我一直觉得自己是个幸运的人。上帝把我造就在一个历史悠久的小县城,生在一个不富贵也不贫穷的小商人家庭,让我有一个智慧而坚强的母亲,两位具有文学天赋和浪漫性情的哥哥。"②"小城故事多,县城是乡村与都市文化交汇的地方,是人性表演的很好的舞台。生在小商人家庭,从小在柜台边长大,看来来往往各种人的行状,听市井里各种各样的传说故事。我的很多小说都来自母亲的讲述,来自街坊邻里、店铺伙计们留在我童年里的记忆。家乡县城给了我丰富的文学资源。"③

唐河县位于河南省西南部,与湖北省交界,有着悠久的文明历史和丰富的文化积淀,产生了著名哲学家冯友兰,地质学家冯景兰,文学家冯沅君、宗璞、李季等诸多历史文化名人。活跃在该县城乡的汉剧、曲剧、豫剧、越调、鼓词等传统民间文化艺术给了田中禾丰富的文化营养和艺术熏陶。

---

① 在《外祖母的驴子和外祖父的棺材》这篇作品中,田中禾使用的词汇不是"曾祖父",而是河南方言"老爷"(田中禾:《故园一棵树》,第 46 页,海燕出版社 2001 年版),在这里"爷"字不读轻声,老爷(lǎo yé)即曾祖父。在江苏文艺出版社出版的《十七岁》中,"老爷"被误改为"姥爷"(田中禾:《十七岁》,第 23 页,江苏文艺出版社 2011 年版)。"姥爷"是指外祖父,与河南方言"老爷"完全不是一回事。
② 田中禾:《因文学而幸福——〈明天的太阳〉代序》,见《明天的太阳》,第 1 页,河南人民出版社 2014 年版。
③ 苗梅玲、田中禾:《在文本现场自由行走——田中禾访谈录》,《东京文学》2012 年第 3 期。

1943年,3岁①

大姐张书桂去世。她去世时是一个17岁②的风华正茂的女校高才生,性格乖戾而执拗,因对婚事不满早年夭亡。大姐的故事被田中禾写成了回忆性散文《十七岁的大姐》,这篇散文后来又以《十七岁的杂货店小姐》为题收进了长篇小说《十七岁》。

田中禾父母共生养子女五人:长女张书桂生于1926年,17岁去世。次女张书雯生于1930年,在堂姊妹中排行老六,被田中禾习惯性地称为"六姐",其青少年时期的故事被田中禾写成了小说《六姑娘十七岁》。长子张其俊生于1931年,"是我的文学启蒙者,他影响了我和二哥"③。其故事主要出现在《十七岁》中的《少年远行》和《鼠年的疥疮》两章。次子张其瑞1934年生,毕业于西安交通学院,是新中国培养的第一批专科毕业生。因爱好文学,参加文学活动,在反胡风运动中被批判,后被划为右派,赴南疆劳改。平反时已年过半百,患上了被迫害妄想症,不能融入正常社会,不久便悒郁而终。张其瑞对田中禾影响很大,不仅对他文学道路的选择具有重要启蒙作用,其右派身份使田中禾不能如愿进入理想的大学,而且其人生遭遇也为田中禾反思那个特殊的年代提供了直接的历史经验和情感体验。"受二哥右派的影响,我走入人生低谷,在社会底层漂泊。二哥的书成为我流浪生涯里的精神港湾,在

---

① 这个时间是笔者将年谱发给田中禾审定时,他专门订正的。在《十七岁的大姐》中,作者说:"她是我出生后第二年离开人世的。"(田中禾:《十七岁的大姐》,见《故园一棵树》,第91—92页,海燕出版社,2001)不确。

② 这里的年龄是周岁。按本年谱计算方法,张书桂去世时当为18岁。因田中禾在不少作品中都说大姐17岁去世,故本年谱尊重作者说法,不作更改。另,本年谱引用田中禾作品时,除特殊说明外,年龄均为周岁,与本年谱计算方法不同。

③ 田中禾:《因文学而幸福——〈明天的太阳〉代序》,见《明天的太阳》,第1页,河南人民出版社2014年版。

艰难岁月里,给我的心灵以滋养和安慰。书上留下的红蓝铅笔圈划的印迹让我触摸到二哥的心迹,激发了我对文学的向往和崇敬。其瑞二哥,是我的文学殉道者。他为文学牺牲了自己,成全了我。"①1992年7月,田中禾创作了具有纪念意义的《印象》,以小说笔法简单勾勒了二哥的三段婚恋、西安求学、在新疆的工作及磨难,以及他晚年的不幸。2015年,田中禾又发表了以二哥的人生经历为背景的中篇小说《库尔喀拉之恋》。三子张其华,即田中禾。

1944年,4岁

父亲张福祥因"温季肆疟"②去世,享年59岁。张福祥生于1886年③,以编灯笼笊篱起家,在牌坊街开起"福盛长"杂货店,37岁时与小他18岁的田中禾的母亲结婚④。1944年深秋,因为生意失败,张福祥的心理受到很大打击,不久病逝。"父亲早逝,给我的童年打上了悲悯的烙印,使我对世界很敏感,多愁善感、悲天悯人成为我性格的底色。在全家人娇纵下长大,又形成了桀骜不驯、骄矜自若的个性。"⑤

---

① 田中禾:《因文学而幸福——〈明天的太阳〉代序》,见《明天的太阳》,第1页,河南人民出版社2014年版。
② 关于这个病,田中禾有过一段说明:"'温季肆虐',这个夺去了我父亲生命的神秘的病名,令人闻而生畏,成为我从小铭刻于心的记忆。这个带着灰色阴影的词汇,我始终弄不清是哪几个字,也无法推断它出自哪部秘传典籍。……长大以后,听母亲讲,父亲临死时眼珠发黄,全身透出黄褐色斑块,我怀疑是不是急性黄疸型肝炎?如果真是这样明白确切的病,父亲病逝的神圣性就会消减,我最好别妄下推断,宁愿父亲害的是谁也不懂的神秘的'温季肆虐'。"田中禾:《故园一棵树》,第149页,海燕出版社2001年版。
③ 据田中禾给笔者发来的《田中禾家庭概况》(未刊)。
④ 据《一九四四年的枣和谷子》提供的信息,田中禾父母结婚的时间为1923年,时年张福祥37周岁。据《田中禾家庭概况》,田琴生于1903年,她结婚时应为20周岁,如此,张福祥比田琴大17岁。但这篇文章叙述说大了18岁,矛盾。另,在《田中禾家庭概况》中,张福祥属狗,在这篇文章中也被改为属虎。若该文被视为小说,这些信息自不重要;若被视为自传性回忆,如此信息矛盾则应指出。
⑤ 苗梅玲、田中禾:《在文本现场自由行走——田中禾访谈录》,《东京文学》2012年第3期。

1947 年,7 岁

入唐河县私立模范小学读书。该校是民国时期唐河县城最好的小学。田中禾在这里只读了半年,学校就在战火中解散。此后,田中禾一直在私人兴办的临时学校里流荡。

1949 年,9 岁

唐河县第一完全小学成立,田中禾在这里继续小学学业,直至毕业。小学五年级时,曾尝试以当年逃难回到县城,看到家中满院荒草为背景开始长篇小说创作,却只以这个场景写了开头,没能写出下文。

1953 年,13 岁

考入唐河县第一中学初中部。此间,田中禾受到文学启蒙。"引导我走上文学道路的是我初中的老师杨玉森。她出身名门,是县城第一代新女性。她上语文课,不拘泥课时计划,经常一连几天给我们朗读小说。她赞赏我的文章,常把我的作文、周记拿到课堂上去读,在她的热情怂恿下,我开始给杂志投稿,直到有一天,出版了自己的书。"①

1956 年,16 岁

考入唐河县第一中学高中部。此间,田中禾阅读了大量中外诗歌,其中,臧克家编选的《中国新诗选(1919—1949)》和袁水拍翻译②的《五十朵番红花》(五十位外国诗人诗选)激起了他对诗歌

---

① 田中禾:《因文学而幸福——〈明天的太阳〉代序》,见《明天的太阳》,第 1 页,河南人民出版社 2014 年版。

② 在田中禾最初给笔者发来的资料中,译者被误记为郭沫若,经笔者核实,应为袁水拍,遂改正。但在笔者将修改稿发给田中禾审订时,他又将袁水拍改为郭沫若,说是记忆至此。笔者再次核实为袁水拍后,与田中禾电话沟通,他才最终确定是记忆有误。笔者将该细节赘述于此,并非要说明自己如何严谨,而是想表明记忆有时何其顽强,也想借此提醒研究作家回忆录的学者对回忆录的内容保持应有的警惕。

下编 作家回忆录与八十年代文学历史化研究

的爱好。同时,他也创作了不少诗歌,甚至还为自己编了四本诗集:《晨钟集》《晨钟续集》《晨钟三集》和《啼血集》,均未刊。

1957年,17岁

转学至新建河南省第一工农中学(今郑州市第七中学)。此间,田中禾阅读了印度史诗《沙恭达罗》。该书对田中禾的文学观念和文学创作产生了很大影响。"《沙恭达罗》使我明白了什么是诗,明白了什么是文学的魅力,我于是告别了曾经非常喜爱、曾经非常崇拜的马雅可夫斯基和郭小川,整个暑假都沉浸在印度文学里。""迦梨陀娑和泰戈尔用诗歌为我打造了一艘诺亚方舟,使我在此后二十年的沉沦中不消沉、不气馁、保持着不息的热情。这是真善美的力量,人的激情与尊严的力量。"① 同年夏,田中禾系统阅读了莎士比亚的作品。"他的十四行诗让我一唱三叹,终生难忘。一口气读完《罗密欧与朱丽叶》《哈姆雷特》《奥瑟罗》《威尼斯商人》,诗与历史、故事与人生在语言的力量里被溶化为甘醇的美酒。"②

1958年,18岁

是年暑假,田中禾回唐河老家,遇到一位堂伯母生病,前去看望。"回到学校后,我眼前老晃动着伯母瘦削枯皱的脸,还有那只瓦盆,泔水似的神药。不久,伯母去世了。到了寒假,我就构思并写出长诗《仙丹花》。"③

1959年,19岁

5月,长诗《仙丹花》由河南人民出版社出版。"这是一部童话

---

① 田中禾:《从〈沙恭达罗〉到〈第二十二条军规〉》,《世界文学》2001年第6期。
② 田中禾:《从〈沙恭达罗〉到〈第二十二条军规〉》,《世界文学》2001年第6期。
③ 田中禾:《花儿与少年以及春天》,见《故园一棵树》,第267页,海燕出版社2001年版。

诗,一千二百行。写一个少年徐全在村里瘟疫蔓延父母病逝后,决心寻找仙丹,为乡亲们治病。他靠着善良和勇敢,战胜风暴、严寒,战胜贪婪歹毒的恶人,取来仙丹花,使全村人恢复健康。这是一个美丽的幻想。"①关于该书的出版过程,作者曾经回忆说:"那是高中三年级的事。在一个星期日,我拿着我的童话长诗去拜谒心中的圣地——坐落在工人新村的河南省文联。在那里,我遇上了值班的丁琳老师。他给我讲了一阵下之琳的诗,把我的长诗留下来。一星期后,我接到河南人民出版社的信,说他们已经决定出版这本书。"②

是年,田中禾从郑州七中毕业,考取了1958年才刚刚组建的兰州艺术学院。③ 在田中禾心目中,兰州艺术学院似乎并不理想,"心高气傲的我因为二哥的株连而未能升入理想的大学,头顶那片灿烂的天空一瞬间变得阴霾迷离。"④有关大学期间的生活,田中禾也很少交代。

1960年,20岁

5月,《仙丹花》再版。

1961年,21岁

再版后的《仙丹花》被文化部选送到"巴黎国际儿童读物博览

---

① 田中禾:《花儿与少年以及春天》,见《故园一棵树》,第267页,海燕出版社2001年版。

② 田中禾:《因文学而幸福——〈明天的太阳〉代序》,见《明天的太阳》,第1页,河南人民出版社2014年版。

③ 1958年,兰州大学中文系、西北师范学院艺术系、甘肃省文化艺术干部学校合并组建兰州艺术学院,1962年,兰州艺术学院撤消,原兰州大学中文系重新并入兰州大学,美术系、音乐系并入甘肃师范大学(现西北师范大学)。田中禾的退学证由兰州大学签发,因此,在田中禾的官方介绍和履历表中,学历部分都填写为"兰州大学中文系肄业"。

④ 田中禾:《从〈沙恭达罗〉到〈第二十二条军规〉》,《世界文学》2001年第6期。

会"展出,后来又被收入《河南十年儿童文学选》(1949—1959),由河南人民出版社出版。

1962年,22岁

3月,从兰州大学中文系退学。50年后,田中禾充满深情地回忆了他离开兰州时的场景:"我忽然想到那个寒冷的春天的夜晚,一群大学生提着行囊、网袋,簇拥着一个面目清俊的小伙子,走进兰州东站的货运闸口。他们沿着在黑暗中闪闪发光的铁轨,找到东去的列车,在车厢前喧哗、祝福。小伙子安放好行李,伏在车窗上与同学挥手告别,满脸喜气,兴头十足,像一个仗剑远行的侠客,飞出樊笼的小鸟。"①据说,他还"就着昏暗的车灯给同学们写了首小诗算作告别,那首小诗写道:夜已密缝/我醒来时将看到故乡的太阳"。②

5月,到郑州市郊区葛砦大队唐庄村务农。落户后,田中禾一边参加生产队劳动,一边坚持读书写作。在短短两年时间内读完了大学高年级的课程,写了两部长诗《贾鲁河的春天》《金琵琶的歌》,三本短诗集,一部长篇小说(《奔流的贾鲁河》)的前四章。但是因为各种原因,这些作品在当时都未能出版。

是年,田中禾与韩瑾荣结婚。韩瑾荣比田中禾小一岁,气质与田中禾一样浪漫。"她在新婚时曾赋短诗数首,其中有《寄桃花二首》,写道:离了枝儿薄了命,从此枯在荒草间。""母亲和妻子,是田中禾生活中和事业中两个伟大的女人。"③

1964年,24岁

8月,离开郑州到信阳落户。因告发支书、队长伙同郑州市一

---

① 田中禾:《二十一世纪我在怎样生活?》,《小说评论》2012年第2期。
② 南丁:《浪漫的田中禾》,《中国作家》1995年第1期。
③ 南丁:《浪漫的田中禾》,《中国作家》1995年第1期。

个工厂的供销科长套购工业酒精充当白酒而被报复,田中禾无法在葛砦继续生活,无奈之下到信阳市郊区六里棚村(今浉河区六里棚社区)投奔姐姐、姐夫,居住在生产队的牛屋里。在信阳期间,田中禾夫妇成为代课教师和学习毛主席著作积极分子。在工作、劳动间隙,田中禾依然坚持文学创作,阅读名著。

1968年,28岁

12月,离开信阳回唐河老家。"文革"期间,田中禾被作为文艺黑线的黑苗子进行批斗。在信阳无法生活的田中禾夫妇回到了唐河县城,因为恰好赶上城镇人口的下乡热潮,他们暂居田中禾的农村老家大张庄,借住在一个堂侄的厨房里。

1969年,29岁

因为在给同学的信中不同意"毛泽东思想是当代马列主义最高峰",并批评"大跃进"以来的社会现实,田中禾被作为攻击毛泽东思想的现行反革命分子逮捕,关押审查二十余天后,被教育释放。

1972年,32岁

10月,因"落实市民下乡政策",田中禾一家回到唐河县城,夫妇二人成为代课教师。转正时,田中禾因公安局存有"现行反革命"档案,政审不合格,非但转正未果,代课教师的职务也被辞退。此后,田中禾长期在河南、湖北流浪,靠画毛主席像、写毛主席语录、推煤、烧锅炉、跟剧团拉琴、办街道小印刷厂谋生。"那正是落魄故乡市井,惶惶不可终日的年代,背负着灰色人物的阴影,职业无着,为了养家糊口,有时流浪,有时在工厂打小工。每天一元二角钱,还要给街道抽交管理费。深夜,常有街道干部突然敲开大门打着手电,闯进我和母亲的卧室来查户口,盘问偶然寄住的亲友,翻检他们的衣物……"①

1980年,40岁

获平反。

1981年,41岁

1月,进唐河县文化馆工作。田中禾把1962年自己主动从兰州大学退学到1981年到唐河县文化馆工作这段时间称为"自我放逐"的20年。"没有这二十年的流浪生涯,我的作品决不会有这样深痛的沧桑感。正如前面所说,其实我并不悲观,也从不绝望,我只是在阅历丰富之后能够正视人间的不平和苦难,有了更强烈的批判意识而已。"②在文化馆期间,田中禾阅读了《第二十二条军规》。这本书给他带来了很大的震撼,甚至在一定程度上改变了他的文学观。"当我结束二十年的漂泊……正当苦于找不到要读的书时,在我们文化馆那个小小的图书室里我居然发现了一本《第二十二条军规》。这本书真把我震撼了。……《沙恭达罗》的真实是少男少女的真实,《第二十二条军规》却是成人世界的真实。《沙恭达罗》使我感动,《第二十二条军规》使我觉悟。如十六岁时的饥渴一样,《第二十二条军规》引起了我第二次阅读饥渴。……从波德莱尔、艾略特开始,我又像从大学退学刚刚下乡时那样,一个专题、一个专题,一个作家、一个作家地阅读。"③

3月,诗歌《鲁迅故居诗钞》(三首)发表于《洛神》第3期。

9月,诗歌《鲁迅的眼睛》发表于《人民日报》9月10日。

---

① 田中禾:《故园一棵树》,见《故园一棵树》,第20页,海燕出版社2001年版。
② 苗梅玲、田中禾:《在文本现场自由行走——田中禾访谈录》,《东京文学》2012年第3期。
③ 田中禾:《从〈沙恭达罗〉到〈第二十二条军规〉》,《世界文学》2001年第6期。

1982年,42岁

发表短篇小说《小城里的新闻人物》(《百花园》第4期)、《玉鸽》(《百花园》第5期)、《梦在晨曦里消散》(《躬耕》第7—8期)、《梧桐院》(《躬耕》第10期)。

1983年,43岁

发表短篇小说《两垄麦》(《百花园》第3期)、《遥远的彼岸》(《百花园》第7期)、《月亮走,我也走》(《当代》第4期)。

该年曾凡发表了文学评论《田中禾小说印象》(《百花园》第11期),这是目前所见有关田中禾文学创作最早的评论文章。

1984年,44岁

是年春,田中禾母亲田琴去世,享年82岁①。母亲去世时,"吊唁的人密密麻麻挤满我家院子和门口的小路,几乎一道街的旧友街坊都以诚挚的敬意向她告别。那一刻,我深为母亲平凡的一生感到自豪"。在总结母亲在乡里间赢得如此尊敬和声望的原因时,田中禾说:"也许是太多的人生苦难和坚强自信、自强不息的性格造就了她。"②母亲的离开使田中禾陷入了深深的悲伤之中。"虽然她是八十二岁高龄离开我,可我还是没法接受失去母亲的现实,无心读书,也不能写作,直到半年后才从悲痛中慢慢走出来。"③母亲不仅是田中禾的启蒙老师,同时也是对他影响最大的人。"母亲自尊而热爱生活的家风一直是我多少年坎坷岁月的精

---

① 在《田中禾家庭概况》中,田琴的生卒年被清楚地叙述为:"生于1903年(癸卯兔年)农历十一月十五,卒于1984年3月9日(甲子年二月初七)。"按周岁计算法,田琴去世时应为81岁,但在作者的所有叙述中,这个年龄都是82岁,这显然与他对父亲、大姐、六姐等人年龄的计算方法相矛盾。
② 田中禾:《梦中的妈妈》,见《故园一棵树》,第18页,海燕出版社2001年版。
③ 田中禾:《重读〈五月〉》,《今晚报》2012年4月19日。

神支柱。""善良、智慧、刚强、正直、热情、开朗、乐于助人、丰富的母亲,留给我汲取不完的人生滋养。"①这样一个母亲形象在田中禾的很多文学作品中曾经反复出现,成为他文学创作的一个持久性主题,这些作品主要包括:短篇小说集《落叶溪》,长篇小说《匪首》《十七岁》《父亲和她们》。

1985年,45岁

短篇小说《五月》发表于《山西文学》第5期。"《五月》以人性的视角,从丰收季节的苦恼和家庭亲情矛盾切入,就是想给那段历史留下一个真实写照。为了真实,就选取最平常的农家、最平常的生活,不制造轰动情节,不进行形式方面的先锋探索,让整篇文字呈现出平凡的面貌。"②有评论认为,《五月》代表了田中禾现实主义创作的最高成就。"小说表现出了田中禾现实主义的敏锐感觉和深邃洞察力。撕裂了农村现实生活中富丽堂皇的画布,摘去了长期罩在当代农村和农民头上的漂亮光环,现出了当代农村现实生活的本来面目,更主要的,也是作品最富现实主义深度的,是它避开了在世风影响下乡土小说的乐观浪漫情怀,以真诚的态度揭示了由于党的政策失误给当代农民生产生活造成的损失和伤害。"③

是年发表的主要作品还有:短篇小说《槐影》(《上海文学》第1期)、《无花泉》(《莽原》第6期)、《山这边》(《奔流》第10期)。该年关于田中禾的研究论文有张石山的《成熟在丰收时节——读

---

① 田中禾:《春天的思念》,见《故园一棵树》,第30、31页,海燕出版社2001年版。
② 田中禾:《重读〈五月〉》,《今晚报》2012年4月19日。
③ 张书恒:《非先锋的先锋性——论田中禾九十年代的创作转型》,《河南师范大学学报(哲学社会科学版)》1999年第5期。

田中禾的〈五月〉》(《红旗》第15期)。

1986年,46岁

2月,调入唐河县文联,任副主席。

短篇小说《五月》获《山西文学》奖,短篇小说《春日》获《奔流》优秀作品奖,中篇小说《无花泉》获《莽原》优秀作品奖。

是年发表的主要作品有:短篇小说《春日》(《奔流》第3期)、创作谈《我写〈五月〉》(《文学知识》第6期)、短篇小说《椿谷谷》(《奔流》第7期)、中篇小说《秋天》(《山西文学》第10期)、评论《文学的乡土性、世界性和哲理性》(《奔流》第12期)。

1987年,47岁

7月,在当时的河南省文联主席南丁、老诗人苏金伞等人的努力下,田中禾调入河南省文联,成为专业作家。

系列短篇小说《落叶溪》(五题)(包括《玻璃奶》《人头李》《周相公》《八姨》《米汤姑》)发表于《上海文学》第12期。从该组系列短篇小说起,田中禾文学创作的一个重要领域逐渐显现出来,那就是他的家乡和亲人。在以后长达30年的写作生涯中,田中禾的创作题材和风格发生过不小的变化,从面向当下的传统现实主义,到"新写实""新历史"等带有现代主义色彩的篇章,田中禾一直在追求自我的突破和创新的可能。但是,有一个领域始终没有间断,其写作的散文化风格也贯穿始终,那就是关于其家乡和亲人的创作,最后终于蔚为大观,成为田中禾晚年创作的重要实绩,出版了长篇小说《十七岁》《父亲和她们》。

该年关于田中禾的研究论文主要有:郑波光的《从"五月"到"秋天"——评田中禾的两篇小说》(《山西文学》第4期)、赵福生的《彷徨于恐惧和希望之间——田中禾小说随谈》(《奔流》第6

期)、曹增渝的《对弱者灵魂的关注和透视——田中禾小说片论》(《奔流》第6期)。

1988年,48岁

短篇小说《五月》获第八届(1985—1986)全国优秀短篇小说奖。在获奖的19篇小说中,《五月》以全票名列榜首。这届评奖,同时获奖的河南作家的作品还有乔典运的《满票》、周大新的《汉家女》。

短篇小说《最后一场秋雨》发表于《人民文学》第12期。

田中禾该时期的作品,不仅写作手法发生变化,而且笔触也探进了农村青年的心灵深处。"从艺术上看,田中禾的创作在故事的表层结构后面又呈现出巨大的隐喻性空间,它让我们深深地体验到这个时代人性的变异,社会的盲目,生活的混乱,一句话:历史的变态现象"①,它们是"对文化失范的困惑和忧思"②。

是年发表的主要作品还有短篇小说《落叶溪》(二题)(包括《罂粟》《霍八爷》)(《北京文学》第7期)。

1989年,49岁

中篇小说《明天的太阳》发表于《上海文学》第6期。该小说的关注重点转向了城市青年的命运,写作手法也逐渐由传统的现实主义转向了"新写实"。这一转向可以视为田中禾创作上的第二次变化,小说发表后颇受好评。田中禾这一时期的一些小说也被评论家归入"新写实小说"。

是年发表的主要作品还有:中篇小说《枸桃树》(《十月》第1

---

① 吴秉杰:《发现一片新大陆——田中禾近作片谈》,《当代作家评论》1989年第4期。

② 陈继会:《对文化失范的困惑和忧思——田中禾近作的意义》,《文学评论》1990年第1期。

期),中篇小说《南风》(《当代》第 1 期),短篇小说《落叶溪》(三题)(包括《鬼节》《鹌鹑》《书铺冉》)(《当代作家》第 2 期),中篇小说《流火》(《莽原》第 2 期),创作谈《倾听历史车轮下人性的呻吟》(《莽原》第 2 期),创作谈《你不必太在意,也不必……》(《中篇小说选刊》第 3 期),创作谈《相信未来》(《中篇小说选刊》第 6 期),散文《在历史与人性的切点上观照乡土》(《山西文学》第 12 期)。

该年关于田中禾的研究论文主要有:胡文的《被撞碎了的心理现实——读〈最后一场秋雨〉》(《小说评论》第 2 期)、宋遂良的《沉沦·困惑·悲愤——评田中禾近作三篇》(《当代作家评论》第 3 期)、吴秉杰的《发现一片新大陆——田中禾近作片谈》(《当代作家评论》第 4 期)、周熠的《作家应有自觉的社会责任感——作家田中禾一夕谈》(《文艺报》第 9 期)、思清的《生活的本色——读田中禾〈明天的太阳〉》(《小说评论》第 5 期)。

1990 年,50 岁

中篇小说《明天的太阳》获第四届上海文学奖。

是年发表的主要作品有:中篇小说《坟地》(《当代》第 1 期),短篇小说《青草地·河滩》(《莽原》第 1 期),中篇小说《轰炸》(《收获》第 5 期),短篇小说《落叶溪》(二题)(包括《呱嗒》《画匠李》)(《当代小说》第 9 期),短篇小说《落叶溪》(四题)(包括《椿树的记忆》《花表婶》《绿门》《兰云》)(《上海文学》第 11 期),中篇小说《草泽篇》(《人民文学》第 12 期)。

该年关于田中禾的研究论文主要有:陈继会的《对文化失范的困惑和忧思——田中禾近作的意义》(《文学评论》第 1 期)、张德祥的《时代氛围与农家院里的悲欢——评田中禾的中篇小说

〈枸桃树〉》(《当代文坛》第2期)、张德祥的《现实变革与理想人格——评田中禾的两部中篇》(《小说评论》第2期)、段崇轩的《田中禾和他的"人性世界"》(《上海文学》第8期)。

1991年,51岁

是年发表的主要作品有:短篇小说《元亨号和石义德商行》(《当代作家》第1期),短篇小说《落叶溪》(三题)(包括《虞美人》《鲁气三》《夹竹桃》)(《人民文学》第6期),评论《短篇小说与门杰海绵》(《山西文学》第8期)。

该年关于田中禾的研究论文有段崇轩的《合金式文学——谈田中禾小说的艺术表现》(《小说评论》第2期)。

1992年,52岁

短篇小说《五月》获首届河南省优秀文学艺术成果奖,短篇小说《落叶溪》(三题)获年度《天津文学》奖。

长篇小说《城郭》①发表于《花城》第3期。"《匪首》的写作时间是1990年到1992年,几与长篇创作的复兴同步;初稿《城郭》发表于1992年第3期《花城》,交付上海文艺社出版前三个月,田中禾对这部长篇做了三分之二的大幅度改动,保留故事主干基础上,强化了语言的诗性资质。"②"富于寓意的人生故事,特色鲜明的民俗,散文式的语言,具有印象主义色彩的意境,象征主义的表现手法,和崭新的结构形式,使这部长篇小说具有很高的艺术品位。"③《匪首》与《轰炸》《天界》等作品曾被评论界归入"新历史小说",它们的出现也预示着田中禾创作的再一次转变。

---

① 该小说1994年由上海文艺出版社出版时更名为《匪首》。
② 何向阳:《感性历史的文化复述——〈匪首〉:一次放逐的体味》,《小说评论》1995年第1期。
③ 刘学林:《田中禾——探险的故事或在路上》,《北京文学》2001年第8期。

是年发表的主要作品还有：《天界》(《小说家》第1期),《落叶溪》(三题)(包括《祠堂印象》《马粪李村》《缠河》)(《热风》第1期),中篇小说《一元复始》(《莽原》第2期),《落叶溪》(三题)(包括《二度梅》《吕连生》《第一任续姐》)(《天津文学》第2期),中篇小说《印象》(《小说家》第6期)。

1993年,53岁

七月,中短篇小说集《月亮走,我也走》由作家出版社出版,是为田中禾的第一本作品集。

是年发表的主要作品还有：短篇小说《落叶溪》(二题)(包括《上吊》《投河》)(《山西文学》第2期),短篇小说《落叶溪》(二题)(包括《石印馆》《牌坊街三绝》)(《中国作家》第2期),对话录《人性与写实》(与墨白对话)(《文学自由谈》第2期),中篇小说《一样的月光》(《黄河》第2期),评论《在自己心中迷失》(《小说家》第4期),短篇小说《落叶溪》(二题)(包括《疟疾的记忆》《马夫·疥疮·茶叶店》)(《钟山》第3期),短篇小说《落叶溪》(二题)(包括《石榴姊妹》《马氏弟兄》)(《天津文学》第7期),对话录《作品的定位和文学的三个领域——创作通信》(《小说家》第5期),散文《在绅士的客厅里聊天》(《世界文学》第6期)。

1994年,54岁

散文《在绅士的客厅里聊天》获《世界文学》征文奖。

2月,《匪首》由上海文艺出版社出版,作为"小说界文库"长篇小说系列作品中的一种。收入该文库的著名长篇小说还有：张炜的《九月寓言》《家族》,李锐的《旧址》,张洁的《无字》,韩少功的《马桥词典》,史铁生的《务虚笔记》,陆天明的《苍天在上》,尤凤伟的《中国一九五七》等。

是年发表的主要作品有：短篇小说《落叶溪》（二题）（包括《普济大药房》《钟表店》）（《天津文学》第4期），散文《高雅而潇洒的遁逃》（《随笔》第3期），短篇小说《浪漫种子》（《莽原》第4期）。

1995年,55岁

长篇小说《匪首》获第二届河南省优秀文学艺术成果奖。

是年发表的主要作品有：创作谈《超级玛莉的历险——〈匪首〉创作札记》（《小说评论》第1期）、短篇小说《徐家磨坊》（《文学世界》第1期）、评论《莴笋搭成的白塔》（《人民文学》第10期）、散文《钟摆·树叶——人性的磁极》（《随笔》第6期）、对话录《更自觉地追求审美价值——关于长篇小说〈匪首〉的对话》（孙荪、田中禾）（《河南日报》1995年12月22日）。

该年关于田中禾的研究论文主要有：杜田材的《〈匪首〉：一片新的艺术天地》（《小说评论》第1期）、何向阳的《感性历史的文化复述——〈匪首〉：一次放逐的体味》（《小说评论》第1期）、何秋声的《田中禾长篇〈匪首〉研讨会纪要》（《小说评论》第1期）、南丁的《浪漫的田中禾》（《中国作家》第1期）。

1996年,56岁

任河南省文联副主席,河南省作家协会主席,中国作家协会全委会委员。

1月,中短篇小说集《印象》由上海文艺出版社出版,作为"小说界文库"中短篇小说系列作品中的一种。收入该文库的著名中短篇小说集还有：冯骥才的《高女人和她的矮丈夫》、邓友梅的《烟壶》、张贤亮的《肖尔布拉克》、刘绍棠的《烟村四五家》、王安忆的《小鲍庄》等。

是年发表的主要作品有：短篇小说《杀人体验》(《人民文学》第3期)、创作谈《沉静中突围》(《人民日报》4月4日)、散文《罪恶·苦难·力量》(《中华读书报》4月17日)、短篇小说《不明夜访者》(《天津文学》第4期)、评论《精神与现实的对策》(《文艺报》5月17日)、短篇小说《诺迈德的小说》(《莽原》第3期)、散文《读音乐》(二题)(《随笔》第4期)、短篇小说《姐姐的村庄》(《山西文学》第11期)、创作谈《乡村：原生态的文化标本》(《山西文学》第11期)。

1997年,57岁

5月,散文体小说集《落叶溪》由河南文艺出版社出版,收录了田中禾以家乡的风土人情为故事背景的回忆性散文体小说38篇。回忆性的意境,散文体的风格,闲适化的笔调,活跃在富有浓郁的乡土气息的小城中的人物,使读者很自然地沉浸在豫南小城的历史风情和现实生活中。郑树森认为,《落叶溪》"特重意境,讲究笔墨","是转化本土小说传统成功的范本[①]"。田中禾似乎很在意这个评价,曾不止一次引用,认为《落叶溪》系列小说之所以受到重视,"大约就是因为这个系列讲述的是人性的诗化的乡土故事,它更超越政治,更贴近文学的本质"[②]。郑树森的评价给田中禾带来了两点启发：其一,更加坚定了他长期坚持的人性是文学的本质的观念,促进了其创作关注点从社会到人性的彻底转变;其二,是负面的惊醒,它促使田中禾开始反思传统,进行现代手法与文本的探索。田中禾认为自己不应当仅仅能转化本土小说,更应该有能

[①] 郑树森：《哭泣的窗户——八十年代中国大陆小说选·序》,第5页,台北洪范书店1991年版。
[②] 苗梅玲、田中禾：《在文本现场自由行走——田中禾访谈录》,《东京文学》2012年第3期。

力创造出属于自己民族的现代派作品。二十世纪九十年代之后,他更加清醒地背离主流写作,以人性写作反拨社会写作,以文本创新反拨传统叙述,文本形式大为改观。这两点,成为田中禾成功逃出主流写作的分水岭。就这个意义而言,郑树森评价的反面惊醒似乎更为重要。①

8月,中短篇小说集《轰炸》由华夏出版社出版。这部小说集是著名文学评论家张锲主编的"中国当代作家文库"的一种,收入该文库的著名作家的作品还有:李佩甫的《羊的门》《无边无际的早晨》,贾平凹的《白夜》《商州:说不尽的故事》(共四卷),路遥的《平凡的世界》,张炜的《能不忆蜀葵》,陈忠实的《白鹿原》等。

该年关于田中禾的研究论文主要有:王敏的《变革时代中国农村的深刻剖析——试论田中禾的小说创作》(《河南师范大学学报(哲学社会科学版)》第3期)。

1998年,58岁

9月,《田中禾小说自选集》由河南文艺出版社出版,该书为"南阳作家群丛书"的一种。该丛书主要包括:《乔典运小说自选集》《张一弓小说自选集》《周大新小说自选集》《二月河作品自选集》《田中禾小说自选集》《周同宾散文自选集》等。

1999年,59岁

是年发表的主要作品有:中篇小说《进入》(《中国作家》第1期)、中篇小说《白色心迹》(《莽原》第2期)、中篇小说《外祖父的棺材和外祖母的驴子》(《人民文学》第4期)、短篇小说《出世记》(《上海文学》第8期)、中篇小说《1944年的枣和谷子》(《钟山》第

---

① 这两点启发是田中禾先生与笔者在交流的过程中做出的表述。

6期)。

该年关于田中禾的研究论文主要有：梅蕙兰的《母亲：永恒的生命底色——田中禾创作论》(《小说评论》第4期)、张书恒的《田中禾小说创作略论》(《南都学坛》第4期)、张书恒的《非先锋的先锋性——论田中禾九十年代的创作转型》(《河南师范大学学报(哲学社会科学版)》第5期)。

2000年,60岁

是年发表的主要作品有：短篇小说《亲人》(二题)(《小说家》第3期)、散文《准备好你的客栈》(《散文选刊》第4期)、中篇小说《六姑娘的婚事》(《绿洲》第5期)、中篇小说《倏忽远行》(《莽原》第5期)、散文《美术与文学》(六篇)(《莽原》第1—6期)。

2001年,61岁

3月,作品集《故园一棵树》由海燕出版社出版。这部作品集的体裁不易确定,被编者命名为"忆语体",它是中国晚近文学的一种写作形式,"有时被称为笔记,有时被当作小说,其主要特点是回忆往事、感念亲情[①]"。作品集由三部分组成,每一部分包括六篇文章,其中,"我家的故事"中的篇章或原封不动,或改换题目,或打乱重组后被全部收入长篇小说《十七岁》。由此可见,《十七岁》这部小说具有极强的自传性色彩,甚至在一定程度上可以视为作者纪实性的回忆文章。

是年出版的主要作品还有发表于《世界文学》第6期的随笔《从〈沙恭达罗〉到〈第二十二条军规〉》,这篇文章对于了解田中禾的阅读视野及其文学观念的形成具有重要的借鉴意义。

---

① 见田中禾《故园一棵树》封底,海燕出版社2011年版。

该年关于田中禾的研究论文主要有：陈继会、曹建玲的《历史·人性与诗性眼光——田中禾的文学世界》(《郑州大学学报(哲学社会科学版)》第1期)，刘学林的《田中禾——探险的故事或在路上》(《北京文学》第8期)。

2003年，63岁

短篇小说集《落叶溪》获第三届河南省优秀文学艺术成果奖，散文《关于礼仪之邦之瞒和骗》获中国散文学会散文大赛一等奖。

中篇小说《来运儿，好运!》发表于《长城》第2期。《来运儿，好运!》与《杀人体验》《不明夜访者》《诺迈德的小说》《姐姐的村庄》《进入》《黄昏的霓虹灯》等七个中短篇小说被作家称为《城市神话》系列，是一组"实验小说"。这组小说的写作目的，据作家自己说，是为了证明自己的"创造性"，"七部作品七种手法，彻底打破《落叶溪》的风格"。虽然作家也承认"这十年的探索的确使我游离出评论界的关注区"，但是，他却坚持认为："恰恰是这一段不被关注的作品标志着我艺术上的成熟。我相信将来历史会证明这一点。这一组东西全部是写底层小人物在经济大潮中的生存困境，精神压抑、扭曲的现状。承袭了《五月》的忧患意识，深化了社会对人性的摧残这个主题，对主流文学、主旋律做出了更彻底的背叛。这是一种无功利写作。艺术上更纯粹，思想上批判性更强。"[①]

2004年，64岁

该年关于田中禾的研究论文主要有：李少咏的《建构一种梦想的诗学——论田中禾的小说创作》(《周口师范学院学报》第1期)、巫晓燕的《民间神话的审美呈现——简评田中禾的长篇小说

[①] 苗梅玲、田中禾：《在文本现场自由行走——田中禾访谈录》，《东京文学》2012年第3期。

〈匪首〉》(《小说评论》第 4 期)、刘永春的《乡土情感与人生况味——论田中禾的民间书写》(《小说评论》第 5 期)。

2007 年,67 岁

是年发表的主要作品有:中篇小说《进步的田琴》(《作品》第 4 期)、创作谈《个人——文学的至高无上的主人公》(《作品》第 4 期)。

该年关于田中禾的研究论文主要有刘海燕的《当幻想气息渗入写作者的血液》(《作品》第 4 期)。

2010 年,70 岁

3 月,长篇小说《十七岁》发表于《中国作家》第 2 期。这部长篇由一则日记和十四个中短篇联结而成,它们之间既相互独立又存在着人事关联,而且不少篇目已经作为小说甚至回忆性散文发表过。所以,它虽然可以视为小说,但也在一定程度上可以看作田中禾青少年时期的自传。田中禾在一次访谈中十分坦白地说:"《十七岁》可以看做是我的自传。你可以从中看到我的童年,因而窥见我内心成长的经历和写作风格形成的精神因素"①,"小说叙事以建立在安全的可把握的基调上的回忆追溯了包括'我'在内的六位家族成员的青春岁月的悠远故事,温习着那些斑斓有声的往来,感叹着今昔的物是人非,涌起人世潮汐的感慨,大有麦秀黍离之感。叙事语调平稳舒缓、亲切自如,这是一次温暖的叙事②"。

---

① 李勇、田中禾:《在人性的困境中发现价值与美——田中禾访谈录》,《小说评论》2012 年第 2 期。
② 苗变丽:《"青春之歌"的多重变奏曲——田中禾〈十七岁〉成长叙事研究》,《南方文坛》2012 年第 4 期。

3月,长篇小说《二十世纪的爱情》①发表于《十月》第2期。田中禾在介绍这部小说时说:"这个题材在我心里酝酿了不只二十年……从1995年开始,每章用一个叙述方式,试验性地写出了三十来万字,一些章节已经以中篇小说形式发表,最终还是觉得不满意,就索性放了几年。到2003年重新拿起来"②,"小说里的人物来自我的故乡县城,来自我身边熟悉的乡邻、亲友。我曾经和他们一起生活,一起度过中国历史上举世瞩目的几个转折时期的难忘岁月"③,"《父亲和她们》写得开阔而厚重,它不仅通过一个知识分子的情感历程展现了20世纪的中国历史,更重要的是通过几个血肉丰满的人物传达出对中国民族文化和民族人性的思考,以四个主人公的象征意义揭示出人性被改造的沉重主题④"。田中禾认为,这部小说有两个特点:"一是它触及了这个民族的每一个人的自由被剥夺的过程,而这个主题是我们迄今为止的文学作品还没有触及到的。这是它思想上的价值。再一个是它在艺术上的探索,这种长篇的结构也是没有的,双重后设的,复调的,多角度的。这两点是这个小说存在的价值。"⑤

　　是年发表的主要作品还有:创作谈《小说的精神世界——关于田中禾长篇新作〈父亲和她们〉的对话》(墨白、田中禾)(《文学报》10月14日)、访谈《当我们老了,当我们谈论爱情》(《中国文

---

①　2010年8月,这部小说由作家出版社出版时更名为《父亲和她们》。
②　墨白、田中禾:《小说的精神世界——关于田中禾长篇新作〈父亲和她们〉的对话》,《文学报》2010年10月14日。
③　田中禾:《父亲和她们》封底,作家出版社2010年版。
④　墨白、田中禾:《小说的精神世界——关于田中禾长篇新作〈父亲和她们〉的对话》,《文学报》2010年10月14日。
⑤　苗梅玲、田中禾:《在文本现场自由行走——田中禾访谈录》,《东京文学》2012年第3期。

学》第8期)、创作谈《奴性是怎样炼成的》(《长篇小说选刊》第6期)。

2011年,71岁

3月,长篇小说《十七岁》由江苏文艺出版社出版。

该年关于田中禾的研究论文主要有:刘军的《负重隐忍与自我删节:〈父亲和她们〉中的两位母亲形象》(《郑州大学学报(哲学社会科学版)》第1期),苗变丽的《讲述和反思——〈父亲和她们〉论》(《扬子江评论》第1期),张舟子的《传统、现代、革命文化间的复杂对话——〈父亲和她们〉的思想意蕴》(《平顶山学院学报》第3期),李少咏的《现代知识者的创伤记忆与文学想象——解读田中禾长篇小说〈父亲和她们〉》(《平顶山学院学报》第3期),王春林的《知识分子、革命与二十世纪中国历史——评田中禾长篇小说〈父亲和她们〉》(《平顶山学院学报》第3期),林虹、胡洪春的《历史·爱情·人性——评田中禾新作〈父亲和她们〉》(《文艺争鸣》第5期),刘军的《十七岁:个人切片与历史还原——田中禾〈十七岁〉阅读札记》(《扬子江评论》第4期),刘思谦的《"她们"中的"这一个"与"另一个"——田中禾长篇小说〈父亲和她们〉中"两个母亲"人物谈》(《中州学刊》第6期)。

2012年,72岁

长篇小说《父亲和她们》获首届杜甫文学奖。散文随笔集《在自己心中迷失》由河南大学出版社出版。

是年发表的主要作品还有:创作谈《二十一世纪我在怎样生活?》(《小说评论》第2期)、对话录《在人性的困境中发现价值与美——田中禾访谈录》(李勇、田中禾,《小说评论》第2期)、短篇小说《木匠之死》(《东京文学》第3期)、创作谈《以人性之光烛照历史——写在〈木匠之死〉之后》(《东京文学》第 3 期)、对话录《在文本现场自由行走——田中禾访谈录》(苗梅玲、田中禾,《东京文学》第 3 期)、创作谈《重读〈五月〉》(《今晚报》4 月 19 日)。

该年关于田中禾的研究论文主要有：黄轶的《身份：二十世纪的"中国结"》(《小说评论》第 2 期)、李勇的《思想者的苦恼和艺术家的逍遥——论田中禾的小说创作》(《小说评论》第 2 期)、米学军的《又一曲母爱的颂歌——评田中禾的长篇小说〈父亲和她们〉》(《小说评论》第 2 期)、苗变丽的"《青春之歌》"的多重变奏曲——田中禾〈十七岁〉成长叙事研究》(《南方文坛》第 4 期)、周立民的《大地上的禾苗》(《南方文坛》第 5 期)、刘思谦的《〈父亲和她们〉的叙述方式与人物塑造》(《南方文坛》第 5 期)、房伟的《历史的反思和艺术的创新》(《南方文坛》第 5 期)、霍俊明的《他是一个持续性的"少数者"——田中禾近作与"当代"写作的难度》(《南方文坛》第 5 期)、刘宏志的《作家的思想自觉与艺术自觉——由田中禾的近作谈起》(《南方文坛》第 5 期)、刘宏志的《话语嬗变与革命叙事的转型——田中禾〈父亲和她们〉对传统革命叙事的突破》(《郑州大学学报(哲学社会科学版)》第 6 期)。

2014 年,74 岁

6 月,中短篇小说集《明天的太阳》由河南人民出版社出版。该小说集是河南省文学艺术界联合会编选的"河南省著名老作家、老艺术家丛书"中的一种。

2015 年,75 岁

1 月,中篇小说《库尔喀拉之恋》及其创作谈《人性的万花筒》发表于《大观(东京文学)》第 1 期。"中篇小说《库尔喀拉之恋》是其即将面世的长篇小说当中的节选,这是一部带有自传体意味的小说,故事的男主人公以其在新疆农场工作的二哥为原型,描述了特殊年代知识分子的人生遭际,是田中禾先生酝酿多年的一部呕心之作。"①

4月,徐洪军编选的《田中禾研究》②由河南大学出版社出版,这是全面展示田中禾研究成果的第一本史料汇编。"它汇集了田中禾本人的自述、创作谈5篇,文学对话2篇,访谈录2篇,印象记2篇,研究论文28篇,作品年表1则,研究资料索引1则。"③

该年关于田中禾的研究论文主要有:李勇的《追述历史的方式——评〈库尔喀拉之恋〉》(《大观(东京文学)》第1期)、刘海燕的《非主流作家:田中禾》(《大观(东京文学)》第1期)、张延文的《失语者的声音——评田中禾的〈库尔喀拉之恋〉》(《大观(东京文学)》第1期)、李晓筝的《历史讲述:可靠与不可靠——论〈父亲和她们〉中叙事者的悖反性格》(《郑州大学学报(哲学社会科学版)》第4期)、郭浩波的《阉割的主体:论田中禾长篇小说〈父亲和她们〉人物形象的文学史意义》(《山花》第20期)、朱凌的《大地·母爱·诗意情怀——田中禾乡村生态世界中主题意象解析》(《中国现代文学论丛》第2期)。

---

① 张延文:《失语者的声音——评田中禾的〈库尔喀拉之恋〉》,《大观(东京文学)》2015年第1期。

② 本书是程光炜、吴圣刚主编的《中原作家群研究资料丛刊》的一种,其他几种为:《白桦研究》《二月河研究》《李洱研究》《李佩甫研究》《刘庆邦研究》《刘震云研究》《墨白研究》《邵丽、乔叶、计文君研究》《阎连科研究》《张一弓研究》《张宇研究》《周大新研究》。

③ 徐洪军:《田中禾研究·编后记》,《田中禾研究》,第259页,河南大学出版社2015年版。

后记　迷人的八十年代

在介绍自己的学术简历时，我喜欢将自己的研究方向划分为以下两个方面：八十年代文学研究、当代文学批评。我始终认为，作为一个从事当代文学研究的学者，不应该放弃对当代文坛的密切关注，并且应该尽可能对其发出自己应有的声音。这是由我们所从事的工作的性质所决定的。如果我们对当代文坛的动态不闻不问，对它也没有属于自己的理解，那我们还是不是一个合格的当代文学研究者呢？当然，这篇后记的主要内容不是阐释我对当代文学批评的观点，而是梳理我研究八十年代文学的缘起和经历，对当代文学批评的看法也只能简单提及。在这篇后记里，我主要是想从八十年代、八十年代文学、八十年代文学历史化这样几个层面对我这些年在这一方面所做的工作做一个简单的总结。

我是1980年出生的，整个童年都洒满了八十年代的光辉。一个人的童年对其以后的人生会产生多大的影响，古往今来的作家学者屡有论述。就我个人而言，我觉得它奠定了我人生的基本底色，而这个底色是由改革开放的巨笔绘就的。

在我的感受里，八十年代是一个迷人的年代。它的迷人之处在于，这是一个青春的年代，这个一个梦想的年代，这是一个追求的年代，这是一个开放的年代，这是一个不断变革的年代，这是一个快速发展的年代。八十年代那种扑面而来的特殊气息，不仅体现在报纸上、电视上、广播里，而且体现在文学作品中、流行歌曲中、电影电视里，甚至体现在一个普普通通的农家小院里。我就是那个在农家小院中沐浴着八十年代改革开放的春风成长起来的农家子弟啊！

八十年代是一个值得深入研究的年代。这是一个充满了无限创造力和无限可能性的年代。就思想文化的创新与活力而言，八十年代的思想解放庶几可以与春秋战国时期的百家争鸣、五四时期的新文化运动相提并论。如果将八十年代放在这样一个历史谱系中思考，我们可以发现，它的巨大价值还远远没有被发掘出来。

在中国当代文学研究者的理解中，八十年代是文学的黄金时代。在经历了多年的创作、阅读限制之后，中国作家和读者迎来了文学的春天。伴随着改革开放的春风，中国作家的文学创作经历了一个又一个思潮：伤痕文学、反思文学、知青文学、改革文学、寻根文学、先锋文学、朦胧诗……在短短 12 年的时间里（1978—1989），中国文坛竟然涌现出那么多文学思潮！这种现象的出现虽然在一定程度上表明国门初开的时刻，中国作家积极融入世界的焦虑心态，却也真切地显示出八十年代文学所具有的空前活力！

我最初接触八十年代文学是在大二的当代文学课上，但那个时候印象不深，学校使用的教材是张钟、洪子诚、佘树森、赵祖谟、汪景寿五位先生编著的《中国当代文学概观》。当时觉得内容有些"过时"，也未见什么新鲜的观点，几乎就没怎么看过。而且我们用的还是 1986 年出版、1998 年印刷的红皮本，八十年代文学的内容相对较少。本科期间,我对八十年代文学的了解主要来自课余时间在旧书摊上买来的八十年代文学期刊。那个时候,旧杂志很便宜,《人民文学》《上海文学》《小说月报》《小说月刊》这样薄一些的一本5毛钱,《收获》《当代》《花城》《十月》这种厚一些的也才1块钱。父母给的生活费虽然相当紧张,但是节约一些买几本这样的杂志还是能够做到的。通过这些带有浓厚时代色彩的文学期刊,我初步感受到了八十年代文学的基本面貌。

  真正深入了解八十年代及八十年代文学是在攻读博士期间。刚入学时,导师曾军先生要我到图书馆期刊室翻阅近几年的学术期刊,寻找当代文学的研究热点,然后从这些热点进入当代文学研究,力图获得一种学术研究的现场感。当时,由程光炜老师引领的"重返八十年代"文学研究热潮方兴未艾,通过系统阅读相关文章和著作,我撰写了《"重返八十年代"的成绩与问题》,致敬程老师和他的众多高足所做的工作,但也不知天高地厚地提出了一些所谓的"问题"。文章先是发表于《海南师范大学学报》2012年第9期,后又承蒙程老师不弃,由人大复印资料《中国现代、当代文学研究》2013年第5期全文转载。从这个时候起,我对八十年代文学的关注至今已经持续了整整十年。

  虽然关注八十年代文学,也希望为八十年代文学的历史化做一点力所能及的工作,但是我对八十年代文学的关注还是与程老师有所不同。刚开始的时候,我的确是想追随程老师的脚步,沿着他的路子开展自己的工作,也写下了《思想意识的表达与形式创造的功能——重读赵振开中篇小说〈波动〉》《创伤记忆书写与自我灵魂救赎——解读〈血色昏黄〉的创作与修改中文学与历史的复杂纠缠》《创伤记忆书写如何抚慰心灵——重读〈从森林里来的孩子〉》《张一弓与八十年代文学》《白桦研究的意义、现状与可能》《自我形象的文学塑造——白桦20世纪80年代诗歌释读》等重读性的文章,但一个偶然的机遇,让我对自己的研究方向进行了一些微小的调整。

在翻阅《新文学史料》时,我发现,在八十年代,一大批在中国现代文学史上早已产生过文学史影响的著名作家经过多年的沉寂,再次焕发文学青春,纷纷撰写回忆录,或总结自己一生的文学道路,或见证现代文学史上的一些重大事件,或试图为自己洗刷冤屈平反昭雪,或为自己的亲朋好友树碑立传提供证言……八十年代的《新文学史料》有相当一部分篇幅是用来发表这些回忆录的。除《新文学史料》,人民文学出版社出版的"新文学史料丛书"、上海文艺出版社出版的"中国现代作家论创作丛书"、香港三联书店出版的"回忆与随想文丛"、湖南人民出版社出版的"骆驼丛书",甚至四川人民出版社的"近作丛书",都有大量的作家回忆录发表。在八十年代的文学史上,这应该是一个十分值得关注的现象。但是,无论是八十年代的文学批评还是程光炜老师极力推动的"重返八十年代",对这一现象都关注不多。于是,我尝试着以这些回忆录为研究对象申报了2019年的教育部人文社会科学研究项目和2020年的河南省高校科技创新人才支持计划(人文社科类)项目,均获得立项。几年来,在这一领域,我先后发表了《社会转折期的文学表征——1977—1978年作家回忆录研究》《80年代作家回忆录出版状况考察》《八十年代作家回忆录研究的意义、现状与可能》《八十年代作家回忆录的分类——以〈新文学史料〉为中心》《新时期以来中国回忆录理论探索述论》《回忆录的概念及其范畴》《历史化的意义及其可能——"当代文学历史化"学术思潮述论》等文章,试图建立八十年代作家回忆录研究的理论框架,并在这一框架中具体展开自己的研究。

几年来,在八十年代作家回忆录研究这一领域,我一直在不断地思考、探索、尝试,取得了一些成绩,得到了不少前辈和同好的肯定和支持,在此,我深表感谢。但是,我也深深明白,对这一领域的探索我也只是刚刚开始,更加深入的研究还有待进一步推进。而且,在探索的过程中我也发现,不仅是作家回忆录,中国现代作家在八十年代的其他文学活动也是八十年代文学史的重要组成部分,在推动八十年代文学历史化的过程中也应该受到应有的重视。因此下一步,它们也将成为我学术研究版图的一部分。

在八十年代文学研究的道路上,我不应该忘记为自己铺路、扶自己前行的老师和朋友。作为博士生导师,曾军老师对我进行了学术研究的重要启蒙,指导我完成博士毕业论文《八十年代文学的幸福书写研究》,让我初次感受与领略了学术探索的辛劳与幸福。作为授课教师,王光东老师不仅邀请我参与他的国家社科基金重点项目"中国当代文学中的民族记忆研究",让我有机会再次深入八十年代文学,用不同的眼光领略不同的风景,而且给我提供出书的机会——本书的出版离不开王老师一直以来的关心和提携。作为八十年代文学的重要参与者和有力见证人,蔡翔老师的文学课堂充满了思想的智慧和时代的氛围,让我有可能产生既站在历史的身边又能够超越历史的切身感受。虽然跟着程光炜老师做过一年的访问学者,但是我向来不敢自称程老师的学生,一来因为自己的原因,访学一年间在老师身边聆听老师教诲的时间实在有限,二来成绩实在微不足道,不敢忝列老师门墙。但是说实话,我在学术研究的道路和想法上实在受程老师影响颇深,在此意义上,在内心深处,我却也一直以程老师的私淑弟子自居。

在学术道路上给我帮助、助我成长的老师还有:中国作家协会副主席吴义勤老师,清华大学教授解志熙老师,《中国现代文学研究丛刊》副主编王秀涛老师,《小说评论》原主编李国平老师,《东吴学术》主编丁晓原老师、责任编辑刘浏老师,《传记文学》主编斯日老师,《中国图书评论》主编周志强老师,《中国当代文学研究》责任编辑王昉老师,杭州师范大学郭洪雷老师等,《中国海洋大学学报》责任编辑高雪老师,海南师范大学毕光明老师,信阳师范学院韩大强老师等。我在八十年代文学历史化研究方面撰写的论文,大多是在这些老师供职的刊物上发表的,或是经他们牵线才获得了发表的机会。在此,我向各位老师提供的帮助表示诚挚的感谢。

因此,需要特别予以说明的是,本书中的大部分章节都在这些期刊上发表过。这次结集出版是作为对近几年来自己在这一研究方向上取得的成果的一个阶段性总结,以体现我对这一问题的系统思考。当然,研究中一定存在不足的地方,希望方家予以批评指正。最后,我还要向给我这本小书提供出版机会的上海大学出版社及本书责任编辑陈强老师表示由衷的感谢,感谢他们为著作出版付出的努力和心血。

徐洪军

2022 年 4 月 30 日